Sarah Kleck
Du bist mein Licht

AF196341

Das Buch

Pass auf, was du als selbstverständlich erachtest – schon morgen könnte es dir genommen werden.

June steht kurz davor die Liebe ihres Lebens zu heiraten, als sie bei einem schrecklichen Unfall so schwer verletzt wird, dass sie das Bewusstsein verliert. Sie liegt im Koma, und doch nimmt sie alles wahr, was um sie herum geschieht. Während sie zwischen Leben und Tod schwebt, schütten die Menschen, die sie lieben, June ihr Herz aus. Ihr Verlobter Casper, ihre Mutter, ihr Vater, ihre Schwester und ihre beste Freundin - jeder von ihnen offenbart sich June im Angesicht ihres unausweichlich scheinenden Todes.

June ist klar, dass für sie nun der Augenblick gekommen ist loszulassen. Doch dazu muss sie sich endlich der tragischen Vergangenheit und dem furchtbaren Geheimnis, das sie all die Jahre mit sich getragen hat, stellen. Wird Caspers Liebe stark genug sein, um June zurück ins Leben zu holen?

Die Autorin

Sarah Kleck, geboren 1984 in Baden-Württemberg, studierte Diplompädagogik, Psychologie und Soziologie an der Universität Augsburg. Heute lebt sie mit ihrem Mann und ihren beiden kleinen Töchtern in Bad Saulgau in Oberschwaben.

Mit ihrem Debütroman »Die Verborgene« und dessen Fortsetzung »Die Macht der Verborgenen« konnte Sarah Kleck weltweit bereits über 120 000 Leser begeistern.

In »Weil du die Liebe meines Lebens bist« wagte sie sich nach der erfolgreichen Jugendbuch-Fantasy-Serie auf neues Terrain und konnte einen neuen Leserkreis für sich gewinnen.

Sarah Kleck

Du bist mein Licht

Roman

Montlake
Romance

Deutsche Erstveröffentlichung bei
Montlake Romance, Amazon Media EU S.à r.l.
5 Rue Plaetis, L-2338 Luxemburg
November 2018
Copyright © der deutschsprachigen Ausgabe 2018
By Sarah Kleck

All rights reserved.

Umschlaggestaltung: bürosüd⁰ München, www.buerosued.de
Umschlagmotiv: © Tree Vongvitavat / Shutterstock; © Anastasia Sergeeva /
Shutterstock;
© Ms Moloko / Shutterstock; © Vikoshkina / Shutterstock;
Lektorat und Korrektorat: Verlag Lutz Garnies, Haar bei München,
www.vlg.de
Gedruckt durch:
Amazon Distribution GmbH, Amazonstraße 1, 04347 Leipzig /
Canon Deutschland Business Services GmbH, Ferdinand-Jühlke-Straße 7,
99095 Erfurt /
CPI books GmbH, Birkstraße 10, 25917 Leck

ISBN 978-2-91980-324-8

www.montlake-romance.de

Diese Geschichte widme ich allen Schwestern auf der
Welt. Und zweien ganz besonders.

Liebe, Trauer, Schmerz und Sehnsucht. Gefühle sind vielfältig
in ihrer Art – doch gleich in ihrer Bedeutsamkeit.

Prolog

Ist es nicht bemerkenswert, dass wir uns jenen, die wir am meisten lieben, in den Momenten am nächsten fühlen, in denen wir am weitesten von ihnen entfernt sind?

Die junge Mutter zum Beispiel, die an ihrem ersten freien Abend seit Monaten mit Freundinnen aus ist und in einem Moment der Ruhe voller Liebe an diejenigen denkt, die zu Hause auf sie warten.

Der seit zwanzig Jahren verheiratete Geschäftsreisende, der sich nach einem langen und anstrengenden Tag nichts sehnlicher wünscht, als sich in sein Hotelbett plumpsen zu lassen und das vertraute »Hallo, mein Schatz. Wie war dein Tag?« seiner Frau am Telefon zu hören.

Das frisch verliebte neunzehnjährige Au-pair-Mädchen, dem das Herz jedes Mal bis zum Hals schlägt, wenn sie ihren daheimgebliebenen Freund im Skype-Fenster auf dem Bildschirm erblickt.

Oder der Erstsemester, der es kaum erwarten konnte, zu Hause auszuziehen, aber nach der versiebten Prüfung einfach nur von seiner Mutter in den Arm genommen werden möchte.

Ich könnte ewig so weitermachen, aber ich denke, ihr wisst, worauf ich hinauswill. Der Alltag ist ein Schleier, der alles umhüllt und uns die, die wir am meisten lieben, nicht immer klar sehen lässt. Erst aus der Ferne erkennen wir das, was uns am meisten bedeutet, in all seiner Schönheit. Denn das Beste im Leben weiß man erst dann richtig zu schätzen, wenn einem droht, es zu verlieren.

Daher lautet mein Rat an dich: Pass auf, was du als selbstverständlich erachtest – schon morgen könnte es dir genommen werden.

KAPITEL 1

»Elfenbein, Champagner, Ivory, Creme oder Weiß?«

»Ähmmm …« Ich lasse meinen Blick über die üppige Pracht schweifen. Spontan kommt die Assoziation »überdimensionaler Wattebausch« auf. »Keine Ahnung. Ich dachte eigentlich, Brautkleider sind immer weiß«, sage ich zögerlich. Der verständnislose Blick, mit dem mich die Dame straft, deren Namensschild sie als Ophelia ausweist, macht mich verlegen.

»Eher in diese Richtung«, lenke ich ein und deute auf eines der Kleider. Der farbliche Unterschied zu den anderen ist für mich dabei kaum zu erkennen.

»Creme also«, hält sie fest. »Größe sechsunddreißig?«

Ich nicke. Ophelia nickt ebenso und geht dann mit geschultem Blick durch die Reihen, um eine Auswahl vermeintlich cremefarbener Kleider in Größe sechsunddreißig für mich zusammenzustellen.

Meine Freundin Becca wirft mir hinter dem Rücken der Brautmodenberaterin einen belustigten Blick zu und imitiert dann gelungen deren pikierten Gesichtsausdruck. Ich muss lächeln. Seit dem College ist Becca meine beste Freundin. Sie begleitet mich heute. Eigentlich wollten wir zu dritt kommen, aber meine Schwester Emma und ich haben seit unserem Streit vor sechs Wochen kein Wort miteinander gewechselt. Es war der schlimmste Streit, den wir je hatten. Ich vermisse sie in diesem Moment sehr. Ich hätte Emma wirklich gern dabeigehabt. Es ist ein wichtiger Tag für mich. Schließlich suche ich heute das Kleid aus, in dem ich heiraten werde. Und ich hätte einfach gern ihre Meinung dazu gehört.

»Neben den cremefarbenen habe ich hier noch ein Kleid in Blush und eines in Eierschale, das ich Ihnen gern zeigen möchte. Beide passen gut zu Ihrem Teint«, verkündet Ophelia, als sie mit fünf Kleidern zurückstöckelt, die sie fein säuberlich auf einer rollenden Kleiderstange platziert hat.

»Oh ja, das ist eindeutig Eierschale«, sagt Becca und macht dabei ein todernstes Gesicht.

Ich bin versucht, mit einzusteigen und zu fragen, ob sie den Laden hier nicht besser in *fifty shades of white* umbenennen möchte, doch ich lasse es bleiben. Schließlich soll die liebe Ophelia mir ja noch ein Kleid verkaufen. Und das möglichst gut gelaunt.

»Und? Wie haben Sie und Ihr Verlobter sich kennengelernt?«, fragt sie, während sie mich in Kleid Nummer eins schnürt. Ein cremefarbenes. Ihr Tonfall klingt so aufgesetzt, dass ich sicher bin, diese Frage gehört zum Standardrepertoire einer jeden Brautmodenberaterin. Aber darauf bin ich vorbereitet. Ich habe mir sagen lassen, dass die das immer machen – solche Fragen stellen, meine ich –, um herauszufinden, ob jemand wirklich heiratet oder seinen Vormittag einfach nur damit zubringen möchte, Prinzessin zu spielen und ein Kleid nach dem anderen anzuprobieren.

»Auf der Highschool.«

»Dann waren Sie Klassenkameraden und haben sich irgendwann ineinander verliebt?«, will sie wissen. Wahrscheinlich nur, um die Konversation am Laufen zu halten. Ich kann mir nicht vorstellen, dass es sie wirklich interessiert.

»Nein. Es war bereits das Abschlussjahr. Ich war gerade mit meiner Familie hergezogen, und wir besuchten denselben Chemiekurs.«

»Wie romantisch«, flötet Ophelia – nun mit echter Begeisterung, wie mir scheint.

Ich runzle kurz die Stirn, weil mir beim besten Willen nicht einleuchten will, was daran nun besonders romantisch sein soll.

»Das ist ja wie in *Twilight*«, säuselt sie weiter und ich rolle mit den Augen.

»Das nun nicht gerade«, erwidere ich und muss dann plötzlich lächeln, als ich an meine erste Begegnung mit Casper denke.

Zehn Jahre zuvor – 2008

Es war mein erster Tag an der neuen Schule. Ich stand im nüchternen Gang des Gebäudes, einen Stapel Bücher unterm Arm und einen zerfledderten Stundenplan in der Hand, auf dem kaum mehr etwas zu erkennen war. Blöderweise war mir das Ding in eine Pfütze gefallen und von einer Horde Sechstklässler plattgetrampelt worden. Ich hatte nur noch seine sterblichen Überreste bergen können. Soweit ich es entziffern konnte, stand als nächste Stunde Chemie auf dem Plan. Und zwar genau in dem Raum, dessen Tür von einem Typen versperrt wurde, der – am helllichten Tag und in der Schule wohlgemerkt – so heftig mit seiner Freundin herumknutschte, dass man den Eindruck bekam, die beiden würden sich im nächsten Moment die Kleider vom Leib reißen und es gleich hier an Ort und Stelle treiben.

»'tschuldigung«, begann ich räuspernd, »darf ich mal?«

Keine Reaktion.

»Entschuldigung«, sagte ich nun deutlicher, doch weder Mr Knutschmaul noch Miss Zuckerschnute machten irgendwelche Anstalten, zur Seite zu gehen und mich durchzulassen.

»ENTSCHULDIGUNG!«

Da endlich nahm sie ihre Zunge aus seinem Mund und warf mir einen Blick zu, der mich glauben ließ, in diesem Moment auf ihrer Liste der erklärten Todfeinde ganz oben zu rangieren. Er hingegen lächelte etwas verlegen, trat einen Schritt zur Seite und ließ mich durch.

»Danke«, sagte ich in hartem Ton, reckte das Kinn vor und ging in den Klassenraum.

Ich war eine der Letzten. Die Vorletzte, um genau zu sein. Nur zwei Plätze waren noch frei. Nebeneinander. Ich setzte mich ans Fenster und breitete meine Sachen auf dem Tisch aus. Dann seufzte ich leise. Nach dieser Stunde hatte ich den so gefürchteten ersten Schultag geschafft. Alles in allem war es ganz gut gelaufen. Zumindest war es mir gelungen, nicht negativ aufzufallen. Oder überhaupt aufzufallen. Im Mittelpunkt zu stehen hatte ich schon immer gehasst. Zum Glück war ich heute, am ersten Tag des neuen Halbjahres, nicht die einzige neue Schülerin. Im Englischkurs wurden zwei weitere Schülerinnen gebeten, aufzustehen und sich der Klasse kurz vorzustellen. Und da die eine von ihnen riesige, und ich meine wirklich abnormal riesige, Brüste hatte, war sie es, die alle neugierigen Blicke auf sich zog. Sie tat mir leid, da sie sich sichtlich unwohl fühlte – sie lief rot an und verhaspelte sich zweimal, als sie erzählte, dass sie und ihr kleiner Bruder für die nächsten Monate zu ihrer Großmutter gezogen seien, da beide Eltern beruflich ins Ausland mussten –, trotzdem war ich froh, dass ich ihretwegen nahezu unbemerkt blieb. Ich beschränkte mich auf meinen Namen und dass ich mit meiner Familie vor zwei Wochen hergezogen war. Auf die Gründe unseres Umzugs ging ich nicht näher ein. Das ging niemanden etwas an.

»Du sitzt auf meinem Platz.«

Noch ganz in Gedanken versunken, drehte ich mich um – und da stand er. Der Türrahmenknutscher. Er lächelte freundlich und deutete auf den Stuhl, auf dem ich saß. Als ich meinen Blick über sein Gesicht schweifen ließ, musste ich grinsen. Beinahe hätte ich losgeprustet.

»Sorry«, sagte ich, schob meine Sachen auf die andere Tischhälfte und setzte mich auf den dazugehörigen Stuhl, nach wie vor grinsend.

»Warum lachst du so komisch?«, fragte er, und ich hatte fast den Eindruck, er wollte flirten. Oder dachte er etwa, ich wollte mit ihm flirten?

»Du hast Lipgloss im Gesicht«, sagte ich und biss mir auf die Unterlippe. Denn das war die Untertreibung des Jahrhunderts.

»Was?«, fragte er mit sanfter Stimme und beugte sich ein Stück zu mir herüber. Er glaubte tatsächlich, ich wollte mit ihm flirten – war das zu fassen?! Ich atmete hörbar ein. Offenbar war der Typ wirklich schwer von Begriff.

»Du glänzt wie eine frisch polierte rosa Bowlingkugel«, sagte ich trocken.

»Was? Wo?« Schnell wischte er sich über die Lippen.

Ich seufzte, kramte meinen aufklappbaren Taschenspiegel aus dem Rucksack und klappte ihn auf.

»Oh Shit«, lautete seine geistreiche Reaktion, als ihm die Ausmaße des Lipgloss-Massakers auf seinem Gesicht bewusst wurden. Hastig zog er den Ärmel seines Hoodies über den Handballen und rubbelte wie ein Gestörter an sich herum.

»Ist es weg?« Erwartungsvoll sah er mich an.

Ich musste mir ein Kopfschütteln verkneifen. »Ähm …« Sollte ich ihm die Wahrheit sagen? »Ja«, log ich schließlich, denn er hatte es nicht anders verdient. Dieser Vollpfosten hatte es tatsächlich geschafft, das rosa Geschmiere, das sich bisher auf seine untere Gesichtshälfte beschränkt hatte, nach oben hin zu verwischen. Nun sah es aus, als hätte er Lidschatten aufgelegt. Und Rouge. *So blöd kann doch niemand sein, oder?* Zufrieden ließ er sich in seinen Stuhl sinken.

»Sie müssen June Blackwood sein.«

Ich sah auf. Ich hatte gar nicht bemerkt, dass der Lehrer mittlerweile den Klassenraum betreten hatte und nun direkt vor mir stand.

»Ja, Sir«, erwiderte ich und rang mir ein Lächeln ab. »Ich bin die Neue.«

»Schön«, sagte er nur. »Ich bin Mr Cooper. Schauen Sie einfach, wie Sie mitkommen, und melden sich dann nach der Stunde bei mir.«

Ich nickte und Mr Cooper lächelte aufmunternd. Dann blieb sein Blick auf dem Gesicht meines Banknachbarn hängen.

»Was haben Sie denn angestellt, Casper?«, fragte er mit hochgezogenen Augenbrauen, schüttelte den Kopf, drehte sich um, ging zur Tafel und begann mit dem Unterricht. Der Trottel neben mir – Casper, wie ich soeben erfahren hatte – schnappte sich nun den Saum seines Kapuzenpullovers und rieb sich damit energisch das rosa glänzende Gesicht. Sportler, dachte ich noch verächtlich, als er dabei die Sicht auf sein Sixpack freigab. Na, das passte ins Gesamtbild: ein Cheerleader knutschender Football-Hohlkopf. Doch trotz meiner intuitiven Abneigung schaffte ich es nicht, die Augen abzuwenden. Als er mich vorwurfsvoll ansah, mutmaßlich, weil ich ihn hatte auflaufen lassen, erwischte er mich dabei, wie ich seinen nackten Bauch anstarrte. Schnell drehte ich mich weg. Und dann schluckte ich. Ja, echt – ich schluckte! Und er hatte es gesehen. Wie peinlich! Zufrieden verschränkte er die Arme vor der Brust. Für einen winzigen Augenblick hatte ich gedacht, dass dieser Casper, so ganz ohne Lipgloss im Gesicht und mit Sixpack unter dem weiten Hoodie, gar nicht mehr so blöd aussah, wie ich noch vor einer Sekunde geglaubt hatte. Doch das selbstgefällige Grinsen, das sich nun, da er wusste, dass er mir gefiel, auf seinem Gesicht ausbreitete, führte mich zurück zu meiner ursprünglichen Meinung – Vollpfosten!

»Das ist es«, sage ich und spüre, wie meine Augen feucht werden.

»Ja, das ist es«, stimmt Becca mir zu. Breit grinsend beobachtet sie mich dabei, wie ich mich vor dem Spiegel hin und her drehe und behutsam über den zarten Stoff streichle, der an meinem Körper hinabfließt.

»Und dabei ist es ganz anders, als ich es mir vorgestellt habe.«

Ophelia nickt. Wissend und zufrieden. »Das ist oft so«, erklärt sie. »Ich habe viele Bräute, die sich in einem Prinzessinnenkleid sehen und letztendlich mit etwas ganz Schlichtem nach Hause gehen.«

So ist es auch bei mir. Ich dachte, ich will ein Brautkleid mit Tüll und Reifrock und allem Drum und Dran – schließlich hat man nur einmal im Leben die Gelegenheit, ein solches Kleid zu tragen –, aber jetzt trage ich eine schmal geschnittene Robe aus fließendem Stoff und fühle mich wie die schönste Frau der Welt.

KAPITEL 2

»Wollen wir noch was essen gehen?«, fragt Becca.

Ich werfe einen Blick auf die Uhr. »Um zwei muss ich die Einladungskarten abholen und dann weiter in die Konditorei«, murmle ich. »Ich hab genau … dreiundvierzig Minuten Zeit.«

»Das kommt davon, wenn man eine Hochzeit auf den letzten Drücker organisiert«, schimpft Becca. »Andere nehmen sich für die Vorbereitungen …«

» … über ein Jahr Zeit, ich weiß.« Ich ziehe die Augenbraue hoch. »Willst du nun was essen gehen oder mir lieber wieder einen Vortrag halten?«

»Na, komm schon.« Sie hakt sich bei mir ein und schleift mich zum Mexikaner an der Ecke, bei dem wir schon die ein oder andere Mittagspause zusammen verbracht haben. Wir setzen uns an die Theke und bestellen das Übliche – Enchiladas mit Spinat.

»Wenigstens kannst du das Kleid jetzt abhaken.«

»Hmm.« Ich nippe an meiner Cola light, ziehe mein Handy aus der Tasche und öffne meinen Terminkalender. »Nachher noch das mit den Einladungen und der Torte … Fehlen noch Fotograf, Blumen, Tischdekoration, die Kirchensängerin, der

DJ …« Ich schnaufe. »Du hast recht. Zwei Monate sind viel zu wenig Zeit, eine Hochzeit zu planen.«

»Meine Rede. Ich versteh echt nicht, warum ihr es plötzlich so eilig habt.« Skeptisch sieht sie mich an. »Und du bist sicher nicht …?«

»ICH BIN NICHT SCHWANGER!«, wiederhole ich zum hundertsten Mal. Becca ist nicht die Einzige, die mich das gefragt hat. Um ehrlich zu sein, dachte so gut wie jeder, dem wir von unserem Hochzeitstermin erzählten, ich hätte mich versehentlich schwängern lassen, bevor ich einen Ring am Finger trage, und will diesen Zustand so schnell wie möglich ändern.

»Schon gut«, beschwichtigt sie mich gleich. »Ich will nur sichergehen, dass du die Sache nicht überstürzt. Aus welchen Gründen auch immer.«

»Becca«, antworte ich mit ruhiger Stimme. »Casper und ich sind seit zehn Jahren …«

»Ja, eben«, fällt sie mir ins Wort. »Ihr seid seit zehn Jahren zusammen und nun muss plötzlich alles so schnell gehen? Sorry, aber ich versteh es einfach nicht.«

Als ich Becca nun genau ansehe, fällt mir auf, dass ihre Wangen gerötet sind und ihr Atem etwas schneller geht.

»Warum regt dich das so auf?«, frage ich ruhig und mustere sie eingehend.

»Ich … ich will nur nicht, dass du etwas tust, das du vielleicht später bereust.«

Als ich ihre Hand nehme, spüre ich, dass sie ein bisschen zittert.

»Ich liebe Casper«, sage ich schlicht. »Das Einzige, was ich bereuen würde, wäre, ihn nicht zu heiraten.« Einen Moment lang sehen wir uns tief in die Augen, und ich sehe die Zärtlichkeit in ihrem Blick, aber da ist noch etwas anderes. Sorge? Verletzlichkeit? Ich kann es nicht benennen. »Und jetzt halt die Klappe und iss deine Enchilada.«

»Guten Morgen, Laborpartnerin.« Casper grinste mich blöd von der Seite an.

»Was hast du denn heute Morgen schon eingeworfen?«, fragte ich misstrauisch. In den ganzen vier Monaten, die ich nun auf dieser Schule war, war er nie so gut drauf gewesen.

»Claire und ich haben Schluss gemacht«, eröffnete er mir strahlend.

»Und das interessiert mich, weil ...?«, entgegnete ich trocken und packte meine Bücher aus.

»Weil du auf mich stehst«, konterte er gewohnt selbstsicher und legte eine Hand auf meine Schulter. »Und wir jetzt endlich miteinander ausgehen können.«

»Hör auf mit dem Scheiß und hilf mir hier lieber mal, ja?« Ich hantierte mit dem Bunsenbrenner und deutete auf den Gasanschluss am Tisch.

Casper steckte den Schlauch in die dafür vorgesehene Öffnung und drehte das Ventil auf.

Ich war nicht gerade unglücklich zu hören, dass er sich endlich von seiner völlig verblödeten Cheerleader-Freundin getrennt hatte – oder war sie es, die ihn verlassen hatte? –, trotzdem war ich an einem Date nicht interessiert. Casper und ich hatten uns in den letzten Wochen angefreundet. Ich mochte ihn und wollte, dass das auch so bleibt. Außerdem konnte ich schon aus Prinzip mit niemandem ausgehen, der sich ständig über seine eigene Freundin lustig machte. Woche für Woche kam er mit einer neuen Geschichte daher, die ernsthaft an der geistigen Zurechnungsfähigkeit seiner Freundin zweifeln ließ. Er lachte sich fast kaputt darüber, wie blöd sich Claire anstellte und was für geistige Ergüsse sie manchmal von sich gab. Nicht die feine englische Art, mit seiner Freundin umzugehen. Ich bezweifelte, dass er wirklich etwas für sie empfand, und konnte nicht nachvollziehen, dass er sich nicht schon vor Monaten von ihr getrennt hatte. Aber wer weiß, vielleicht war sie eine Granate im Bett und Casper nahm die überaus geistreiche Konversation im Austausch für ein bisschen Spaß eben gerne in Kauf. Vielleicht gefiel es ihm aber auch einfach, ein Blödchen an seiner Seite zu haben, über das er sich den ganzen Tag kaputtlachen konnte. Langeweile kam mit Claire jedenfalls bestimmt nicht auf. Einmal soll sie behauptet haben, es heiße nicht Parmaschinken, sondern Pharmaschinken, und zwar deswegen, weil man dann schon am Namen erkennen könne, dass das Tier mit Antibiotika gefüttert worden war. Alles gesponsert von der amerikanischen Pharmaindustrie.

Casper schwieg. Ich spürte seinen Blick auf mir ruhen.

»Ich meine es ernst, June«, sagte er und klang plötzlich auch so. »Ich fände es sehr schön, wenn wir uns mal sehen.«

»Tun wir doch gerade«, wies ich ihn ab. »Oder dachtest du, das hier«, ich zeigte auf mein Gesicht, »ist ein Hologramm?«

Casper hob einen Mundwinkel und nickte dann langsam. »Ich dachte schon, dass es nicht einfach wird«, sagte er grinsend und legte mir eine Hand aufs Knie.

Mr Cooper begann mit dem Unterricht und bewahrte mich davor, Casper etwas entgegnen zu müssen. Den Rest der Stunde verschonte mich Casper mit seinen Avancen, doch immer wieder spürte ich seinen Blick auf mir. Er beobachtete mich. Und das war mir unangenehm.

»Hör auf damit!«, zischte ich.

»Womit?«

»Mich so anzustarren!«

»Ich starre dich doch gar nicht an.«

»Doch, tust du.«

»Na gut, ich sehe dich an – verklag mich.«

»Ich verklag dich nicht – ich hau dir gleich eine rein.«

»Ach ja?«

»Ja!«

Er lachte leise. Dann sah er mich wieder an.

»Hör auf!«, verlangte ich erneut.

»Ich kann nicht.« Sein Grinsen wurde breiter. »Du bist einfach viel zu …«

»Letzte Warnung«, zischte ich, ehe er den Satz beenden konnte. Was ich sofort bereute, da ich zu gern gewusst hätte, wie er ausgegangen wäre.

Casper biss sich auf die Lippen und drehte sich weg. Dann drehte er sich wieder zu mir und starrte mich provokativ an.

»Du bist echt süß, wenn du wüten… AUA!«

Ich hatte ihm mit voller Wucht gegen das Schienbein getreten.

»Gibt es etwas, das Sie der Klasse mitteilen möchten?« Mr Cooper sah Casper über seine Brille hinweg an.

»Nein, da war nur eine Fliege, die auf meinem Bein gelandet ist«, gab er zurück.

»Idiot«, murmelte ich vor mich hin. Und wieder lachte er.

Für den Rest der Stunde verweigerte ich jegliche Kommunikation. Casper glaubte doch wohl nicht ernsthaft, dass ich den Lückenbüßer geben würde, nun, da es mit Claire nicht mehr funktionierte. Doch obwohl ich mich dagegen wehrte, konnte ich nicht umhin, mich zu fragen, wer von den beiden wen verlassen hatte. Vielleicht würde ich in der Mensa was aufschnappen. Sicher war die Trennung des Traumpaares Gesprächsthema Nummer eins unter den Kleinstadt-Tratschmäulern der Middleton High. Klatsch und Tratsch war für gewöhnlich überhaupt nicht mein Ding, aber in diesen Zeiten war mir jede Ablenkung willkommen, sei sie auch noch so provinziell und belanglos.

Zu Hause war es schwierig. Ich glaube, meine Mutter hatte sich von unserem Umzug sehr viel mehr erhofft. Vielleicht dachte sie, sie könnte einfach noch mal von vorne beginnen, wenn sie nur zum Ausgangspunkt zurückkehrt. Zurück in ihre Heimatstadt, wo sie eine glückliche Kindheit verbracht hatte. Doch so, und das mussten wir alle ziemlich bald feststellen, funktionierte das nicht. Den Schmerz im Herzen nimmt man mit. Egal, wohin man geht.

Und nach einer anfänglichen Euphorie – alte Bekannte und Freundinnen aus der Schulzeit wiederzusehen, Grandma und Grandpa jetzt häufiger um sich zu haben, auf vertrauten Wegen spazieren zu gehen und vielleicht die ein oder andere Kindheitserinnerung aufleben zu lassen – ging es meiner Mutter, vier Monate nach unserem Umzug, so schlecht wie zuvor. Vielleicht sogar noch schlechter, denn die Hoffnung, alles würde schon irgendwie wieder gut werden, wenn sie nur nach Hause zurückginge, hatte sich zerschlagen.

Eines Nachmittags, ich kam gerade aus der Schule, saß sie im Pyjama am Esstisch und starrte stumm auf ihre Hände. Sie hatte es nicht mal geschafft, die Rollläden hochzuziehen. Ich weiß noch, wie ich in diesem Moment dachte, meine Mutter ist der traurigste Mensch auf der Welt. Jeder von uns war traurig, aber meine Mutter drohte daran zu zerbrechen. Für den Rest der Familie war es kaum zu ertragen, zu sehen, wie es ihr von Tag zu Tag schlechter ging. Und neben unserem eigenen Schmerz, mit dem wir irgendwie klarkommen mussten, war es an Emma, Dad und mir, Mum, so gut es ging, aufzufangen und ihr Halt zu geben. Ihr einen Grund zu geben, morgens aufzustehen. Weiterzuleben.

Mit Dad war auf den ersten Blick alles in Ordnung. Bis auf den Umstand, dass er, seitdem es passiert war, nie wieder gelächelt hatte – ein echtes Lächeln, eines, das von Herzen kommt –, hätte ihm ein Fremder wohl nicht angesehen, dass auch ihm ein Stück seines Herzens herausgerissen worden war. Seine neuen Arbeitskollegen hatten vermutlich keine Ahnung. Und wahrscheinlich war ihm das auch ganz lieb so.

Für den Umzug nach Middleton, Wisconsin, hatte er seinen gut bezahlten Job als Abteilungsleiter bei einer Hoch- und Tiefbaufirma in Chicago aufgegeben. Er hat es nie ausgesprochen, aber ich glaube, er hatte diesen Job wirklich sehr gemocht und der Verlust traf ihn heftig. Nachdem es passiert war, hatte mein Dad sich in die Arbeit gestürzt und wohl dort den Halt gefunden, den auch er so dringend gebraucht hatte. Nachdem wir beschlossen hatten umzuziehen, hatte er sich dann etwas Neues suchen müssen und auch schnell etwas gefunden. Lange nicht so gut bezahlt und mit deutlich weniger Verantwortung als bei seinem Job in Chicago, aber ausreichend, um eine Familie zu versorgen. Ein entscheidendes Kriterium – vor allem nun, da Mum nicht mehr arbeiten konnte. Meiner Mutter zuliebe hätte er es nie zugegeben, aber an dem Gesichtsausdruck, mit dem er Abend für Abend zur Tür hereinkam, kurz bevor er merkte, dass er beobachtet wurde und sein Pokerface aufsetzte, konnte ich ablesen, dass er seinen neuen Job hasste. Wahrscheinlich hasste er alles hier.

Meiner kleinen Schwester Emma und mir fiel der Wechsel auf die neue Schule nicht besonders schwer. Emma hatte in Chicago gerade die Junior-High abgeschlossen und begann in Middleton mit der Senior.

»Das ist ein klarer Schnitt«, hatte sie nur gesagt, als unsere Eltern uns damals eröffnet hatten, dass wir umziehen würden. »Ich denke, damit komm ich klar.« Ich weiß noch, dass ich meine kleine Schwester für diese nüchterne und erwachsene Sichtweise bewunderte. Sie war erst fünfzehn, ein Alter, in dem andere Teenager gegen ihre Eltern rebellieren bis zum Gehtnichtmehr. Aber Emma war sehr reif für ihr Alter und wahrscheinlich verantwortungsbewusster als die meisten Erwachsenen. Dieser Umzug war das Beste für die Familie, das hatte der Einzelne zu akzeptieren. Und sie akzeptierte es. Ohne Wenn und Aber.

Und für mich war es bereits das Abschlussjahr. Danach würde ich aufs College gehen, und ob ich jetzt noch mal umzog, bevor ich dann ganz wegziehen würde, war mir egal. Um ehrlich zu sein, war ich sogar froh. Denn an unserer alten Schule erinnerte mich alles an ... *sie.*

Heute – 2018

»Nein, ich bezahle.« Ich lege meine Hand auf Beccas Portemonnaie, das sie gerade aus der Tasche gezogen hat. »Für deine kompetente Brautkleidberatung.«

»Na, wenn das so ist«, nimmt Becca meine Einladung ohne zu zögern an, »dann nehm ich noch eine Margerita.« Sie grinst. »Nein, Spaß. Ich muss jetzt auch los. Hab um drei ein Meeting.«

»Sehen wir uns am Samstag?«

»Samstag?«

»Zu Jennys Geburtstagsbrunch«, erinnere ich sie an die Einladung unserer ehemaligen Studienkollegin. Wir mögen sie beide nicht besonders, und wenn wir uns treffen, artet das Ganze immer in eine Art Wettrüsten aus. Wer hat den besten Job, wer die schickste Wohnung, wer den attraktivsten Mann, wer passt in die kleinste Jeans – ihr wisst, was ich meine. Dass Jenny uns nun zu ihrem Geburtstag eingeladen hat, bedeutet, dass es irgendwas Großartiges zu verkünden gibt. Eine Beförderung, mit der sie angeben will, oder etwas anderes, womit sie ihre ehemaligen Kommilitoninnen ausstechen zu können glaubt.

»Ach so, jaaa«, antwortet Becca gedehnt. »Sollen wir uns das Theater wirklich antun?«

»Na ja, zumindest hab ich diesmal auch ein Ass im Ärmel.« Zwinkernd lasse ich den Diamanten an meinem Verlobungsring aufblitzen.

Becca schnauft.

»Und du stehst kurz davor, Namenspartnerin zu werden.« Ich wundere mich, sie daran erinnern zu müssen, dass sie mit gerade mal siebenundzwanzig bald Teilhaberin einer der aufstrebendsten Werbeagenturen in Chicago sein wird. Seit sie Beyoncés Modelabel Ivy Park als Kunden gewinnen konnte, geht es für sie nur noch bergauf. Zumindest beruflich. Privat sieht es gerade eher mau aus. Laut eigener Aussage datet sie »einen Loser nach dem anderen«.

»›Kurz davor‹ heißt nur, dass ich noch nicht Namenspartnerin bin. Im Gegensatz zu dir«, sie deutet auf meinen Ring, »komme ich mit leeren Händen. Und man geht doch auch nicht unbewaffnet zu einem Duell, oder?«

Ich zucke mit den Schultern. »Überlegs dir, ich würde mich freuen, wenn du mitkommst.«

»Ich überlegs mir«, verspricht sie.

Ein Hauch Frühling liegt in der Luft, als wir auf die Straße treten. Es ist erst Ende Februar, und heute ist der erste Tag, an dem das Thermometer deutlich über null Grad anzeigt. Sogar die Sonne lässt sich blicken, als Becca und ich uns zum Abschied kurz drücken und dann in verschiedene Richtungen davongehen. Becca zurück ins Büro, ich zur Druckerei, um die Einladungskarten abzuholen.

Um das alles zu erledigen, habe ich mir heute ausnahmsweise einen Tag freigenommen. Casper kommt erst morgen aus New York zurück, daher bleibt die Hochzeitsplanung erst mal an mir hängen. Kaum zu glauben, dass wir in nicht mal mehr zwei Monaten verheiratet sein werden. Ich lächle unwillkürlich. Und dabei hab ich es ihm am Anfang wirklich nicht leichtgemacht. Fast drei Monate ließ ich ihn damals zappeln, ehe ich seine Einladung annahm. Aber, na ja, man kann kein Nein zu einem Ja machen ohne ein Vielleicht dazwischen.

»Was? Echt?« Casper schien ganz aus dem Häuschen. »Und … du verarschst mich auch nicht wieder?«

Ich schüttelte den Kopf. »Du kannst mich um sieben abholen.«

»Wohoo!«, rief er und machte einen Luftsprung. Mitten in der Schlange zur Essenausgabe. Klar, dass alle zu uns herübersahen. Allen voran Claire, die auch drei Monate später noch immer nicht darüber hinweg war, dass Casper sie verlassen hatte. Meinetwegen. Das wusste mittlerweile jeder an der Schule. Insgeheim wurden schon Wetten darüber abgeschlossen, wann ich seinen Avancen nachgeben und endlich mit ihm ausgehen würde. Das hatten mir zumindest meine neuen Freundinnen erzählt – na ja, richtige Freundinnen waren es wohl nicht, dazu ließ ich niemanden nah genug an mich ran. Aber ich mochte die beiden, und da ich meine Meinung mittlerweile geändert hatte und sowieso mit Casper ausgehen wollte, wartete ich damit bis genau zu dem Zeitpunkt, an dem Sarah und Lauren am meisten absahnten. Und der war nun gekommen. Insgesamt zweihundertsechsunddreißig Dollar hatten sie von ihren Mitschülern einkassiert. Zum Dank luden sie mich zum Pizzaessen und ins Kino ein.

Ich mochte meine neue Schule. Ich hatte Casper, Sarah und Lauren gern um mich und meine Noten waren mehr als zufriedenstellend. Die Collegebewerbungen liefen und nach und nach trudelten die ersten Einladungen zu den Aufnahmeinterviews ein. Es lief alles, wie es sollte – bis ich nach Hause kam und die Realität mich einholte. Jeden Tag.

Meine Mutter war mittlerweile kaum noch in der Lage aufzustehen und verbrachte die meiste Zeit im Bett. Besonders für meinen Vater, der Mum über alles liebte, war dieser Zustand kaum zu ertragen.

»Habt ein Auge auf sie, ja?«, bat er Emma und mich wie fast jeden Morgen, als er das Haus verließ. »Ich weiß, das ist nicht eure Aufgabe, und Mum und ich verlangen euch viel zu viel ab. Auch mit dem Haushalt und so. Aber ...«, er schüttelte müde den Kopf, »ich weiß einfach nicht, was ich tun soll.« Tränen schwammen in seinen Augen. »Es tut mir so leid.«

»Ist schon okay, Dad. Mach dir keine Sorgen«, sagte Emma.

»Ja, ich hab heute früher aus und kümmere mich darum, dass sie etwas isst«, fügte ich hinzu.

Einen langen Moment sah Dad uns an. »Ich liebe euch«, sagte er dann und küsste uns nacheinander auf die Stirn. »Ich wünschte, es wäre anders.«

Ich nickte und schluckte gegen den Kloß in meinem Hals an. Auch Emma kämpfte mit den Tränen.

Manchmal fühlte es sich an, als führte ich zwei Leben. Das eine als ganz normale Siebzehnjährige, die kurz vor dem Highschool-Abschluss stand, Collegebroschüren wälzte, Zukunftspläne schmiedete, sich mit Freundinnen traf und vielleicht gerade dabei war, sich zum ersten Mal richtig zu verlieben. Und ... das andere. Das Leben, in das ich eintauchte, sobald ich die Schwelle zu unserem Zuhause überschritt. Ein Leben voller Schmerz und Trauer, voller Verantwortung und Durchhalten, Leiden und Hoffen, Verdrängen und ... Schuld. Lähmende, erdrückende, unerbittliche Schuld.

Ein Teil von mir konnte es gar nicht erwarten, endlich aufs College zu gehen, ein neues Kapitel zu beginnen und alles Alte einfach hinter sich zu lassen. Ein anderer, weit größerer Teil von mir hatte furchtbare Angst davor. Angst, was aus meiner Familie würde, wenn ich nicht mehr da war. Wer würde meine Mutter dazu bringen, aufzustehen, etwas zu essen, ein Bad zu nehmen? Wer würde sich um den Haushalt kümmern? Blieb das alles an Emma hängen? Konnte ich ihr das zumuten? Kochen,

Wäsche waschen, putzen, aufräumen – war sie dem mit ihren fünfzehn Jahren überhaupt gewachsen? Ich konnte nur hoffen, dass sie es war. Zweieinhalb Jahre noch, dann war auch sie mit der Highschool fertig und konnte einen neuen Lebensabschnitt beginnen. Glücklich und erfüllt leben, wie ich es mir von ganzem Herzen für sie wünschte. Sie hatte es verdient.

Genau wie ich, musste Emma schon früh lernen, Verantwortung zu übernehmen. Und zwar nicht nur für sich selbst, sondern auch für andere. Vor allem für Mum. Es war leichter, seit wir nach Middleton gezogen waren, wo auch unsere Großeltern lebten. Doch seit Grandpa einen Schlaganfall erlitten hatte, war auch er im Alltag auf Hilfe angewiesen, und das nahm fast die ganze Zeit meiner Großmutter in Anspruch. Um uns zu unterstützen, tat Grandma, was sie konnte – brachte Essen vorbei, kümmerte sich um den Garten, begleitete Mum zu Arztterminen –, aber sie war eben nicht mehr die Jüngste und stieß irgendwann selbst an ihre Grenzen. Es waren vor allem Emma und ich, die den Laden am Laufen hielten. Jeden Tag gaben wir unser Bestes. Wenn für Gleichaltrige nach Schule, Hausaufgaben und vielleicht noch Kleinigkeiten, wie die Spülmaschine einzuräumen, der Pflichtteil des Tages erledigt war, ging es für uns erst richtig los. Unser Tag war gefüllt. Von morgens bis abends, es gab immer irgendetwas zu tun. Wo andere mit ihren Eltern darüber stritten, länger aufbleiben zu dürfen, fielen Emma und ich regelmäßig todmüde ins Bett. Und als wäre das nicht schon genug, war da noch der Kummer, der alles überschattete. Den wir ausblendeten, so gut es ging, und der doch nie ganz verschwand. Er war nun ein Teil von uns. Und das würde sich niemals ändern.

Manchmal hatte ich das Gefühl, eine Art Bindeglied in meiner Familie zu sein. Diejenige, die alles zusammenhielt. Irgendwie. Und ich tat alles dafür. Weil ich meine Familie liebte – aber auch, weil ich es ihnen schuldig war. Weil ich

Wiedergutmachung leisten musste für das, was ich getan hatte. Jedes Mal, wenn ich in Mums Gesicht blickte, sah, wie sie litt, Tag um Tag, Stunde um Stunde, wurde ich daran erinnert. Schuld – sie zerfraß mich von innen.

Es mag egoistisch klingen, aber um mich selbst zu retten, um aus dieser endlosen, mich immer tiefer ziehenden Spirale auszubrechen und mir die Chance auf ein ganz normales Leben zu geben, musste ich von hier weg. Selbst wenn ich damit in Kauf nahm, dass alles in sich zusammenbrach. Die Last wog zu schwer. Ich konnte es einfach nicht mehr ertragen.

Und darum ging ich. Um dem fürchterlichen Geheimnis zu entkommen, das ich geschworen hatte zu bewahren. Das Geheimnis, das unsere Familie zerstört hatte.

KAPITEL 3

Kennt ihr diese Tage, an denen man den Drang verspürt, alles, was zu tun ist, in einer Liste festzuhalten, da man das Gefühl hat, dass einem sonst der Kopf platzt? Genau so einen Tag habe ich heute. Die Einladungskarten sind schön geworden. Ich bin sicher, dass sie auch Casper gefallen werden, wenngleich er für solche *Details*, wie er es nennt, nicht besonders viel übrighat. Ihm ist wichtiger, dass wir die Karten haben; wie sie aussehen, ist zweitrangig. Und eigentlich hat er damit ja recht. Jedes Häkchen auf der Liste bringt uns unserem großen Tag näher. Ich stecke die Einladungen in meine Tasche und hetze zum nächsten Termin.

Kuchen probieren ist eigentlich etwas, das ich gern mit jemandem zusammen gemacht hätte. Mit Casper oder Becca oder... Emma. Aber nun muss ich das alleine machen. Und so löffle ich mich durch Zitronenbuttercreme, Haselnussschokosahne, Nougatkaramellmousse und Himbeermascarpone.

»Mhh. Der hier ist wirklich gut«, schwärme ich mit vollem Mund.

»Das ist die neueste Kreation der Juniorchefin. Aprikose mit Marzipan und weißer Schokoladencreme«, erklärt die Seniorchefin stolz.

31

Ich nicke anerkennend. »Ich glaube, wir haben einen Gewinner.«

»Sehr schön. Und für wie viele Gäste soll er reichen?«

Während ich mit der Konditorin die Einzelheiten bespreche, schießt mir der Schmerz durchs Herz. Heftig, plötzlich und unerwartet, wie er es immer tut. Ich keuche, muss mich setzen.

»Ist alles in Ordnung?«, fragt sie besorgt.

»Ja«, lüge ich, wie ich es in diesen Momenten immer tue, »ist nur eine Herzrhythmusstörung«, ich muss Luft holen, um weiterreden zu können, »die mir ab und zu ein bisschen Schwierigkeiten macht.« Gepresst atme ich aus. »Nichts Ernstes. Geht gleich wieder.«

»Sind Sie sicher?« Sonderlich überzeugt sieht sie nicht aus. Kann ich verstehen. Casper hat mir einmal beschrieben, was passiert, wenn ich so eine Attacke bekomme. Von einer Sekunde auf die andere werde ich kreidebleich, mein Blick verschwimmt und ich fange unkontrolliert an zu zittern. Für jemanden, der nicht weiß, dass es schnell wieder vorübergeht, sieht es aus, als erleide ich einen Herzinfarkt oder irgendetwas anderes, das innerhalb von Minuten zum Tod führen kann. Deshalb hab ich mir die Herzrhythmusstörung ausgedacht. Als Erklärung. Sonst würde ich mit Sicherheit jedes Mal, wenn es passiert, im Krankenhaus landen. Wie beim ersten Mal. Damals wurde ich mit Verdacht auf Herzinfarkt eingeliefert und musste sämtliche Untersuchungen über mich ergehen lassen. Obwohl zunächst alles diese Ursache zu bestätigen schien – Veränderungen der Herzstromkurve im EKG, erhöhte Herzenzymwerte im Blut –, kam schließlich die Katheteruntersuchung zu dem Befund: Kein Herzkranzgefäß war verstopft, alle Gefäße waren frei. Und so wurde ich drei Tage später wieder entlassen. Mit der Diagnose Stresskardiomyopathie. Auch bekannt als Broken-Heart-Syndrom. Ich hatte keinen Herzinfarkt – ich habe ein gebrochenes Herz. Und das macht sich eben hin und wieder bemerkbar.

Mit zitternden Händen fummele ich in meiner Tasche herum und bekomme das Schächtelchen endlich zu fassen.

»Haben Sie vielleicht ein Glas Wasser für mich?«, bitte ich die Konditorin mit schwacher Stimme.

»Da muss man doch einen Arzt rufen«, mischt sich eine Kundin ein. Mittlerweile hat sich an der Verbindungstür zwischen dem Hauptverkaufs- und dem Nebenraum, in dem ich mich befinde, eine kleine Menschentraube gebildet. Neugierig linsen die zumeist älteren Damen herein. Wie ich das hasse! Mein Blick sucht die Konditorin.

»Wasser«, bitte ich sie noch einmal, und da sehe ich, dass sie in der Zwischenzeit zum Telefon gegriffen hat. »Es ist nicht nötig, jemanden zu rufen«, beteuere ich und kratze für diese paar Worte meine letzten Kraftreserven zusammen. »Ich weiß, was zu tun ist. Es geht gleich wieder.«

»O-okay«, erwidert sie zögerlich, schluckt sichtbar und holt mir endlich ein Glas Wasser. Ich kippe mir die drei Tabletten aus meinem Schächtelchen in die Hand, werfe sie in meinen Mund und spüle sie mit einem großen Schluck Wasser runter. Aspirin zur Blutverdünnung, hochdosiertes Calcium, um die Krämpfe zu lösen, und eine Tavor. Zur Beruhigung. Jetzt heißt es: Füße hochlegen und abwarten.

Sobald die Medikamente wirken und es mir unter den Blicken der Schaulustigen von Minute zu Minute besser geht, ist mir das Ganze furchtbar peinlich. Ein Glück, dass der Altersdurchschnitt in dem Laden über sechzig liegt. Wären ein paar Jüngere darunter gewesen, hätten sie bestimmt sofort ihre Smartphones gezückt und ich wäre noch vor dem Abendessen der Star eines YouTube-Videos mit dem Titel *Zukünftige Braut kratzt in Konditorei fast ab* oder etwas ähnlich Schmeichelhaftem.

Am liebsten würde ich einfach den Kopf einziehen und abhauen, aber ich muss ja noch die Torte bestellen. Also wende ich mich als Erstes meinem Publikum zu und verbeuge mich tief mit einem »Herzlichen Dank für Ihre Aufmerksamkeit«. Erst dann schaffen es die Damen, den Blick von mir zu lösen. Ein paar schimpfen vor sich hin, andere scheinen peinlich berührt und schämen sich hoffentlich, mich so unverhohlen angeglotzt zu haben. Dann, sobald ich die Gaffer los bin, wende ich mich wieder der Konditorin zu und knüpfe dort an, wo wir aufgehört haben. So, als wäre nichts passiert.

»Siebzig«, sage ich nüchtern.

»Äh … was?«, fragt meine Gesprächspartnerin und sieht mich dabei an, als hätte ich sie nicht mehr alle.

»Siebzig Gäste. Die Torte soll für siebzig Gäste reichen.«

Sie nickt mit offenem Mund. »O-okay …« Sie runzelt die Stirn, nimmt ihren kleinen Schreibblock von der Glasvitrine und notiert: »Aprikose-Marzipan-weiße Schokolade mit Fondantdecke für siebzig Personen. Was sagten Sie noch, wann die Hochzeit ist?«

»Am 18. April.«

»Gut. Welche Verzierung haben Sie sich vorgestellt?« Sie führt mich zu einer anderen Vitrine, in der Minibrautpaare sowie kleine Herzchen, Schleifen, Schmetterlinge, Blüten und anderer Krimskrams aus Zucker und Marzipan ausgestellt sind. Ich will es einfach nur so schnell wie möglich hinter mich bringen und picke mir wahllos ein paar kitschige Dekoelemente heraus. Als wir fertig sind und ich den Laden verlasse, bin ich fast sicher, die Konditorin ist froh, mich endlich los zu sein.

»Willst du zuerst die gute oder die schlechte Nachricht hören?«

»Die schlechte«, antwortet Casper.

Ich drücke mein Handy fester ans Ohr, um ihn über den Straßenlärm hinweg besser verstehen zu können. »Ich erzähl dir zuerst die gute«, bestimme ich.

»Warum fragst du mich dann?«, erwidert er mit einem Lächeln in der Stimme. »Also schieß los. Hast du ein Kleid gefunden?«

»Ja«, antworte ich und spüre für einen Augenblick Schmetterlinge im Bauch, als ich an mein Kleid denke. Das hab ich total vergessen. »Außerdem hab ich die Einladungskarten abgeholt und um die Torte hab ich mich auch schon gekümmert. Jetzt muss ich nur noch zum Fotografen. Und morgen können wir uns dann zusammen die Location anschauen.«

»Klingt doch super«, lobt er mich, »da hast du ja schon einiges erledigt heute. Und … was ist nun die schlechte Nachricht?«

Ich zögere einen Augenblick. Ich muss es ihm schonend beibringen. Er wird sich furchtbare Sorgen machen, das weiß ich.

»Ich hatte eben einen Anfall. In der Konditorei«, gestehe ich schließlich.

»Was?! Wie geht's dir? Wo bist du? Ich komme nach Hause. Ich rufe gleich im Büro an, dass sie meinen Flug umbuchen sollen. Brauchst du etwas? Soll ich …«

»Beruhige dich, Schatz. Es ist alles in Ordnung.« Ich kann Caspers Schritte durch einen hohen Raum hallen hören. So als gehe er in einer marmornen Eingangshalle nervös auf und ab.

»Wann genau war das?«, will er wissen.

»Vor etwa einer Stunde.«

»Und warum rufst du dann jetzt erst an?!« Ich höre die Panik und den Vorwurf in seinem Ton. Casper hatte schon ein paarmal das Vergnügen, während eines Anfalls live dabei zu sein. Und jedes Mal gestand er mir ein paar Tage danach, dass er furchtbare Angst hatte, diesmal könne ich wirklich sterben. Dass er nun achthundert Meilen weit weg war, als es passierte, macht ihn wahnsinnig.

»June«, sagt er nur. Und in der Art, wie er meinen Namen ausspricht, steckt so viel Liebe, dass unwillkürlich Tränen in mir aufsteigen.

»Mach dir keine Sorgen. Es geht mir gut«, versichere ich ihm erneut.

»Ich wünschte, ich wäre jetzt bei dir«, sagt er traurig.

»Wir sehen uns morgen.« Ich versuche heiter zu klingen, insgeheim wünsche ich mir in diesem Moment aber nichts sehnlicher, als von ihm in den Arm genommen zu werden.

Caspers Job ist, so aufregend und gut bezahlt er auch ist, mit einigen Entbehrungen verbunden. Für uns beide. Es ist nicht das erste Mal, dass er wegen eines Geschäftstermins nicht bei mir sein kann, obwohl ich ihn dringend brauche. Doch ich will es ihm nicht unter die Nase reiben, sonst kommt er nur wieder auf die Idee, alles hinzuschmeißen. Bald wird es anders sein. Bis dahin heißt es für uns beide: durchhalten.

Casper seufzt. »Ich liebe dich«, sagt er mit belegter Stimme. Es hört sich an, als hätte er einen Kloß im Hals.

»Ich liebe dich auch.«

Er schluckt hörbar.

»Casper«, sage ich, bevor er auflegen kann.

»Ja?«

»In zwei Monaten sind wir verheiratet.«

Ich höre, wie er lächelt, und lächle zurück.

Kapitel 4

Als Casper und ich uns zum ersten Mal küssten, fühlte es sich an, als könnte ich mich fallen lassen in der Gewissheit, dass er mich auffängt.

»Alles in Ordnung?«, fragte er besorgt, als ich mich schwer atmend von seinen Lippen löste. Nicht vor Erregung, nein. Es war wie das tiefe Luftholen einer Ertrinkenden, die durch die Wasseroberfläche bricht.

»Ja«, sagte ich mit zitternder Stimme und ließ die Tränen fließen. Zu versuchen, sie aufzuhalten, wäre sinnlos gewesen. Und es gab auch keinen Grund dazu. Denn es waren gute Tränen. Casper nahm mein Gesicht in seine Hände und sah mich an.

»Was ist es, das dich so traurig macht?«, fragte er und seine Stimme war ein Flehen. »Bitte sag es mir. Bitte sag mir, warum du so unglücklich bist.« Zärtlich küsste er mich auf die geschlossenen Lippen. »Was ist dir passiert?«

Ich atmete tief und widerstand dem Impuls wegzulaufen, wie ich es sonst immer getan hatte, wenn mich jemand so direkt darauf ansprach, was mit mir nicht stimmte. Ich hatte mir stets alle Mühe gegeben, meinen Schmerz zu verbergen. Und die meisten ließ ich gar nicht nah genug an mich ran, um Verdacht zu schöpfen. Doch für Casper hatte ich mein Herz geöffnet und ihn einen Blick auf das erhaschen lassen, was hinter der Fassade lauerte. Es war nur eine Frage der Zeit, bis er wissen wollte, warum ich manchmal so sehr in Gedanken versunken war. Warum ich zuweilen einfach nur dasaß und vor mich hin starrte. Warum ich so oft nicht reagierte, wenn ich angesprochen wurde. Nun war die Zeit gekommen und ich musste eine Entscheidung treffen. Wollte ich zulassen, dass Casper ein Teil meines Lebens würde? War ich in der Lage, mein Herz vor ihm auszubreiten?

Die Antwort lautete: ja. Ja, ich wollte Casper in mein Leben lassen und in mein Herz.

Also schloss ich die Augen und sagte es geradeaus: »Ich hatte eine große Schwester. Ihr Name war Grace.«

Zwanzig Jahre zuvor – 1998

»Gracie! June! Wartet auf mich. Ich kann nicht so schnell!«

»Nun mach schon, du lahme Ente«, drängte ich Emma, die so schnell rannte, wie es ihre kleinen Füßchen zuließen, und dabei Gordon, ihren Lieblingsteddy, hinter sich her durch den Dreck schleifte. Ich schaffte es selbst kaum, mit Grace Schritt zu halten, und ärgerte mich, dass sie so schnell und Emma so langsam lief. »Lass den blöden Teddy doch einfach liegen!«

»Nein!«, protestierte sie.

»Na, dann beeil dich wenigstens. Sonst gehen wir das nächste Mal ohne dich.«

»Wenn ihr mich nicht mitnehmt, sage ich es Mum«, drohte sie.

»Wo bleibt ihr denn?«, hörte ich Grace vom Hügel aus ungeduldig rufen.

Um Emma zu tragen, war ich mit meinen sieben Jahren nicht stark genug, also packte ich sie an der Hand und zog sie hinter mir her wie einen Esel.

»Aua«, beschwerte sie sich und begann zu heulen.

Ich warf Grace einen hilfesuchenden Blick zu, woraufhin sie genervt den Kopf schüttelte. Dann spurtete sie zu uns, schnappte sich unsere fünfjährige Schwester und rannte mit ihr auf dem Arm zurück zum Hügel, den sie noch vor mir erreichte.

»Na, hab ich euch zu viel versprochen?«, fragte sie grinsend.

Mir blieb der Mund offen stehen. Zu unseren Füßen tat sich ein riesiges Loch im Erdreich auf, das mitten in einen freigelegten U-Bahn-Schacht zu führen schien.

»Wer als Erstes unten ist!«, rief Grace, setzte Emma ab und rutschte, ohne auch nur eine Sekunde zu zögern, auf dem Hintern den erdigen Abhang hinunter. Rechts und links ragten Betonpfeiler und Metallstangen aus dem Boden, denen sie im Slalom auswich. Einen verfehlte sie dabei nur knapp, als sie die letzten Meter auf dem Hosenboden abwärts schlitterte. Direkt hinein in den Schlund des riesigen Erdmonsters.

»Grace!«, rief ich, beinahe panisch. Außer der riesigen Staubwolke, die sie aufgewirbelt hatte, war nichts zu erkennen.

Emma heulte nun noch lauter. Dicke Tränen kullerten ihre runden Wangen herab. »Wo ist sie? Ich kann sie nicht mehr sehen.«

Das konnte ich auch nicht. »Grace!«, rief ich noch mal und blanke Panik breitete sich in meinen Eingeweiden aus. War sie gegen einen Pfeiler geknallt? Als ich kurz davor war umzukehren und um Hilfe zu rufen, hörte ich ihr unverkennbares Lachen.

»Na los, ihr kleinen Schisser!«, rief Grace zu uns hoch, als sie in einer gewaltigen Staubwolke ganz unten gelandet war. Auf den Füßen! Keine Ahnung, wie sie das angestellt hatte. »Worauf wartet ihr?«

Ich schluckte.

Emma zupfte an meinem Ärmel. »Ich will nicht«, flüsterte sie. »Ich hab Angst.«

»Ach, jetzt sei doch nicht so ein Spielverderber!«, schimpfte ich Emma, um vor Grace cool zu wirken, hatte jedoch selbst die Hosen gestrichen voll. Schon bei dem Gedanken, diesen Abhang hinunterzurutschen, schlug mir das Herz bis zum Hals.

»Ich hab Angst«, bibberte Emma. »Ich will zu Mum.«

Ich schluckte erneut. Öffnete den Mund, suchte fieberhaft nach einem Weg, aus der Sache rauszukommen, ohne mich vor meiner großen Schwester zu blamieren.

»Das ist doch blöd!«, rief ich ihr entgegen, es war das Beste, das mir auf die Schnelle eingefallen war, »lass uns lieber nach Hau...«

Grace lachte schallend. Lachte mich aus. »Ihr seid solche Angsthasen«, verspottete sie uns. »Na los, geht doch nach Hause. Macht sowieso mehr Spaß alleine.«

Ich zögerte.

Emma zog fest an meiner Hand. »Komm, gehen wir heim.«

Als Grace sah, dass wir tatsächlich gleich umkehren würden, kniff sie die Augen zusammen. »Glaubt aber ja nicht, dass ich euch noch mal irgendwohin mitnehme! Ihr elenden Feiglinge!«

Und damit hatte sie mich. Ich hätte es nicht ausgehalten, vor meiner Schwester als Feigling oder Spielverderber dazustehen, also nahm ich meinen ganzen Mut zusammen, setzte mich auf den Hosenboden und stieß mich mit Schwung hinunter. Ich hörte Emma noch meinen Namen rufen, dann verschwand ich in einer Staubwolke. So fest ich konnte, stemmte ich die Hacken in den Boden, um zu bremsen, aber anstatt langsamer zu werden, änderte ich nur die Richtung. Ich stieß die Fersen noch einmal in den Untergrund, aber nur mein rechtes Bein fand Halt. Ich überschlug mich. Ein-, zwei-, drei-, viermal wirbelte ich um meine eigene Achse, verlor völlig die Orientierung, wusste nicht einmal mehr, wo oben und unten war. Als hätte mich eine Monsterwelle aus Staub und Beton mitgerissen und mich unter sich begraben. Ich zog die Beine an und presste meine Hände auf mein Gesicht, um meine Augen zu schützen, als ich von den Erdmassen verschluckt wurde. Steine und Sand zerkratzten mir die Haut. Rechts, links, oben und unten – es kam aus allen Richtungen. Ich kullerte, stürzte und fiel unkontrolliert, überschlug mich erneut – und dann krachte ich mit dem Rücken gegen eine Betonwand.

»Uff!« Der Aufprall war so heftig, dass die Luft aus meinen Lungen gepresst wurde. Ich schmeckte Erde in meinem Mund. Mein Blick war verschwommen.

»June!«

Hier!, wollte ich antworten, brachte aber keinen Ton heraus.

»June!«, rief Grace noch mal und klang auf einmal gar nicht mehr mutig. »June! June!«

Ich versuchte mich zu bewegen, konnte mich aber nicht rühren. Die Last aus Schutt und Erde, die mich unter sich begraben hatte, war zu schwer.

»June!«, brüllte Grace. Nun war sie es, die in Panik verfiel. »Wo bist du, June?«

Wieder versuchte ich zu antworten. Mein Mund war voller Dreck. Ich musste aufpassen, dass ich mich nicht auch noch daran verschluckte.

»Wo bist du? June! Wo bist du?« Graces Rufe klangen immer panischer.

Okay, dachte ich mir. Ich konnte nicht antworten, also musste ich mich auf andere Weise bemerkbar machen. Ich versuchte meinen rechten Arm zu bewegen – keine Chance. Er steckte so fest, als wäre er einbetoniert. Dann eben den linken Arm, doch auch der war eingeklemmt. Ich zwang mich, ruhig zu bleiben, mich zu konzentrieren. Aber so langsam ging mir hier unten die Luft aus.

Bleib ruhig, mahnte ich mich selbst, *nur nicht in Panik verfallen.*

Noch mal. Rechter Arm – keine Chance, er rührte sich keinen Millimeter. Linker Arm – auch nicht!

Verdammt, was soll ich nur tun?

Mein linker Ellenbogen war eingeklemmt, doch … ja! Meine Finger! Ich konnte meine Finger bewegen. Zuerst die Fingerspitzen, dann die ganze Hand.

Sehr gut!

»Wo bist du, June? June! June?«

Weiter mit dem Unterarm. Ja! Er rührte sich. Ich bewegte ihn hin und her, grub mit den Fingern, kreiste das Handgelenk, legte meinen Unterarm frei, und – zack – sprang mein Ellbogen aus seinem steinernen Gefängnis. Hand, Unterarm, Ellbogen, der Oberarm folgte. Mit letzter Kraft reckte ich ihn nach oben, durchbrach die Erdmassen und fing an, mit dem ganzen Arm zu winken. Quälende Sekunden vergingen. Die Luft wurde immer knapper. Nicht mehr lange und ich würde ersticken. Dann, endlich, spürte ich Graces Hände unter meinen Schultern. Sie zog mich hoch. Krampfhaft schnappte ich nach Luft. Hustete, spuckte Dreck aus, hustete wieder. Atmete tief ein, versorgte meine Lunge mit Sauerstoff, den sie so dringend nötig hatte. Und hustete wieder. Die ganze Zeit redete Grace auf mich ein. Meine Ohren klingelten. Graces Stimme hörte sich an, als wäre ich unter Wasser. Es dauerte ein bisschen, bis ich verstand, was sie sagte.

»Alles okay? June, bist du okay?«, fragte sie immer wieder. Hektisch wischte sie mir den Staub vom Gesicht.

»Ja«, brachte ich endlich die Antwort zustande. Meine Stimme klang so trocken, wie sie sich anfühlte. Die Erleichterung schien Grace förmlich ins Gesicht geschrieben. Erst jetzt schien ihr klar zu werden, wie gefährlich die Aktion war, zu der sie mich verleitet hatte. Ein Glück, dass Emma noch immer oben stand. Nicht auszudenken, was ihr hätte passieren können. Für mich war die Sache gerade noch mal gut gegangen, obwohl ich, rückblickend betrachtet, mir damals wahrscheinlich eine Gehirnerschütterung zugezogen hatte und zur Beobachtung ins Krankenhaus gehört hätte. Doch als Grace und ich uns in diesem Moment ansahen, beide völlig verdreckt bis in die Haarspitzen, brachen wir in schallendes Gelächter aus.

»Lass uns das Mum besser nicht erzählen«, schlug Grace vieldeutig vor, als wir gemeinsam den Abhang wieder hochkraxelten – wo unsere tränenüberströmte Schwester auf uns wartete.

»Aber irgendwas werden wir ihr erzählen müssen, wenn wir so«, ich deutete auf unsere Klamotten, die so schmutzig waren, dass man nicht mal mehr erkennen konnte, welche Farbe sie hatten, »nach Hause kommen.« Mitten in einer Großstadt wie Chicago wurde man für gewöhnlich nicht derart dreckig.

»Hm-m«, machte Grace und nickte. »Ich glaube, ich habe eine Idee.«

Mum unterrichtete damals Geschichte an der University of Illinois und wir wohnten in einem kleinen Stadthaus ganz in der Nähe des Campus. Gleich um die Ecke befand sich ein Park, der sowohl einen Springbrunnen als auch einen riesigen Outdoorspielplatz beherbergte. Graces glorreiche Idee bestand nun also darin, uns in besagtem Brunnen zu waschen und uns anschließend im Sandkasten des Spielplatzes zu wälzen, um die Spuren zu verwischen.

»Und Mum sagen wir einfach, wir haben im Sand gespielt«, schwor sie uns auf die modifizierte Version der Ereignisse ein und rang Emma und mir das Versprechen ab, die Geschichte genau so zu bestätigen. »Und wenn ihr Mum und Dad was anderes erzählt, dann nehm ich euch nie wieder mit. Nie wieder! Ist das klar?«

Wir nickten eifrig. Emma und ich hätten fast alles getan, um Graces Aufmerksamkeit zu gewinnen und ihr zu gefallen. Außerdem wollten auch wir keinen Ärger zu Hause.

Daheim angekommen, berichtete Grace also von unserem vermeintlichen Sandkastennachmittag. Sie klang sehr überzeugend, wie ich fand. Und Mum schien die Geschichte, wenn auch stirnrunzelnd, geschluckt zu haben – zumindest so lange, bis die Polizei vor der Tür stand. Offenbar war uns eine besorgte Mutter, die unser Treiben am Springbrunnen und auf dem Spielplatz misstrauisch beäugt hatte, bis vor die Tür gefolgt, wo sie schließlich die Polizei alarmiert hatte. Zusammen mit den beiden Beamten stand sie nun auf unserer Türschwelle und warf mit Begriffen wie »Kindswohlgefährdung«, »Verwahrlosung« und »Jugendamt« um sich. Grace, Emma und ich kamen also nicht drum herum, zu beichten, was wirklich geschehen war. Meine Mutter hatte alle Hände voll zu tun, die drei zu überzeugen, dass gut für uns gesorgt wurde und wir für gewöhnlich nicht unbeaufsichtigt die Stadt unsicher machten. Erst als Dad nach Hause kam, verabschiedeten sich die Beamten. Die Dame, die sie zu uns geführt hatte, war da deutlich hartnäckiger.

»Verlassen Sie jetzt mein Haus«, brummte Dad in einem Ton, der keinen Widerspruch zuließ. Und während er die gute Frau nach draußen begleitete, wandte Mum sich uns zu.

»Was ZUM TEUFEL habt ihr euch dabei gedacht?!«, brüllte sie. »Einmal, nur einmal wart ihr allein zu Hause! Ein einziges Mal! Ihr hättet doch einfach fernsehen können!« Mum war außer sich. Der Babysitter hatte kurzfristig abgesagt, und da sie es eilig gehabt hatte, zu ihrer Vorlesung zu kommen, hatte sie sich entschieden, uns für zweieinhalb Stunden allein zu lassen. Grace hatte schon oft betont, dass sie keinen Babysitter mehr brauchte und außerdem durchaus in der Lage sei, auf Emma und mich aufzupassen. Die Chance, das zu beweisen, hatte sie an diesem Nachmittag bekommen und ... na ja, ihr wisst ja, wie es ausgegangen ist.

»Gerade von dir hätte ich mehr erwartet, Grace! Du bist die Älteste. Mit elf Jahren solltest du in der Lage sein, ein bisschen Verantwortung zu übernehmen! Stattdessen bringst du dich und deine Schwestern in eine solche Gefahr!« Mum biss die Zähne zusammen und ballte die Hände zu Fäusten. Ich vermied es, sie direkt anzusehen. Mir war wegen des Sturzes so schwindlig, dass ich sicher war, ich schielte ein bisschen.

»Ich will gar nicht daran denken, was alles hätte passieren können! Ein freigelegter U-Bahn-Schacht! Meine Güte! Wie kommt ihr nur auf so eine bescheuerte Idee?!«

Wie die Orgelpfeifen standen wir vor ihr und ließen uns ausschimpfen. Den Blick zu Boden gerichtet. So ging das noch eine ganze Weile weiter. Erst als Dad sich zu ihr stellte und den Arm um ihre Schultern legte, beruhigte sich Mum wieder etwas.

»Und wie ihr ausseht!«, schalt sie uns weiter, ihr Ton war jedoch schon sehr viel sanfter. So als wäre die Wut der Erleichterung darüber gewichen, dass uns bei dieser lebensgefährlichen Aktion nichts passiert war. »Los, ab in die Badewanne mit euch. Alle drei.«

Wir setzten uns in Bewegung.

»Halt. Wo wollt ihr hin?«

»In die Badewanne?«, antwortete ich kleinlaut.

»So? Damit ihr mir den Dreck im ganzen Haus verteilt? Ihr habt sie wohl nicht alle! Los, ausziehen!«

Beschämt schälten wir uns aus unseren panierten Klamotten und marschierten mit gesenktem Blick nackt die Treppe hoch ins Badezimmer, wo Mum uns ein warmes Schaumbad einließ und uns nacheinander den Lehm aus den langen Haaren wusch.

KAPITEL 5

Die Herzattacke hat mich geschwächt. Am liebsten würde ich nach Hause fahren und mich hinlegen, doch den Termin beim Fotografen habe ich nur durch Zufall so kurzfristig bekommen, weil jemand abgesagt hat. Es würde ewig dauern, einen neuen zu bekommen. Wahrscheinlich wäre er an unserer Hochzeit schon gar nicht mehr verfügbar, wenn ich die Sache nicht jetzt gleich fix mache. Nur ein Moment Pause auf einer Bank im Millennium-Park, unweit meines alten Zuhauses, mehr ist nicht drin. Kurz durchatmen, meinem Herzen einen Augenblick Zeit geben, sich zu erholen. Unwillkürlich greife ich mir an die Brust und massiere die schmerzende Stelle.

Wie üblich, so kurz vor dem Wochenende, sind heute viele Touristen unterwegs. Eine Gruppe Senioren dackelt einer jungen Frau mit leuchtend rotem Basecap hinterher. Sie trägt eine Jacke mit der Aufschrift *Chicago Sightseeing* und bedeutet ihrer Gefolgschaft mit einem Wink, sich direkt unter der spiegelnden *Bean* zu versammeln, einer der beliebten Touristenattraktionen der Stadt. Damit ruiniert die Gruppe das perfekte Selfiesetting einiger junger Frauen, die sich nun murrend ein neues Plätzchen für ihre Fotosession suchen.

Ich atme tief ein. Die Luft ist noch kalt, doch so nah am Ufer des Michigansees kann man das Wasser schon fast riechen. Ich spüre die ersten kräftigen Sonnenstrahlen des noch jungen Jahres auf meiner Haut. Ich schließe die Augen und denke mich ein paar Wochen zurück zu jenen wundervollen Tagen auf den Bahamas. Ganz kurzfristig haben Casper und ich beschlossen, unseren zehnten Jahrestag dort zu verbringen.

Zehn Jahre ... krass. Über ein Drittel meines Lebens habe ich mit Casper verbracht. In sieben Jahren wird es schon mein halbes Leben sein. Und irgendwann werden die ersten siebzehn Jahre meines Lebens nur noch ein Bruchteil der Zeit sein, die ich mit ihm verbracht habe.

Als Casper und ich uns ineinander verliebten, wussten wir beide, dass es anders war. Sicher hatte ich auch schon vor ihm die eine oder andere Bekanntschaft gehabt, aber über ein bisschen Schwärmerei und Rumgeknutsche war es nie hinausgegangen. Casper hatte da in seinen früheren Beziehungen deutlich schwerere Geschütze aufgefahren, worüber jeder Bescheid wusste, und er machte keinen Hehl daraus. Aber auch ihm war sofort klar, dass das zwischen uns etwas Ernstes war. Etwas sehr Ernstes.

Es dauerte nicht lange. Schon nach unserem zweiten Date war ich hoffnungslos in Casper verliebt. Klar, ich kannte ihn schon eine ganze Weile, als Laborpartner verbrachten wir auch regelmäßig Zeit zusammen, quatschten über alles Mögliche. Von Woche zu Woche freute ich mich mehr auf den Chemieunterricht. Und mit jeder Minute, die ich mit Casper verbrachte, wuchs auch mein Interesse an ihm. Casper war witzig, charmant, einfühlsam und intelligent – auch wenn ich das nach unserer ersten Begegnung nicht für möglich gehalten hätte. Ich hatte ihn schon toll gefunden, als wir nur Freunde waren, aber der Casper, den ich außerhalb der Schule kennenlernte, war umwerfend. Ich konnte gar nicht anders, als mich in ihn zu verlieben.

Es brauchte seine Zeit, bis wir unsere Balance zwischen Schule und Privatleben gefunden hatten – ich meine, ich bin einfach niemand, der auf dem Schulflur wilde Knutschereien veranstaltet –, aber schon von Anfang an, wenn ich mit Casper zusammen war, fühlte ich mich einfach wohl. Geborgen. Er gab mir das Gefühl, etwas Besonderes zu sein. Und, was noch wichtiger war, er gab mir das Gefühl, dass ich mich auf ihn verlassen konnte. Dass er mich auffängt, wenn ich falle. Was aber keinesfalls bedeutet, dass bei uns nur alles eitel Sonnenschein war. Wir stritten. Heftig und viel. Doch wir versuchten stets einen Weg zu finden. Einen Kompromiss zu schließen, wo es möglich war, und eine andere Sichtweise zu akzeptieren, wenn es nötig war. Ja, was Casper und ich haben, ist wirklich etwas ganz Besonderes. Liebe – natürlich –, doch zwischen uns gibt es noch etwas anderes, das uns – so glaube ich zumindest – von anderen Paaren unterscheidet. In den letzten zehn Jahren haben wir so vieles erlebt, dass wir, so abgedroschen es klingen mag, regelrecht zusammengewachsen sind. Natürlich hatten wir auch schwierige Zeiten, in denen es nicht gut lief. Auf dem College waren wir sogar eine Weile getrennt. Und dennoch haben wir alles, was das Leben uns bescherte, gemeinsam durchgestanden. Das Gute wie das Schlechte. Wir sind aneinander gereift, sind gemeinsam erwachsen geworden. Sein Schmerz war meiner und meinen Kummer fühlte auch er. Wir fingen einander auf und gaben uns Halt. So war es damals und so ist es heute.

Casper hatte das, was man gemeinhin als *schwierige Kindheit* bezeichnen würde. Nach der Scheidung seiner Eltern lebte er zusammen mit seinem kleinen Bruder Phillip bei der Mutter. Ihren Vater sahen die beiden jedes zweite Wochenende. Das verbrachten sie dann ausschließlich mit ihm in seiner

Zweizimmerwohnung, wo sie die meiste Zeit fernsahen und sich zweimal am Tag etwas zu essen bestellten. Geredet wurde dort nie besonders viel, geschweige denn, dass sie irgendetwas unternommen hätten. Als Kind hatte Casper das einfach akzeptiert.

»So war das eben«, sagte er einmal schulterzuckend zu mir. Erst als er fast schon erwachsen war und meine Mutter kennengelernt hatte, wurde ihm bewusst, dass sein Vater seit der Scheidung an einer Depression gelitten haben musste. Außerdem war er schwerer Alkoholiker. Obwohl er sich mit dem Trinken zurückhielt, wenn seine Jungs da waren, erinnerte sich Casper ganz genau an den kleinen Abstellraum neben der Küche, der immer überquoll von leeren Bierdosen und Whiskeyflaschen. Das Traurigste an der Sache ist jedoch, dass Casper trotz allem lieber bei seinem Dad war als bei seiner Mum. Denn Liz war nicht gerade das, was man sich unter einer liebenden Mutter vorstellt.

»Ich mag keine abgeschlossenen Türen in meinem Haus!«, rief Liz Phillip hinterher, der eben die Badezimmertür hinter sich zugesperrt hatte.

»Ist es dir lieber, ihm beim Wichsen zuzusehen?«, zischte Casper.

Sie stritten sich in letzter Zeit ständig. Über alles Mögliche. Meiner Meinung nach lag das zu einem großen Teil daran, dass Casper nicht oder zumindest noch nicht in der Lage war, auszusprechen, worum es wirklich ging. Also nahm er jeden kleinen Anlass, um mit seiner Mutter Streit anzufangen. Egal ob es um Haushalt, Einkauf oder abgeschlossene Türen ging – anscheinend sah er überall Angriffsflächen. Und ich stand mittendrin und fühlte mich, als sei ich zur falschen Zeit am falschen Ort.

»Was glaubst du denn, was er da drin macht? Er ist vierzehn, verdammte Axt! Lass ihm ein bisschen Privatsphäre.«

Liz schaute ziemlich dumm aus der Wäsche. Ging ihr ernsthaft erst jetzt ein Licht auf? Ich meine, wie konnte es sein, dass eine erwachsene Frau, noch dazu Mutter zweier Söhne, keinen Schimmer zu haben schien, was ein Vierzehnjähriger tut, wenn er sich mit einer Flasche Bodylotion und einer Packung Taschentücher im Badezimmer einschließt? Die einzige Erklärung, die ich mir zurechtlegen konnte, war, dass es sie nicht interessierte. Und damit meine ich nicht nur das, was hinter verschlossenen Badezimmertüren passierte, sondern dass Liz generell nicht besonders viel Interesse für ihre Söhne und deren Leben aufbringen konnte. Dieser Eindruck verfestigte sich mit der Zeit und ergab mit jedem Erinnerungsschnipsel aus Caspers Kindheit ein immer klareres Bild. Von Liz als Mensch und von der Mutter, die sie gewesen war.

»Hast du je mit ihr darüber geredet?«, fragte ich Casper eines Nachmittags.

Er lachte auf. Kurz und hart. »Wann denn? Sie war ja nie da.«

Caspers Mutter hatte seinen Dad verlassen, als er neun und Phillip fünf Jahre alt gewesen war. Wann immer Casper darüber redete, sagte er, sie habe ihn »aus dem Haus gejagt«. Was genau das bedeutet, weiß ich bis heute nicht.

»Mein Dad wollte sich nie scheiden lassen, aber Liz« – ja, Casper nannte seine Mutter beim Vornamen, denn *Mum* genannt zu werden, musste man sich verdienen, sagte er – »wollte ihr eigenes Ding durchziehen. Zweiter Frühling oder so, keine Ahnung.« Casper zog die Augenbrauen zusammen. »Ich glaube, Dad liebt sie noch immer. Sie hätten glücklich werden können, wenn Liz nicht …« Er seufzte leise. »Ich glaube, sie hasste es einfach, verheiratet zu sein. Und wahrscheinlich«, er hielt eine Sekunde inne und atmete tief ein, »hasste sie es auch, Mutter zu sein.«

Das zu hören, brach mir fast das Herz. Unweigerlich musste ich an meine eigene Kindheit denken und wie sich alles verändert hatte, seit Grace nicht mehr da war. Vor allem, wie meine Mutter sich seither verändert hatte. Ich glaube nicht, dass sie Grace von uns dreien am meisten geliebt hatte und nur deswegen so litt, weil sie ihre Lieblingstochter verloren hatte. Ich glaube, sie liebte uns alle gleich und hätte gelitten, egal, welche von uns es getroffen hätte. Ich würde sogar so weit gehen zu behaupten, dass meine Mutter ihre Kinder so sehr liebte, dass sie über den Verlust des einen die anderen aus den Augen verloren hatte. Dass sie eigentlich alles aus den Augen verloren hatte. Wahrscheinlich auch sich selbst.

Es war ein ganz normaler Tag, als Casper der Kragen platzte. Wir standen kurz vor unserem Highschool-Abschluss und hatten vor, nach der Schule bei ihm zusammen zu lernen. Und nein, Leute, das ist kein Code für Rummachen. Wir hatten wirklich vor zu lernen. Also fuhren wir zu ihm nach Hause, wo Liz uns schon im Flur entgegenstürmte.

»Na endlich! Wo warst du denn so lange?«

Casper legte die Stirn in Falten. »In der Schule. Wo soll ich sonst gewesen sein?«

Liz wischte mit der Hand durch die Luft. »Egal. Ich muss los«, sagte sie, während sie sich eine mit Glitzersteinchen besetzte Jeansjacke überstreifte. Erst jetzt bemerkte ich die zwei prall gefüllten Koffer neben der Tür.

»Und wo solls hingehen, wenn ich fragen darf?« Casper war deutlich anzumerken, dass er sich bemühte, ruhig zu bleiben.

»Nach Waukegan. Amber und ich haben in letzter Minute noch einen Platz auf der *Bijouette* bekommen.«

»Die *Bijouette*?«

»Die Schmuckausstellung«, antwortete sie verwundert, als wüsste das jedes Kleinkind. »Wir haben einen kleinen Standplatz ergattert, um unsere neue Kollektion zu präsentieren. Das wird unser Durchbruch. Ich habs im Gefühl«, schwärmte sie und griff nach ihren beiden Koffern.

Nach diversen Geschäftsideen – vom Kosmetikdirektvertrieb über den mobilen Hundefriseur bis hin zum eigenen Nagelstudio – war Liz mittlerweile beim Schmuckdesign angelangt. Zusammen mit ihrer Freundin Amber versuchte sie nun bereits seit einigen Monaten, das eigens dafür gegründete Label *Lizamb Jewels* zu etablieren. Was sich als gar nicht so einfach gestaltete, wenn man null Talent besaß und glaubte, eine Jeansjacke mit einer Heißklebepistole und ein paar Glitzersteinchen zu verschandeln, sei *high fashion*.

Casper holte tief Luft. »Und was ist mit Phillip?«, fragte er ruhig.

»Ach so, ja. Kannst du ihn bitte von der Schule abholen? Und schau, dass er etwas isst, ja? Ich hab es nicht mehr geschafft einzukaufen, aber auf dem Küchentisch liegen zwanzig Dollar.« Sie drückte ihm einen Kuss auf die Wange. »Danke, bist ein Schatz. Ich bin am Montag zurück, spätestens Dienstag.«

Sie wollte gerade zur Tür hinaus, als Casper seinen Fuß dagegenstemmte. »Nein«, sagte er so schlicht wie entschlossen.

Verwundert sah sie ihn an. »Was nein?«

»Nein!«, wiederholte er, diesmal schärfer.

»Lass den Quatsch, ich bin spät dran.« Liz versuchte sich an ihrem Sohn vorbeizudrücken, doch der stemmte seinen Fuß nur noch fester gegen die Tür.

»Ich hab Abschlussprüfungen«, sagte er, und ich konnte sehen, wie seine Halsschlagader pulsierte. »Ich muss lernen. Ich kann mich nicht das ganze Wochenende um Phillip kümmern.«

»Jetzt komm schon. Er ist vierzehn. Alt genug. Du wirst gar nicht merken, dass er da ist.«

Für eine Sekunde sah Casper aus, als würde er sich mit seiner Mutter auf eine Diskussion einlassen, ob man einen

Vierzehnjährigen übers Wochenende allein zu Hause lassen konnte, doch dann sagte er nur: »Nein, du gehst nirgendwo hin.«

Liz, der erst in diesem Moment klar wurde, wie ernst er es meinte, fiel die Kinnlade runter. Sie ließ von der Tür ab und wandte sich nun ihrem Sohn zu. »Was fällt dir ein, so mit mir zu reden?«

»Wenn du gehst, ruf ich das Jugendamt an.«

»Du drohst mir?« Sie rang um Fassung.

»Nein, ich sage dir nur, was passiert, wenn du durch diese Tür gehst.«

»Ich … ich …«, sie schüttelte den Kopf, »ich kann nicht fassen, dass du so mit mir redest.«

»Du gehst nirgendwo hin«, wiederholte Casper. »Du bleibst hier und bist eine Mutter. Zumindest für Phillip. Für mich ist es längst zu spät.«

Liz blieb der Mund offen stehen, ihr Blick huschte zu mir. »Sollten wir das nicht lieber unter uns …?«

»Es geht hier nicht um dich!«, fiel Casper seiner Mutter ins Wort. »Diesmal nicht. Es geht um mich und Phillip.«

»Wie darf ich das denn bitte verstehen?« Sie wirkte nun beinahe schnippisch. Verschränkte die Arme vor der Brust und baute sich in einem verzweifelten Versuch, die elterliche Autorität zurückzugewinnen, vor ihrem Sohn auf. Doch dafür war es längst zu spät. Jahre zu spät. Die Rollen waren schon lange vertauscht. Liz benahm sich wie ein pubertierender Teenager, der sorgenfrei in den Tag hineinlebt, von einer hirnrissigen Idee zur nächsten hopst, sie zum Lebenstraum erklärt und alles stehen und liegen lässt, um diesen zu verwirklichen. Für banale Alltäglichkeiten, die das Leben einer alleinerziehenden Mutter für gewöhnlich mit sich bringt, konnte sie weder Zeit noch Energie erübrigen. Nicht selten kam es vor, dass Casper von den paar Dollar, die er in seinem Nebenjob an der Tankstelle verdiente, den Kühlschrank füllte oder wahlweise die Strom- oder Telefonrechnung bezahlte. Liz öffnete zuweilen nicht mal die Umschläge. Casper war schon lange der Erwachsene in diesem Haus. Sein Ausbruch wunderte mich also nicht, im Gegenteil, das Einzige, das ich nicht verstand, war, warum es so lange gedauert hatte, bis es geschah. Aber manchmal entwickeln sich die Dinge so schleichend, dass man in eine bestimmte Rolle hineinrutscht, ohne es zu merken. Und eines Tages wacht man auf, steht vor vollendeten Tatsachen und fragt sich, wie um Himmels willen es nur so weit hatte kommen können.

Für Casper war dieser Tag heute gekommen. Als er seine strasssteinchenbesetzte Mutter mit diesen beiden Koffern im Flur stehen sah und sie ihm mit einer solch überheblichen Selbstverständlichkeit verkündete, dass sie jetzt gehe und er sich um seinen kleinen Bruder kümmern solle, fiel es ihm wie Schuppen von den Augen.

Ohne Umschweife kam er zum Punkt.

»Hast du eine Ahnung, was deine Entscheidung, Dad zu verlassen, mit uns gemacht hat?« Es war offensichtlich, dass Casper über seine Kindheit und die Scheidung seiner Eltern zum ersten Mal so deutliche Worte verlor.

Unter dem Blick, den Liz mir zuwarf, fühlte ich mich plötzlich fehl am Platz. Unbewusst wandte ich mich ab, doch Casper hielt mich am Arm fest.

»Ich habe keine Geheimnisse vor June«, fügte er hinzu, den Blick nach wie vor fest auf seine Mutter gerichtet. »Sie weiß das alles.«

Liz biss die Zähne zusammen.

»Nur dir habe ich es nie gesagt.« Für eine Sekunde senkte er den Blick, als müsste er all seinen Mut zusammennehmen, um endlich das auszusprechen, was ihm schon so lange auf der Seele brannte. Plötzlich sah er auf. »Ich hatte eine furchtbare

Kindheit«, platzte er heraus und seine Mutter starrte ihn an wie ein Reh im Scheinwerferlicht.

»Was? Aber ich habe doch …«

»Was hast du?«, unterbrach er sie. »Du warst so gut wie nie da. Du hast Dad verlassen, weil du unglücklich warst und dich selbst verwirklichen wolltest? Bitte schön! Aber wenn du ihn schon aus dem Haus jagen musstest, warum bist du dann nicht bei uns geblieben? Phillip hast du zur Tagesmutter abgeschoben und ich war hier ganz alleine.« Casper schnaufte, kniff die Augen zusammen, drückte Daumen und Zeigefinger fest an seinen Nasenrücken. »Hast du eine Ahnung, wie ich meine Abende verbracht habe? Mit Horrorfilmen und Pornos! Oder was glaubst du, was ein Dreizehnjähriger tut, wenn niemand da ist, der ihm sagt, dass er seine Hausaufgaben machen, sich die Zähne putzen und pünktlich ins Bett gehen soll?«

Liz sah aus, als hätte sie sich an ihrer eigenen Zunge verschluckt. »Ich wollte doch nur das Beste für euch«, erwiderte sie kleinlaut.

»Das Beste?!«, brüllte Casper. »Und was soll das bitte sein?«

»Du … du hattest immer die neueste Playstation«, stotterte sie auf der verzweifelten Suche nach einem Argument.

Casper fehlten für einen Moment die Worte. »Willst du mich verarschen?«, polterte er dann los. »Scheiß auf die verfickte Playstation! Ich war allein! Tag für Tag! Und Phillip ist bei einer fremden Frau aufgewachsen, die noch heute mehr seine Mutter ist, als du es je warst.« Tränen der Wut glitzerten in Caspers Augen. »Und du? Einen Typen nach dem anderen hast du angeschleift.« Seine Lippen zitterten, dann brüllte er: »Was glaubst du, wie es ist, seiner eigenen Mutter die halbe Nacht beim Vögeln zuzuhören?«

Liz starrte ihn entsetzt an. Öffnete den Mund und schloss ihn wieder.

»Das dachte ich mir schon«, kommentierte er ihre Sprachlosigkeit und eine einsame Träne stahl sich aus seinem Augenwinkel. »Wenn du für jemanden das Beste wolltest, dann für dich selbst.«

Ich hielt es kaum aus, Casper nicht zu berühren. Der Drang, ihn in den Arm zu nehmen, zu halten und zu trösten, war schier übermächtig. Sein Schmerz ging mir so nahe, als sei es mein eigener. Casper nickte vielsagend, dann schüttelte er den Kopf.

»Komm«, er griff nach meiner Hand, und ich war dankbar, ihn endlich berühren zu dürfen, »gehen wir.«

Wortlos verließen wir das Haus und stiegen ins Auto. Casper ließ den Motor an und fuhr los. Seine Nasenflügel bebten bei jedem Atemzug. Ich sah ihn nur an, sagte kein Wort. Wartete einfach, bis er so weit war. Dann, mitten auf der Landstraße, fuhr er rechts ran, legte den Kopf in seine Hände und weinte. Er weinte nicht um sich, sondern um den einsamen kleinen Jungen, der er einst gewesen war.

Ich kletterte auf die Fahrerseite und schloss ihn fest in meine Arme. Und in diesem Moment wusste ich, dass ich nie wieder aufhören würde, ihn zu lieben.

Kapitel 6

Nachdem wir unseren Highschool-Abschluss in der Tasche hatten – Casper und ich waren damals schon fast ein halbes Jahr zusammen –, gingen wir aufs College. Er auf die Chicago State und ich begann mein Studium an der University of Illinois. Dass Mum dort früher unterrichtet hatte, kam mir beim Aufnahmeinterview sicher zugute, trotzdem hatte ich mir diesen Studienplatz selbst erarbeitet und war stolz darauf.

Caspers und meine Beziehung war damals noch recht jung, und auch wenn wir uns natürlich wünschten, dass sie für immer hält – Gewissheit gibt es dafür nie. Keiner von uns wäre also dumm genug gewesen, seine ursprünglichen Pläne wegen des anderen zu ändern oder auf ein anderes College zu gehen. Umso glücklicher waren wir darüber, dass wir beide in Chicago studieren und wohnen würden.

Fürs Zusammenziehen waren wir noch nicht bereit und so bezog Casper ein Zimmer in einer reinen Männer-WG und ich richtete mich in meiner ersten eigenen Wohnung ein. Sie war winzig, aber es war das erste Mal, dass ich allein lebte, und ich genoss es sehr, dass dort alles so war, wie ich es haben wollte. Ein Kühlschrank voller Dinge, die ich gern aß, ein Fernseher, auf dem nur das lief, was ich sehen wollte, ein Bett, das ich machte, wenn ich Lust dazu hatte – und wenn ich keine Lust hatte, machte ich es eben nicht.

Casper und ich waren unheimlich gern zusammen, doch jeder von uns brauchte auch seinen Freiraum. Wir konnten ganz offen darüber reden, ohne Angst haben zu müssen, den anderen zu verletzen. Gerade die Collegezeit dient dazu, sich selbst besser kennenzulernen und vielleicht schon eine Antwort auf die Frage zu finden, was für ein Mensch man sein möchte. Dazu gehört auch, neue Leute kennenzulernen – und damit meine ich nicht Sex; dass wir einander treu blieben, stand außer Frage. Nein, im College geht es darum, seinen Horizont zu erweitern, und das funktioniert eben nur bedingt, wenn man Tag und Nacht mit ein und derselben Person zusammen ist. Natürlich sahen wir uns trotzdem, so oft es ging. Wir waren noch immer sehr verliebt und genossen unsere gemeinsame Zeit sehr. Das war vielleicht auch das Besondere daran. Dass es sich jedes Mal anfühlte wie ein Date, wenn wir uns trafen. Inklusive der Schmetterlinge im Bauch. Jeder von uns hatte seine eigenen Freunde, eigene Hobbys – und trotzdem hatten wir einander.

Heute – 2018

Es kostet mich einiges an Verhandlungsgeschick, bis der Fotograf und ich uns auf ein Honorar einigen, mit dem wir beide einverstanden sind. Da ich trotzdem noch etwas Zeit habe und ich morgen, wenn Casper zurückkommt, ein bisschen damit prahlen will, wie viel ich erledigt habe, mache ich mich auf zur nächsten U-Bahn-Station und fahre in Richtung Logan Square, wo meine alte Schulfreundin Tammy vor etwas über einem Jahr einen kleinen Blumenladen eröffnet hat. Für meinen Brautstrauß kommt nur sie infrage – außerdem will ich ihr noch die Einladung vorbeibringen.

Vor unserem Umzug nach Middleton war Tammy meine beste Freundin. Wir blieben die ganze Zeit in Kontakt, und seit ich vor fast zehn Jahren für mein Studium zurück nach Chicago kam, treffen wir uns regelmäßig.

»June!«, begrüßt sie mich freudig, lässt den halbfertigen Strauß, an dem sie gerade arbeitet, einfach fallen, stürmt mir entgegen und zieht mich in ihre Arme.

»Hi Tammy, schön, dich zu sehen.« Ich muss lachen. Sie passt wirklich perfekt hier herein. Heute sind ihre Haare lila. Gut möglich, dass sie gestern noch blau waren oder orange. Ein lila Lockenköpfchen mit hellblauem Lidstrich und knallgelben Fingernägeln, umgeben von einem Meer aus Blättern und Blüten.

»Was führt dich denn hierher? Komm rein. Willst du einen Kaffee?«

»Ähm … Miss?«

Die Kundin, deren halbfertigen Strauß Tammy gerade einfach ins Waschbecken gepfeffert hat, um mich zu begrüßen, hat sie offenbar völlig vergessen. »Oh, sorry.« Sie läuft rot an. »June, ich bin gleich für dich da.«

Tammy hatte schon immer Schwierigkeiten, sich auf eine Sache zu konzentrieren oder etwas zu Ende zu bringen, bevor sie etwas Neues anfing. Unsere Klassenlehrerin empfahl Tammys Eltern daher, sie auf ADHS testen zu lassen, und tatsächlich bestätigte sich der Verdacht. Da Tammys Mum sie nicht »unter Drogen setzen« wollte, wie sie es ausdrückte, lehnte sie eine medikamentöse Behandlung ab. Stattdessen suchte sie nach anderen Wegen, ihrer Tochter dabei zu helfen, etwas ruhiger und etwas ausgeglichener zu werden. Yoga funktionierte ganz gut. Aber Blumen halfen am besten.

»Sie erden mich irgendwie«, beschrieb Tammy es einmal, »sie tun mir gut.« Also ist sie dabei geblieben.

Ich nutze die Zeit, mich ein bisschen im Laden umzusehen. Und mir Gedanken darüber zu machen, wie mein Brautstrauß aussehen könnte. Bisher habe ich darüber noch gar nicht nachgedacht. Sachte streife ich mit meinen Fingerspitzen über die zarten Blüten. Rosen, Nelken, Callas, Lilien und Tulpen verströmen ihren betörenden Duft. Was für ein schöner Arbeitsplatz, denke ich noch. So ganz anders als meiner. Jeden Tag verbringe ich fast zehn Stunden in stickigen Seminarräumen und erzähle den Abteilungsleitern irgendwelcher Firmen etwas über Führungskräftekompetenzen, das sie im Grunde oft gar nicht interessiert. Versteht mich nicht falsch, ich arbeite sehr gern in der Unternehmensberatung, aber der Gedanke, den ganzen Tag von Blumen umgeben zu sein, fühlt sich in diesem Moment sehr verlockend an.

Begleitet vom Bimmeln der Türglocke, verlässt Tammys Kundin den Laden.

Im Nu ist Tammy bei mir. »Erzähl, was kann ich für dich tun?«

Ich lache kurz. »Du kannst tatsächlich etwas für mich tun, aber zuerst«, ich krame eine der frisch gedruckten Einladungskarten aus meiner Tasche, »möchte ich dir etwas geben.« Ich grinse unwillkürlich dieses selige Grinsen. »Sind gerade fertig geworden. Du bist die Erste, die eine bekommt.«

Tammy runzelt skeptisch die Stirn, als sie den Umschlag öffnet und die Karte herauszieht. »Du heiratest?« Mit weit aufgerissenen Augen starrt sie mich an.

Ich nicke eifrig und grinse noch immer wie ein Vollidiot.

Tammy sieht mich an, dann wieder auf die Karte. »Im April? Das ist ja schon in zwei Monaten!«

Wieso bekomme ich dieses bescheuerte Grinsen nicht aus dem Gesicht?

»Ja, leck mich doch am Arsch!«, fasst sie es treffend zusammen und fällt mir so stürmisch um den Hals, dass ich rückwärts in die Rosen taumle.

»Und ich hoffe sehr, dass du meinen Brautstrauß machst. Und die Anstecker und was man sonst noch so an Blumenzeugs für eine Hochzeit braucht.«

»Ja, aber natürlich!« Tammy hat Tränen in den Augen, und es tut unheimlich gut, dass es jemanden gibt, der sich einfach nur für mich freut. Ganz ohne Hintergedanken. Bei Becca war das – ich kann mir beim besten Willen nicht erklären, warum – leider nicht so. Ob es nur daran liegt, dass sie sich, wie sie selbst sagt, Sorgen macht, ich würde die Sache überstürzen, oder ob noch etwas anderes dahintersteckt, kann ich nicht sagen. Und als ich Emma von meiner Verlobung erzählte, lief alles völlig aus dem Ruder und endete in einem furchtbaren Streit. Ich weiß im Moment nicht mal, ob sie überhaupt zur Hochzeit kommt. Dad hat sich auch gefreut, okay. Und Mum? Na ja, Mum freut sich eben auf ihre Weise. Es ist ja nicht so, dass ich Luftsprünge und Freudentränen von ihr erwartet hätte. Sie mag Casper und das ist das Wichtigste.

Über eine Stunde verbringe ich noch bei Tammy, die sogar ein *Wir haben geschlossen*-Schild an die Tür hängt, damit wir ungestört reden und Blumen aussuchen können. Ich bin mit dem Ergebnis mehr als zufrieden. Zum Abschied drücken wir uns noch einmal.

»Danke«, sage ich und küsse sie auf die Wange. »Für die Blumen und dafür, dass du mich nicht gefragt hast, ob ich schwanger bin. Da bist du nämlich die Erste, weißt du?«

Tammy zwinkert mir zu. »Machs gut. Wir sehen uns spätestens auf deiner Hochzeit.«

Ich bin einen Moment lang so glückselig und sentimental, dass ich beim Hinausgehen mein Handy aus der Tasche ziehe und Casper eine Nachricht schreibe. Nur drei Worte.
Ich liebe dich!

Es regnet in Strömen, als ich auf die Straße trete. Nachdem ich die letzte Stunde in Tammys blühender Frühlingswelt verbracht habe, kommt es mir vor, als sei ich auf einem anderen Planeten gelandet. Ich kneife die Augen zusammen und ziehe den Kragen meiner Jacke, so weit es geht, über den Kopf.

Das reicht für heute, beschließe ich, ab nach Hause. Es war ein anstrengender Tag. Schön, aber anstrengend. Ich bin stolz auf mich, dass ich es geschafft habe, so viel zu erledigen – vor allem nach dem, was in der Konditorei passiert ist. Doch nun ist es wirklich Zeit, die Füße hochzulegen. Ich muss mich dringend ein bisschen ausruhen. Vielleicht bestelle ich mir eine Pizza und sehe mir irgendetwas auf Netflix an.

Ohne nachzudenken, schlage ich die Richtung zur U-Bahn-Station ein, dann fallen mir die Einladungskarten in meiner Tasche ein. Die wären hinüber, ehe ich es nach Hause geschafft hätte. Da erspähe ich ein freies Taxi und winke dem Fahrer zu. Er gibt mir mit Lichthupe zu verstehen, dass er mich gesehen hat. Es sind nur ein paar Meter. Er hält an der Ampel auf der anderen Straßenseite. Also los! Es regnet so stark, dass ich binnen weniger Sekunden völlig durchnässt bin. Die Ampel springt auf Grün. Der Taxifahrer bedeutet mir mit einem Wink, mich zu beeilen. Ich bin fast da. Aus dem Augenwinkel sehe ich Scheinwerfer aufblitzen. Reflexartig kneife ich die Augen zusammen und verschränke die Arme vor meinem Gesicht. Für den Bruchteil einer Sekunde spüre ich die brachiale Wucht des Aufpralls – dann wird alles dunkel.

KAPITEL 7

»Hat der Regen aufgehört?«, frage ich in die Stille hinein. Es ist stockfinster. Ich habe Angst. Furchtbare Angst. Meine Stimme klingt wie ein Echo.

Wo bin ich?

Meine Hände beginnen zu zittern. Ob vor Angst oder Kälte, kann ich nicht sagen. *Warum kann ich nichts sehen?*

Das Zittern breitet sich aus. Greift auf meine Arme über, meine Brust, meinen Bauch, meine Beine und Füße. Bald bebt mein ganzer Körper.

Was ist passiert?

Ich kneife die Augen zusammen und schüttle den Kopf. Da ist nur Leere. Keine Erinnerung. Nichts. Ist das ... ist das ... der allererste Augenblick meiner Existenz? Beinah glaube ich es, wäre da nicht tief in mir die Gewissheit, dass das nicht stimmt. Gar nicht stimmen kann. Ein Bild taucht vor meinem geistigen Auge auf. Es ist unscharf, entgleitet mir. Immer kurz bevor ich es klar sehen kann, ist es weg. So, als versuche man einen vergessenen Namen auszusprechen, der einem auf der Zunge liegt.

Was ist passiert?

Ich kann es nicht greifen. Krampfhaft versuche ich mich zu erinnern. Ein … ein Licht! Da war ein Licht. Ja! Ein Licht und … es ist alles so unscharf. Ich bekomme es nicht zusammen.

Konzentrier dich!

Dieses Licht – wo kam dieses Licht her? Ich halte die Augen geschlossen, wippe vor und zurück. Und dann, ganz allmählich, formt sich der diffuse Gedanke zur entsetzlichen Gewissheit. Etwas Schreckliches muss geschehen sein. Ich erinnere mich an das Licht, dann kam der Schmerz. Unvorstellbarer Schmerz. Und plötzlich fügt sich alles zusammen. Es gab einen Unfall. Ich war in einen Unfall verwickelt – und jetzt … bin ich hier. *Hier.* Ich erschaudere, mein Atem geht schnell.

Bin ich …?

Eine grausame Ahnung treibt mir einen eisigen Schauer über den Rücken.

Nein!

Ich schüttle den Kopf wie ein Kind, das in Panik gerät. Das kann nicht … Ich kann doch nicht … Das fühlt sich nicht richtig an. Ich war doch eben noch bei Tammy und ihren Blumen. Oder … ist das etwa alles nur ein Traum? Hoffnung keimt auf. Mit aller Kraft halte ich mich an ihr fest. Ja, ich muss träumen. Vielleicht bin ich bei meinem Anfall ohnmächtig geworden? Ob sie mich ins Krankenhaus gebracht haben? Vielleicht haben sie mir ein starkes Beruhigungsmittel verabreicht. Ja, das wird es sein. Darum wache ich nicht auf.

Aufwachen, June! Wach auf!

So fest ich kann, kneife ich die Augen zusammen. Und öffne sie wieder. Ich bin immer noch hier. Es ist immer noch dunkel. Doch, nein, jetzt wird es heller. Das Dunkel lichtet sich. Die Quelle kann ich nicht ausmachen. Es ist alles voller Rauch. Nein, kein Rauch. Dunst? Das trifft es auch nicht. Nebel? Irgendetwas stimmt mit meinen Augen nicht. Ich sehe alles verschwommen.

Jetzt ganz langsam. Eins nach dem anderen.
Ich versuche mich zu konzentrieren, mir Klarheit zu verschaffen.

Wo bin ich?
Mein Kopf fühlt sich schwer an. Irgendwie blockiert. Wenn ich doch nur klarer denken könnte. Ich fühle mich wie im Halbschlaf. Als würde ich träumend umherwandeln. Als schaffe ich es nicht aufzuwachen, obwohl ich weiß, dass ich träume.

Wach auf!
Nichts passiert. Doch was ist das hier, wenn nicht ein Traum? Als die Erinnerung kommt, will ich sie abwehren. Nein, ich will das nicht sehen. Doch es ist zu spät. Unaufhaltsam brechen die Bilder über mich herein. Scheinwerferlicht im Regen, es kommt direkt auf mich zu ... ein Moment des Schreckens, gefolgt von der fürchterlichen Gewissheit, dass es mich treffen würde ... splitterndes Glas, verbogenes Metall und das abstoßend knackende Geräusch brechender Knochen ... Schmerz, unvorstellbarer Schmerz. Nein, das war kein Traum. Tief in mir weiß ich es. Es ist wirklich passiert. Und doch bleiben Zweifel. Müsste ich nicht ... ich blicke an mir hinunter. Ich ... ich müsste doch verletzt sein. Oder nicht? Doch mein Körper ist unversehrt. Zumindest soweit ich es mit meinem verschwommenen Blick erkennen kann. Nicht mal einen Kratzer habe ich abbekommen. Und meine Kleider? Ich trage noch immer die schwarze Jeans und die hellgraue Bluse, die ich heute Morgen angezogen habe. Müssten sie nicht dreckig sein? Oder zerrissen? Das ergibt doch keinen Sinn.

Noch während ich überlege, höre ich ein leises Atmen. Es ist ganz nah.

»Hab keine Angst«, sagt jemand. Die Stimme – sie kommt mir so vertraut vor. Für einen Moment glaube ich, es ist meine eigene, mein Unterbewusstsein, das zu mir spricht.

»Du bist nicht allein«, sagt die Stimme und da erkenne ich sie.

Ich schlucke, reiße die Augen auf, versuche irgendetwas zu erkennen. »Grace?«, frage ich zaghaft in den Nebel hinein.

»June«, erwidert sie aus tiefstem Herzen. Im selben Moment erkenne ich die schemenhaften Umrisse einer jungen Frau. Ich blinzle.

»Grace, bist du das?« Ich kneife die Augen fest zusammen, reiße sie weit auf. Ich kann mich nicht bewegen. Meine Beine sind schwer wie Blei. Wie angewurzelt stehe ich da und sehe sie einfach nur an.

»Grace?«, sage ich noch mal. Diesmal klingt meine Stimme fester, doch immer noch fragend.

Sie lächelt und nickt. Dann kommt sie die letzten beiden Schritte auf mich zu. Und jetzt sehe ich sie deutlich. Ich traue meinen Augen kaum. Sie ist es. Sie ist es wirklich. Und sie sieht genauso aus, wie ich sie in Erinnerung habe. Genauso jung, genauso schön. Das bildschöne herzförmige Gesicht, die aufrichtigen grünen Augen, das spitze Kinn mit der Andeutung eines Grübchens. Das dichte dunkelblonde Haar, das in sanften Wellen über ihre Schultern fällt. Pures Glück durchströmt mich. Kann das wahr sein? Ist sie es wirklich? Ich kann es kaum fassen – ich bin siebenundzwanzig Jahre alt, als ich meiner neunzehnjährigen großen Schwester gegenüberstehe.

»Grace!« Automatisch gehe ich ihr entgegen. »Du hast mir so gefehlt«, sage ich und schließe sie fest in die Arme. »Du glaubst ja gar nicht, wie sehr du mir gefehlt hast.« Ich bin so glücklich, Grace in meinen Armen zu halten, dass es eine Weile dauert, bis ich merke, dass sie meine Umarmung nicht erwidert. Nicht richtig. Es fühlt sich an, als sei sie zu schwach dazu. Ich lasse sie los und sehe sie an. Grace wirkt abwesend. Zerstreut. Ich frage mich, was ihr so zu schaffen macht, dann fällt mir wieder ein, was passiert ist. Und wo ich bin.

»Bin ich … bin ich tot?« Ich muss diese Frage einfach stellen. Ich muss es hören. Ich muss es hören, damit ich es verstehen kann. Es scheint die einzig logische Erklärung zu sein. Das Scheinwerferlicht, der Aufprall, das Krachen in meinem Brustkorb, der unvorstellbare Schmerz, den ich nur für den Bruchteil einer Sekunde spürte – dann die Stille und dieser Ort und … Grace. Grace ist hier. Und wenn Grace hier ist, dann …

Und doch habe ich Zweifel. Irgendwie hab ich mir das Sterben anders vorgestellt. Ich warte darauf, dass mein Leben wie ein Film vor meinem geistigen Auge vorbeizieht. Warte auf das Licht, das mich an einen wunderschönen, friedlichen Ort bringt. Aber da ist kein Licht. Da sind nur Grace und ich. Im Nebel.

»Bin ich tot?«, frage ich sie noch einmal. Doch sie lächelt nur.

»Klemme!«

Ich sehe Grace an, ihr Mund ist geschlossen. »Hast du das auch gehört?«, frage ich, doch meine Schwester bleibt stumm. Sie sieht mich nur an und lächelt traurig.

»Die Klemme, schnell!«, verlangt die Stimme erneut.

»Was war das?«

»Aufladen auf 200!«

Grace schlägt die Augen nieder. »Geh«, sagt sie und klingt unendlich müde. »Geh.«

»Was?«, frage ich verwundert »Wohin soll ich denn gehen?«

»Alle weg!«

Und im nächsten Augenblick geht ein Ruck durch meinen Körper. Hilfesuchend schaue ich zu meiner Schwester, doch sie hat sich umgedreht und geht davon.

»Grace! Hilf mir! Was ist das? Was passiert mit mir?« Sie beachtet mich nicht, entfernt sich immer weiter.

»Flimmern! Wir verlieren sie.«

»Nein! Noch mal. Aufladen auf 300!«

Ich höre ein Piepen, das lauter und schriller wird.

»Alle weg!« Plötzlich ist es still, und dann werde ich erneut getroffen. Der Ruck, der durch mich hindurchjagt, reißt mich von den Füßen. Ich habe Angst. So große Angst, dass ich die Augen schließe. Was passiert hier? Es wird kalt. Ich fange an zu zittern. Fühle mich nackt. Schmecke Blut in meinem Mund.

»Wir haben einen Puls!«, ruft eine Männerstimme voller Erleichterung. Und als ich die Augen wieder aufschlage, stehe ich in einem hell erleuchteten Raum voll vermummter Menschen. Nein, vermummt ist das falsche Wort ... sie sind ... das sind OP-Kittel! Mundschutz, Hauben, Latexhandschuhe. Ich bin in einem – und dann sehe ich sie. Die junge Frau auf dem Metalltisch. Nackt. Blutend. Ein Schlauch steckt in ihrem Hals. Ihre Augen sind geschlossen. Ich taumle. Wie kann das ...? Aber ich stehe doch hier – wie kann ich ...? Ich sehe mich um. Niemand scheint mich zu bemerken.

»Verdammt, es hört nicht auf zu bluten«, sagt jemand und die Panik in seiner Stimme ist deutlich zu erkennen. Für eine Sekunde schießt mir das Aspirin, das ich nach meinem Anfall genommen habe, durch den Kopf.

»500 Milligramm Cyklokapron. Schnell!« Jemand sticht der jungen Frau, die dort auf dem OP-Tisch liegt, etwas ins Bein. Ich spüre das Piksen. Alle schauen gespannt auf den Monitor. Niemand bewegt sich.

»Puls normalisiert sich«, sagt der Arzt nach einer Weile und alle atmen erleichtert auf. »Zwei Einheiten Null Negativ. Und noch mal zwei auf Abruf. Sag in der Blutbank Bescheid. Die sollen sich beeilen.« Einer der Maskierten nickt und geht zu dem Telefon, das an der gegenüberliegenden Wand hängt. Der, der ihn angewiesen hat, sieht ihm eine Sekunde lang nach, dann beugt er sich über den Brustkorb der jungen Frau, der mithilfe zweier brutal aussehender Metallhaken aufgehalten wird. Er steckt seine Hände in den blutenden Körper und schüttelt dann den Kopf.

»Die Milz ist nicht zu retten«, sagt er und klingt, als täte ihm das wirklich leid. »Ich nehme sie raus.« Er neigt den Kopf hin und her, beugt sich nach vorne und zurück, um jeden Winkel zu begutachten. »Die linke Niere ist auch ziemlich mitgenommen. Und ihr Herz sieht aus, als hätte es schon was durch. Wissen wir schon mehr über sie? Vorerkrankungen? Allergien?«

»Linda besorgt die Krankenakte. Müsste jeden Moment zurück sein.«

»Gut. Welcher Orthopäde hat Dienst?«

»Martinez.«

»Piep sie an. Der linke Oberschenkel ist gebrochen, die Hüfte muss sie sich auch genauer ansehen.«

»Wird erledigt.«

»Okay.« Der Arzt spreizt seine Finger und bewegt den Kopf, um den Nacken zu lockern. »Legen wir los«, sagt er und deutet mit einem Nicken in Richtung der Soundbar, die an der Wand befestigt ist. Jemand legt Musik auf. Neoklassik. Max Richter? – Ich kann es nicht genau sagen, aber ich mag sie. Sie macht mich ruhiger. Auf die anderen Anwesenden scheint sie die gleiche Wirkung zu haben.

Die Operation dauert eine halbe Ewigkeit. Alle sind hochkonzentriert, jeder weiß, was er zu tun hat. Bis auf die beiden Ärzte, die in dem aufgesperrten Brustkorb herumwühlen, schneiden, klemmen und saugen, stehen alle ganz still da und bewegen sich nur auf Anweisung der Operateure. Einer der beiden schwitzt stark. Seine Stirn wird regelmäßig abgetupft. Der Raum ist erfüllt von sanften Pianoklängen, dem Piepsen der Monitore, dem Klappern des OP-Bestecks und dem Zischen der Blutdruckmanschette, die sich alle paar Minuten selbstständig aufpumpt. Plötzlich richten sich beide Ärzte auf, sehen sich an und nicken einander zu.

»Zumachen«, sagt einer. »Jetzt kommt es auf sie an. Gute Arbeit, Leute.« Der Arzt wendet sich ab, zieht sich den Mundschutz vom Gesicht und hält einen Moment inne. Er steht mir direkt gegenüber. Für eine Sekunde runzelt er die Stirn, dann geht er weiter. Reflexartig weiche ich ihm aus. Er wäre direkt in mich hineingelaufen. Ich sehe ihm einen Augenblick nach. Beobachte, wie er durch die Tür verschwindet, sich die Handschuhe von den Fingern zupft, seine Haube abnimmt, sich mit beiden Händen aufs Waschbecken stützt und tief durchatmet.

»Hast du gehört?«, fragt eine sanfte Frauenstimme leise. »Jetzt kommt es auf dich an.« Obwohl ich ihr den Rücken zugewandt habe und sie auf der anderen Seite des Raumes steht, glaube ich sie direkt in mein Ohr flüstern zu hören. Ich drehe mich um und stelle verblüfft fest, dass sie sich zu der jungen Frau auf dem Tisch gebeugt hat und ihr übers Haar streicht.

»Du wirst es schaffen«, flüstert sie ihr zu und ich spüre ihren Atem an meiner Wange. Ich schlucke. Die Angst lähmt mich, doch ich zwinge meine Beine, sich in Bewegung zu setzen. Vorwärts, einen Fuß vor den anderen. Das OP-Team arbeitet ruhig und routiniert. Perfekt aufeinander abgestimmt wie ein Orchester. Jeder Handgriff sitzt. Ich gehe um sie herum, will sie nicht bei ihrer Arbeit stören, und trete neben die Schwester, deren Stimme ich in meinem Kopf höre.

»Du wirst es schaffen, hörst du«, sagt sie. »Gib nicht auf.« Sie streicht ihr zärtlich über das Haar und ich spüre ihre Berührung in meinem. Ich schließe die Augen, weiß nicht, ob ich verkraften kann, was ich gleich sehen werde. Dann öffne ich sie wieder, beuge mich über die junge Frau – und blicke in mein eigenes Gesicht.

Es ist eine Riesensauerei. Anders kann man es nicht ausdrücken. Ein blutiges Schlachtfeld zeugt von meinem Kampf um Leben und Tod. Fürs Erste habe ich es geschafft. Na ja, wenigstens schlägt mein Herz noch. Aber ich bin ziemlich schwer verletzt. Meine gebrochenen Rippen haben meine Organe durchbohrt. Meine Milz ist gerissen und musste entfernt werden, mein Oberschenkel ist gebrochen, die linke Niere ist fast zerquetscht, meine Lunge war kollabiert. Ich hänge an einem kastenförmigen Apparat, der für mich atmet. Schmerzen habe ich keine. Weder ich, die ich hier stehe und das alles beobachte, noch das Ich, das auf dem Tisch liegt und zusammengeflickt wird. Ich habe kein Wort für den Zustand, in dem ich mich befinde. Schwebend trifft es vielleicht am ehesten. Das heißt, ich schwebe nicht wirklich. Meine Füße berühren den Boden. Es ist der Zustand meines Geistes, der weder hier noch dort so richtig verankert ist. Als schwebe ich zwischen zwei Welten.

Wie ich in meinen Körper zurückfinde, weiß ich nicht. Um ehrlich zu sein, bin ich nicht mal sicher, ob ich das überhaupt möchte. Will ich wirklich wissen, wie sich dieser Körper nun anfühlt? Keine Ahnung. Und wie ich zurück an diesen anderen Ort kann – das weiß ich auch nicht. Ich denke an Grace. Ist sie immer noch dort? Am liebsten will ich wieder zu ihr, aber ich will mich selbst nicht hier zurücklassen. So ganz allein.

Kannst du mich hören, Grace? Wie soll es denn nun weitergehen. Was ist mit Mum und Dad und Emma? Und … was ist mit Casper? Ich will nicht, dass sie mich so sehen. Ich kann es ja selbst kaum ertragen.

KAPITEL 8

Zeit ist relativ. Das wird einem erst bewusst, wenn sie keine Bedeutung mehr hat.

Ich bin dabei, als sie meinen Körper waschen, ihn anziehen, ihn zudecken. Ich bin dabei, als sie mich aus dem OP schieben und in ein anderes Zimmer bringen. Ich bin dabei, als die Schwester mir ein weiteres Mal Mut zuspricht, bevor sie mich allein lässt. Und ich bin jetzt dabei. Ich stehe neben mir, als ich dort liege. Einfach nur liege, während eine Maschine für mich atmet und die Plastikbeutel, die an meinem Bett hängen, sich mit Urin und Blut füllen. Ich bin dabei, als jemand nach mir sieht. Meinen Puls überprüft, die Infusion austauscht, meine Decke aufschüttelt. Ich bin dabei. Und es spielt keine Rolle, ob nun Minuten, Tage oder Wochen vergehen, während ich hier stehe und mir selbst beim Sterben zusehe.

»Wo ist sie?«, schallt es auf dem Gang. »Wir haben lange genug gewartet!«

»Ma'am, beruhigen Sie sich.«

»Nein! Es reicht! LASSEN SIE MICH JETZT ZU MEINEM KIND!«

Mum?

72

Oh, Mum … Am liebsten möchte ich weinen. Ich will nicht, dass sie mich so sieht. Das wird sie nicht durchstehen. Nicht noch mal. Sie hat schon so viel durchgemacht.

Nein, Mum. Geh weg. Bitte geh einfach weg.

Ich will ihr nicht wehtun. Nicht ich auch noch. Nicht nach allem, was mit Grace geschehen ist, was das mit ihr gemacht hat. Auf einmal kommt mir der Gedanke, dass sie ohne Kinder vielleicht besser dran gewesen wäre. Denn wenn ich es von meiner Warte aus beurteile, hat Mum das Muttersein nichts als Schmerz bereitet.

Sechzehn Jahre zuvor – 2002

Als Grace ins Teenageralter kam, machte sie es unseren Eltern und vor allem Mum alles andere als leicht. Ständig schlich sie sich nachts aus dem Haus, landete immer wieder in brenzligen Situationen, aus denen sie oft von Dad oder sogar der Polizei herausgeholt werden musste. Meine Eltern machten sich große Sorgen um sie, ihr selbst jedoch waren die Gefahren, die eine Stadt wie Chicago nachts für eine Fünfzehnjährige barg, nicht im Geringsten bewusst. Bis jetzt war ja immer alles gut gegangen und Konsequenzen hatte sie auch nicht wirklich zu spüren bekommen. Wenn sie Hausarrest bekam, schlich sie sich erst recht raus. Strich man ihr das Taschengeld, bediente sie sich einfach aus Dads Portemonnaie. Kurzum: Grace war die Art Teenager, die ihre Eltern an den Rand der Verzweiflung treiben.

Als sie wieder einmal nachts um halb vier, wo meine Eltern sie eigentlich friedlich schlafend in ihrem Zimmer geglaubt hatten, von zwei netten Beamten nach Hause begleitet wurde, platzte meinem Dad der Kragen. Ich hatte ihn noch nie so wütend erlebt. Als Grace vor ihm stand, während er sie anschrie, sie mit den Augen rollte und gelangweilt fragte, ob er nun endlich fertig sei und sie ins Bett könne, rutschte ihm die Hand aus.

73

Er verpasste ihr eine schallende Ohrfeige. Das war das erste und einzige Mal, dass er Grace geschlagen hatte. Dass er überhaupt eine von uns geschlagen hatte. Und ganz ehrlich, ich konnte es ihm nicht verdenken. Sie war die Respektlosigkeit in Person. Ganz abgesehen davon, machten sich meine Eltern furchtbare Sorgen um sie. Und so trafen Mum und Dad eine folgenschwere Entscheidung. Wir zogen um. In einen Vorort. In ein kleines Häuschen in einer ruhigen Wohngegend. Für Grace war das die Höchststrafe. Sie tobte wochenlang, doch Mum und Dad ließen sich nicht erweichen. Dad musste von nun an einen viel längeren Arbeitsweg in Kauf nehmen, was bedeutete, dass er morgens früher das Haus verließ und abends noch später heimkam als ohnehin schon. Mum brachte ein noch größeres Opfer. Sie gab ihren Job als Collegedozentin auf und unterrichtete fortan an einer Highschool. Und auch für Emma und mich bedeutete der Umzug eine drastische Veränderung. Wir mussten nämlich die Schule wechseln, und das wiederum bedeutete, dass wir unsere Freunde nicht mehr sahen. Alles nur wegen Grace. Sie hatte uns das eingebrockt – das war uns mit unseren neun und elf Jahren durchaus bewusst. Tagelang sprachen wir kein Wort mit ihr. Und auch, wenn sie sich stets darum bemühte, so zu tun, als ginge ihr alles am Arsch vorbei, traf sie das sehr. Sie legte sich mächtig ins Zeug, unsere Liebe zurückzugewinnen.

Sie überließ uns freiwillig das letzte Stück Pizza, lud uns von ihrem Taschengeld – oder von Geld, das sie Dad kurz zuvor geklaut hatte, wer wusste das schon so genau – zum Eisessen ein und ließ uns, wenn auch unter ihrer strengen Aufsicht, ihre Schminksachen und Parfüms benutzen. Wir durften sogar, ohne anzuklopfen, in ihr Zimmer – in Chicago hätte sie uns deswegen den Hals umgedreht.

Allzu lange konnten wir ihr daher auch nicht böse sein. Emma und ich liebten unsere große Schwester, und trotz der Probleme, die sie unseren Eltern und damit auch uns bereitete, war sie für uns ein Vorbild. Sie war klug und schön und furchtlos. Außerdem fanden Emma und ich an der neuen Schule schnell Anschluss. Und da Mum uns beiden gegenüber ein schlechtes Gewissen hatte und wir plötzlich Dinge durften, die wir in Chicago nicht gedurft hatten, sahen wir die Sache positiv.

Leider fiel Grace, auch wenn es zunächst den Anschein machte, dass sich die neue Umgebung positiv auf sie auswirkte, schnell in alte Verhaltensmuster zurück. Suchte und fand den gleichen Typ Freunde, mit denen sie schon in der Stadt immer in Schwierigkeiten geraten war, und bald war sie wieder ganz die Alte. Meine Eltern machten daher schon bald die Bekanntschaft der Polizei von Schaumburg. Einmal war es Ladendiebstahl, einmal Sachbeschädigung, und einmal hatten Grace und ihre Freunde sogar versucht, ein Auto zu klauen. Diese Liste ließe sich beliebig fortführen.

Nein, man kann meinen Eltern keinen Vorwurf machen. Sie haben wirklich alles versucht. Und trotzdem ist geschehen, was geschehen ist. Vielleicht war es unausweichlich.

Heute – 2018

Die Tür geht auf und da steht sie. Mums Blick gleitet suchend durchs Zimmer, bleibt an meinem vor mir liegenden Ich hängen. Ihre Augen weiten sich, füllen sich mit Tränen, und ich glaube in ihrem Blick zu sehen, wie ihr Herz erneut bricht.

Oh Mum, das hast du nicht verdient.

Sie legt sich die zitternden Finger auf den Mund, versucht ein Schluchzen zu ersticken. Dann ist Dad da. Gott sei Dank! Er legt die Arme um Mum und hält sie. Erst dann wagt er es, mich anzusehen. Er erstarrt. Und ich sehe auch sein Herz brechen. Er weint nicht. Sieht mich nur an, beißt die Zähne zusammen und wendet den Blick nach oben – so, als wolle er Gott verfluchen für das, was er dieser Familie antat. Meiner Familie. Im selben

Moment bricht meine Mutter zusammen. Ich fühle ihre Qual. Sie leidet schrecklich. Sie schluchzt und tobt und weint und schreit. Mehrere Schwestern eilen herbei, um zu helfen. Reden auf sie ein, versuchen sie zu beruhigen. Ich drehe mich weg und schließe die Augen. Ich halte es nicht aus. Ich halte es einfach nicht aus, sie so zu sehen. All die Jahre musste ich sie leiden sehen. So viel Schmerz, so viel Kummer. Ich kann nicht mehr. Ich kann es nicht mehr ertragen. Ich wünschte, ich wäre ... und plötzlich ist es still.

»Hast du es dir anders überlegt?«

»Grace?«

»Ich bin hier.«

Ich öffne die Augen. Grace. Sie ist da. Sie steht einfach da und sieht mich an.

»Wieso ... bin ich wieder hier?«, frage ich, während ich mich umsehe und feststellen muss, dass ich wieder zurück bin, an diesem seltsamen Ort, an dem es nichts gibt außer Grace – und mich. »Bin ich jetzt wirklich tot?«

Sofort bereue ich, damit einfach so rausgeplatzt zu sein. Ich habe Angst, Graces Gefühle verletzt zu haben, und würde die Frage am liebsten zurücknehmen. Oder zumindest versuchen, sie anders klingen zu lassen. Sie soll nicht denken, dass ich nicht bei ihr sein möchte. Denn das möchte ich. Ich möchte es wirklich.

»So habe ich das nicht gemeint«, räume ich schnell ein.

»Schon okay«, erwidert sie.

Die Antwort auf meine Frage bleibt sie mir schuldig. Doch das ist in Ordnung. Im Moment zählt für mich nur, dass Grace und ich wieder zusammen sind. Ich habe unendlich viele Fragen. Wie hat sie ihre letzten Minuten auf der Erde erlebt? Hat es wehgetan, als es zu Ende ging? Wie ist es ihr seither ergangen? Ist sie mit jemandem zusammen gewesen oder war sie allein? Ist sie Grandpa begegnet? Was ist mit Scooby, dem Labradormischling, den sie als Kind so heiß und innig geliebt hat? Denkt sie an uns? Fragt sie sich, wie wir ohne sie zurechtkommen? Vermisst sie uns so sehr, wie wir sie vermissen? Was kommt als Nächstes? Wo werden wir hingehen?

Unentwegt sehe ich sie an. Ich bin von ihrem Anblick wie hypnotisiert, noch immer kann ich kaum fassen, dass sie es wirklich ist. Sie hat mir so sehr gefehlt. Ich habe das Bedürfnis, sie das wissen zu lassen, es laut auszusprechen, also sage ich es.

»Du hast mir so gefehlt.«

Sie sieht mich an, und als sie lächelt, treten die Grübchen in ihren Wangen hervor.

»Seitdem du fort bist, ist kein Tag vergangen, an dem ich nicht an dich gedacht habe«, gestehe ich.

Graces Miene ist unverändert freundlich. Freundlich – nicht emotional, liebevoll oder traurig. Nur freundlich, fast schon unverbindlich.

»Du hast mir auch gefehlt«, sagt sie und es klingt wie eine automatische Antwort.

Beinah schrecke ich vor ihr zurück. Graces Worte und ihr Gesichtsausdruck passen überhaupt nicht zusammen. Es ist, als würde man mit jemandem eine Unterhaltung führen, während er sich einen Film ansieht. Als würde Grace sich auf etwas anderes konzentrieren, mich nur im Hintergrund wahrnehmen und lediglich antworten, damit ich Ruhe gebe.

Falten treten auf meine Stirn. Ich mustere sie eingehend. Ja, sie ist es … und doch ist sie so anders. Ich weiß nicht, woran es liegt, sie sieht genauso aus, wie ich meine Schwester in Erinnerung habe, und doch wirkt sie so fremd. Ich kann es nirgendwo festmachen. Sie ist es, aber gleichzeitig ist sie es nicht. Grace wirkt abwesend, als wäre sie nicht ganz bei sich. Wie jemand, der im Schlaf umherwandelt. Geisterhaft. Gespenstisch. Als würden wir uns in einem Traum begegnen.

»Was ist das für ein Ort?«, starte ich einen neuen Versuch, mit meiner Schwester in Kontakt zu treten, aber nicht nur deswegen. Ich muss es wissen. Ich muss wissen, wo ich bin und wie es nun weitergehen soll. Hier können wir nicht bleiben, so viel steht fest. Aber um hier wegzukönnen, muss ich erst einmal wissen, wo ich bin. Ich habe nicht die leiseste Ahnung, es gibt überhaupt keinen Anhaltspunkt. Nichts, woran ich mich orientieren könnte. Hier ist nichts, und mit nichts meine ich *gar nichts*. Und zwar nicht ein Nichts, das einmal etwas gewesen ist – nein, ein Nichts, das noch nie etwas anderes war als ein Nichts. Ein unbeschriebenes Blatt. Eine weiße Leinwand. Alles um mich herum ist weiß. Weiß und leer.

»Wo sind wir hier?«, frage ich Grace erneut. Mein Ton klingt etwas schärfer als beabsichtigt, aber wenigstens reagiert sie jetzt. Sie sieht aus, als hätte sie entweder Angst, es mir zu sagen, oder als wüsste sie es nicht.

»Ich weiß es nicht«, sagt sie dann schließlich und schlägt die Augen nieder.

Ich runzle die Stirn. »Du weißt es nicht?«

»Nein.«

Erneut sehe ich mich um. Das hier wirkt auf mich nicht wie ein Ort, an dem man bleibt. Eher wie eine Bahnhofshalle oder ein Terminal am Flughafen. Nur eben menschenleer. Bis auf mich und Grace. Und da kommt mir ein neuer Gedanke. Wenn dies nur ein Zwischenstopp ist auf meiner Reise an den Ort, an den ich als Nächstes gehen werde, was macht Grace dann hier? Ist sie gekommen, um mich abzuholen? Mich auf meiner Reise zu begleiten? Ist dies mein Ort der Entscheidung?

»Wie ist es auf der anderen Seite?«, will ich von ihr wissen.

Grace schnaubt und stößt dabei ein kurzes Lachen aus. »Ich weiß es nicht.«

»Du weißt es nicht?« Ich bin verwirrt. Sie weiß weder, wo wir hier sind, noch weiß sie, wie es weitergehen soll? Ist sie nicht gekommen, um mich abzuholen? Mich mit sich zu nehmen? In den Himmel? Das Paradies? Oder was auch immer für ein Ort es ist, an den man geht, wenn man …

»Ich bin nie dort gewesen«, fährt sie nüchtern fort und zuckt mit den Schultern, als spiele es keine Rolle.

Im ersten Moment bin ich völlig perplex. »Dann bist du, ich meine, seitdem es passiert ist, bist du … *hier*?«

Ich kann kaum glauben, was ich höre. Das ist es? Das soll es gewesen sein? Zwölf Jahre ist Grace nun schon fort und die hat sie hier verbracht? *Hier?* Ganz allein? Umgeben von … *nichts*?

Grace lacht bitter. »Seitdem es *passiert ist*?«, wiederholt sie voller Sarkasmus. »So nennt ihr das also?«

Ich lege die Stirn in Falten und sehe sie verwundert an. So teilnahmslos und zerstreut meine Schwester eben noch auf mich gewirkt hat, so wütend ist sie plötzlich.

»Ich …«, beginne ich, ohne zu wissen, was ich eigentlich sagen will.

Sie unterbricht mich. Eine Sekunde lang funkelt sie mich aus zornigen Augen heraus an. Ich bin wie versteinert. »Es ist nicht *passiert*«, sagt Grace mit harter Stimme. »Ich habe es *getan*! Es war meine Entscheidung! Niemand anderes hat das getan. Ich war es selbst. Ich ganz allein!«

Kapitel 9

Meine Eltern sitzen an meinem Krankenbett. Mum zu meiner Linken, Dad auf der rechten Seite. Jeder von ihnen hält eine meiner Hände. Mit der anderen halten sie einander. Ihre Köpfe sind gesenkt. Fast wirkt es, als würden sie beten.

Ich habe nicht die leiseste Ahnung, wie ich zurückgekommen bin. Es ist, als wäre ich kurz eingenickt und hier wieder aufgewacht. Wie lange ich weg war, weiß ich ebenso wenig, aber es scheint eine ganze Weile gewesen zu sein. Der erste Ausbruch ist vorüber. Meine Eltern wirken ruhig und gefasst. Man sieht ihnen an, dass sie geweint haben, aber im Moment ist es still. Kein Schreien, kein Fluchen, kein Schluchzen, kein Wimmern – nur Ruhe. Ich gehe zu ihnen, setze mich aufs Bett. Eine ganze Weile sitze ich einfach nur da und höre ihnen beim Atmen zu.

Ich möchte sie um Verzeihung bitten. Dafür, dass ich ihnen das antue. Dafür, dass sie meinetwegen leiden müssen. Ich möchte ihnen erzählen, was passiert ist. Dass ich bei Grace gewesen bin. Dass es ein Danach gibt und sie immer noch existiert. Genau wie ich.

Ich bin noch hier.

Ich flüstere, obwohl es keinen Unterschied macht, ob ich laut rede oder leise, denn sie können mich nicht hören.

Ich bin immer noch hier, flüstere ich erneut und dann folge ich dem Impuls, Mums Hand zu nehmen. Ich weiß, dass ich sie nicht wirklich berühren kann, aber mein Bedürfnis danach ist so groß, dass ich es trotzdem tue. Im selben Moment hebt sie den Blick, als hätte jemand ihren Namen gerufen. Sie sieht in meine Richtung.

Sofort bin ich hellwach.

Mum?

Fühlt sie meine Berührung? Spürt sie meine Anwesenheit?

Ich bin hier, sage ich und drücke ihre Hand ein bisschen fester. *Ich bin hier, Mum. Kannst du mich hören?*

Sie legt die Stirn in Falten. Ihr Gesichtsausdruck ist gleichzeitig fragend und hochkonzentriert. Für einen Augenblick glaube ich, sie sieht mir direkt in die Augen – *Ja! Ich bin hier, Mum! Kannst du mich sehen?* –, dann gleitet ihr Blick ab, als würde sie durch mich hindurchsehen. Ein gequälter Ausdruck liegt auf ihrem Gesicht. Sie schlägt die Augen nieder und schüttelt den Kopf, als wolle sie einen Gedanken vertreiben.

Mum!, rufe ich verzweifelt. *Nein, Mum, nicht! Ich bin hier!*

Sie reagiert nicht. Ich spüre einen Stich in meinem Herzen. Es tut unglaublich weh, ihr so nahe zu sein und dennoch so unendlich weit weg. Ich möchte weinen, aber in dem Zustand, in dem ich mich befinde, ist nichts Körperliches mehr von Bedeutung. Ich bin wie eingefroren. Kein Hunger, kein Durst, nicht mal zum Weinen bin ich in der Lage.

Was ist das nur? Was soll das alles?

Auf einmal packt mich die Wut. Verzweifelte, hilflose Wut. Ich fahre herum, balle meine Hände zu Fäusten und presse sie mir fest auf die Augen. Am liebsten möchte ich schreien.

Was soll das alles? Hört mich denn keiner? So hilf mir doch jemand! Irgendjemand! Hilfe!

81

Plötzlich stößt Mum einen hohen Ton aus. Ich fahre herum, fixiere sie mit meinem Blick. Sie beugt sich vor, stutzt, hält eine Sekunde inne, sieht meinen Dad an. Er schluckt, reißt die Augen auf. Gespannt beobachtet er, wie Mum sich zu meinem Ich hinunterbeugt, das dort auf dem Bett liegt. Ich folge seinem Blick. Und in der nächsten Sekunde ist meine Wut verflogen. Verwundert beobachte ich, wie sich – obwohl meine Augen mit einem schmalen Klebestreifen zugeklebt sind, damit sie nicht austrocken – eine einzelne Träne den Weg nach draußen bahnt. Mum beugt sich noch ein Stück weiter vor, wirft meinem Dad einen weiteren fragenden Blick zu und wischt mir dann die Träne sanft aus dem Augenwinkel.

»June?« Mums Stimme klingt so leise und zart, als würde sie ein Vögelchen ansprechen, ohne es verschrecken zu wollen. »Kannst du mich hören, Junie?«

Ja! Mum, ich bin hier!

Sie sieht aus, als hält sie die Luft an, während sie mein Koma-Ich anstarrt und auf irgendeine Reaktion, irgendein Zeichen wartet.

Ja, Mum, ich kann dich hören. Ich bin hier!

Sie wartet ab. Jeder Muskel in ihrem Körper scheint zum Zerreißen gespannt. Dad tut es ihr gleich und auch ich sehe gebannt hin.

Ich bin hier! Mum? Dad? Hört ihr mich?

Sie wartet und wartet und wartet. Beißt die Zähne zusammen, dass ihre Kiefermuskeln hervortreten. Dann zieht sie die Augenbrauen hoch, Falten treten auf ihre Stirn. Und plötzlich dreht sie sich in meine Richtung. Ich stehe neben dem Bett, fange ihren Blick auf, versuche ihn festzuhalten

Ja! Ich bin hier! Ich bin immer noch hier!

Gleich hat sie es, ich sehe es ihr an. Sie weiß, dass ich da bin. Sie weiß es! Ich bin mir sicher. Ich glaube schon, dass sie gleich die Hand ausstreckt, um mich zu berühren – als sie auf einmal schwer ausatmet, den Kopf sinken lässt und bitterlich zu weinen beginnt.

Dad sackt kraftlos auf seinem Stuhl zusammen.

Nein, Mum, Dad, nein! Ich bin hier!

Es bricht mir das Herz.

Bitte! Mum! Dad! Bitte! Ich bin hier! Ich bin immer noch hier!

Da war etwas. Ich konnte es sehen, konnte es spüren. Eine Verbindung. Sie verschwindet. Ich kann in Mums Blick sehen, wie es ihr entgleitet.

Nein, nein, nein!

Wir waren so nah dran. So nah.

Gib nicht auf, Mum! Bitte gib mich nicht auf!

In einem letzten verzweifelten Versuch lege ich die Arme um ihren bebenden Körper, flüstere ihr direkt ins Ohr.

Ich liebe dich, Mum. Ich bin immer noch hier. Gib mich nicht auf.

Doch es hat keinen Sinn, sie reagiert nicht. Sie spürt mich nicht.

Als sich jemand räuspert, blicke ich auf und auch meine Eltern heben den Blick. Eine Schwester, die die Szene offenbar beobachtet hat, steht im Türrahmen.

»Sie hört sie«, sagt sie unvermittelt und ich erkenne sie an ihrer Stimme. Es ist die Schwester aus dem OP. Ohne Mundschutz und Haube habe ich sie zuerst nicht erkannt. »Zweifeln sie nicht daran. Sie kann alles hören, nimmt alles wahr, was um sie herum geschieht«, sagt sie und meine Mutter fängt wie in Trance an zu nicken. Dankbarkeit spiegelt sich in ihrem Blick. Ein Funken Hoffnung, an den sie sich klammert wie eine Ertrinkende an einen Rettungsring. Die Schwester kommt näher und legt ihr eine Hand auf die Schulter. »Reden Sie mit ihr. Sagen Sie ihr alles, was Sie ihr schon immer sagen wollten.« Dann lächelt sie und geht wieder hinaus. Einfach so.

Als ich noch klein war, gab es einmal alle paar Wochen diesen ganz besonderen Tag. Meine Eltern hatten ihn eingeführt, als ich auf die Welt kam und Grace somit kein Einzelkind mehr war. Keine von uns sollte zu kurz kommen. Was mit Emmas Geburt umso wichtiger wurde, da wir nun zu dritt waren. Alle sechs bis acht Wochen gab es also diesen Tag, an dem jede von uns, in alternierendem Rhythmus, Mum ein paar Stunden ganz für sich allein hatte. Wir nannten ihn den Mum-Tag. Was wir an diesem besonderen Tag unternahmen, durften wir frei entscheiden. Auf den Spielplatz, ins Kino, Eis essen – unsere Wünsche änderten sich entsprechend unserem Alter.

Ich muss etwa zehn gewesen sein, als ich mir am Mumtag wünschte, mit ihr in die Mall zu gehen.

Siebzehn Jahre zuvor – 2001

»Du willst in die Mall?«, fragte sie verwundert. Das war für gewöhnlich etwas, das Grace sich wünschte. Mum und sie probierten sich dann durch die gesamte Mac-Lippenstiftpalette, tranken Frappuccino und kamen Stunden später lachend und parfümiert mit vollen Einkaufstüten nach Hause. Ich hingegen hatte mir bisher eher Dinge wie Eislaufen, Ponyreiten oder einen Besuch im Rutschenparadies gewünscht.

»Ich brauche neue Schuhe«, erklärte ich.

»Neue Schuhe?«, fragte sie. »Aber du hast doch erst welche bekommen.«

»Jaa«, erwiderte ich gedehnt, »aber die sind blöd.«

»Wieso denn blöd? Du hast sie doch selbst ausgesucht.«

»Da wusste ich ja auch noch nicht, dass sie blöd sind.«

Mum lachte. »Und wie hast du es dann herausgefunden?«

»Ist doch egal!« Ich verschränkte die Arme vor der Brust und zog ein Schmollgesicht. »Gehen wir jetzt in die Mall oder nicht?«

Mum musterte mich einen Moment lang, dann grinste sie. Auch ihr war dieser Tag heilig, und es galt sozusagen als eine Art ungeschriebenes Gesetz, dass nicht gestritten werden durfte. Um uns den Tag nicht zu verderben, lenkte sie also schnell ein.

»Na los, zieh deine Jacke an.«

Über mein Gezicke sah sie großzügig hinweg. Vielleicht war sie aber auch einfach nur neugierig, was es mit diesen Schuhen auf sich hatte.

Als wir in der Mall ankamen, schleifte ich sie zielstrebig zum Schuhgeschäft, ging schnurstracks vorbei an der Kinderabteilung und führte sie direkt zu den Sportschuhen für Erwachsene.

»Ich glaube nicht, dass dir hier etwas passt, mein Schatz«, gab sie zu bedenken.

»Doch, das wird schon gehen«, entgegnete ich und suchte die Reihen ab, bis ich an einem Paar rosafarbener Nikes hängen blieb.

»Die!«, rief ich. »Die sind es!«

»Die?« Mum stutzte. Mit hochgezogenen *Ist-das-dein-Ernst*-Augenbrauen sah sie mich an. »Sind das nicht genau die gleichen Schuhe, die Grace sich vorige Woche gekauft hat?«

»Ach echt?«, fragte ich arglos. Doch Mum hatte mich durchschaut. Meine große Schwester war ganz verrückt nach ihren neuen Sneakern, und was sie cool fand, das fand ich natürlich auch cool. Grace, inzwischen vierzehn und eine schlanke, hochgewachsene Schönheit mit echten Brüsten, verkörperte, sowohl äußerlich als auch in der Art, wie sie sich gab, alles, was ich jemals sein wollte. Ich, die zehnjährige, flachbrüstige, zahnspangentragende kleine Schwester. Alles, was ich wollte, war, so zu sein wie Grace. Und diese rosafarbenen Nikes waren der Anfang.

»Die kosten fast zweihundert Dollar«, begann Mum ruhig. »Deine Schwester hat monatelang darauf gespart. Sie hat sie von ihrem eigenen Taschengeld gekauft.«

»Ich habe sechsunddreißig Dollar und neunundsieb-zig Cent«, entgegnete ich selbstbewusst und zog mein mit Marienkäfern besticktes Kinderportemonnaie aus der Hosentasche. Ich hatte gehofft, es würde auch so gehen, aber wenn ich meine Ersparnisse opfern musste, dann war ich bereit dazu.

Mum seufzte leise, dann ging sie in die Knie, damit sie mit mir auf Augenhöhe war. Sie nahm meine Hand. »Worum geht es hier wirklich?«, fragte sie sanft.

»Ich brauche neue Schuhe«, beharrte ich.

»Du brauchst keine neuen Schuhe«, widersprach Mum, und ihre Stimme klang dabei so verständnisvoll und doch so entschieden, dass ich wusste, ich würde so nicht weiterkom-men. Sie würde mir diese Schuhe nicht kaufen. Egal, was ich versuchte. Als mir das klar wurde, sammelten sich Tränen in meinen Augen. Ich schämte mich dafür und versuchte sie weg-zublinzeln. Mum kannte mich so gut wie niemand sonst auf der Welt und wusste, was wirklich los war. Und dafür schämte ich mich noch mehr. Wortlos nahm sie mich in den Arm und küsste mein Gesicht.

»Oh, meine Süße«, flüsterte sie mir ins Ohr. »Du wirst noch schnell genug groß werden, glaub mir. Jetzt kannst du es kaum abwarten, ich weiß, das ging mir ganz genauso, als ich so alt war wie du. Aber eines Tages wirst du als erwachsene Frau aufwachen und dich fragen, wo nur die Zeit geblieben ist.« Sie streckte die Arme durch und sah mich an. »Genieß es einfach noch ein bisschen, Kind zu sein. Alles andere kommt mit der Zeit von ganz allein.«

Ich schniefte, wischte mir die Tränen vom Gesicht und den Rotz von der Nase.

»Jetzt willst du vielleicht so sein wie Grace, aber es kommt der Tag, an dem du stolz darauf sein wirst, du selbst zu sein.« Mum lächelte und reine Liebe spiegelte sich in ihrem Blick. »Ich habe drei wundervolle Kinder zur Welt gebracht«, sagte sie und ihre Worte kamen aus tiefstem Herzen. »Jede von euch ist einzigartig. Jede auf ihre ganz eigene Art und Weise.« Nun glänzten auch ihre Augen. »Du bist vollkommen richtig, so wie du bist, June. Du bist ein wunderschönes, intelligentes, ehrliches und mutiges kleines Mädchen. Und ich liebe dich ganz genauso, wie du bist.« Dann drückte sie mich fest an sich und bedeckte mein Gesicht so lange mit schmatzenden Küssen, bis ich kichern musste. »Na komm, lass uns ein Eis essen«, sagte sie und dann nahm sie mich auf den Arm. Und während ich meine Beine um ihre Mitte und meine Arme um ihren Nacken schlang, war ich zum ersten Mal froh darüber, das kleine, dünne, flachbrüstige, zahnspangentragende zehnjährige Mädchen zu sein, das ich war – Grace war nämlich schon viel zu groß, um getragen zu werden.

KAPITEL 10

Casper ist noch immer nicht bei mir. Hoffentlich ist ihm nicht selbst etwas zugestoßen. Horrorszenarien aller Art schießen mir durch den Kopf. Vom Flugzeugabsturz bis zum Überfall im Central Park ist alles dabei.

Nein, rede ich auf mich ein. Von New York nach Chicago fliegt man zweieinhalb Stunden, mit Check-in und Sicherheitskontrolle kommt man locker auf vier Stunden. Die Fahrt zum Flughafen und die Zeit, die vergangen ist, bis ihm jemand Bescheid gesagt hat, was passiert ist. Moment ... Hat ihm überhaupt jemand Bescheid gesagt? Weiß er vielleicht noch gar nicht, was passiert ist? Hat Dad ihn angerufen? Wie lange bin ich schon hier?

Für einen kurzen Moment wünsche ich mir, dass er nichts von all dem weiß. Erleichterung durchströmt mich bei dem Gedanken. Solange er es nicht weiß, geht es ihm gut. Ich will nicht, dass er leidet. Ich will nicht, dass er sich Sorgen machen muss. Am liebsten möchte ich es ihm ersparen, mich so zu sehen. Aber ich brauche Casper jetzt. Ich brauche ihn an meiner Seite.

»Wir hätten gern den gemischten Vorspeisenteller, zweimal das Rinderfilet, medium rare, und dazu Champignons, Spinat und Kartoffeln.« Casper klappte die Speisekarte wieder zu.

»Sehr gern.« Die Kellnerin notierte alles auf ihrem kleinen Block. Sie lächelte freundlich. »Was darf ich Ihnen zu trinken bringen?«

Casper sah mich an. »Rotwein?«

Ich nickte verhalten. Ob ihm bewusst war, was die hier für Preise hatten?

»Welchen können Sie empfehlen?«, fragte er die Kellnerin.

»Der Cabernet Sauvignon passt hervorragend zum Filet. Wenn Sie es nicht ganz so trocken mögen, würde ich den Shiraz empfehlen. Aber mein persönlicher Favorit ist der Chianti. Nicht zu trocken, mit dem Aroma von Himbeere, Kirsche und Pflaume.«

»Dann bringen Sie uns doch bitte eine Flasche Chianti.«

Sie lächelte. »Sehr gern.« Offenbar fühlte sie sich geschmeichelt, dass Casper ihrer Empfehlung folgte.

Ich saß nur da und starrte ihn mit hochgezogenen Augenbrauen an. »Eine Flasche?«, fragte ich, einem Bauchredner gleich, mit zusammengebissenen Zähnen, damit sie mich nicht hörte. »Können wir uns das denn leisten?«

Casper lehnte sich entspannt zurück. »Seit heute schon«, sagte er und grinste.

»Ach ja?«

»Ja.« Er grinste noch breiter.

»Und wie? Hast du im Lotto gewonnen?«

»So ähnlich.«

»So ähnlich?«

Er nickte, beugte sich zu mir über den Tisch, nahm meine Hände und sah mir tief in die Augen.

»Ich hatte heute ein Vorstellungsgespräch«, begann er.

Automatisch wurde ich nervös. Casper hatte seit seinem Abschluss einen wahren Bewerbungsmarathon absolviert. Ein Vorstellungsgespräch nach dem anderen.

»Ich hab dir nichts davon erzählt, weil ich uns beiden die Enttäuschung ersparen wollte, falls es wieder nichts wird.«

Casper hatte sein Studium in den letzten Zügen ganz schön schleifen lassen. Aber dafür, dass er fast nie gelernt hatte und erst ein paar Wochen vor den Prüfungen auf den Trichter gekommen war, hatte er noch einen ziemlich guten Abschluss hingelegt. Aber eben nicht so gut wie die, mit denen er nun um Jobs konkurrieren musste. Damit er keine Lücke im Lebenslauf hatte, um in der Zwischenzeit ein bisschen Berufserfahrung zu sammeln und wenigstens ein bisschen was zu verdienen, hatte er ein Praktikum bei *Sloan Enterprises* begonnen. Einer landesweit agierenden Firma mit Hauptsitz in Chicago, die insolvente Unternehmen aufkauft und sie dann, je nachdem, was rentabler ist, entweder saniert oder in Teilen weiterverkauft.

»Vor dir sitzt der neue Junior Consultant von *Sloan Enterprises*«, verkündete er stolz.

Ich riss die Augen auf. »Ach was, echt?«

»Jep.« Casper bekam das Grinsen nicht mehr aus dem Gesicht. »Das Einstiegsgehalt beträgt fünfzigtausend Dollar im Jahr plus Spesen.«

Begeistert sprang ich auf und fiel ihm um den Hals. »Wow! Das ist großartig! Ich freu mich so für dich.«

Im selben Moment kam die Kellnerin mit dem Wein.

»Sie kommen genau richtig«, strahlte ich sie an und sie goss uns beiden einen Schluck ein.

»Lass uns anstoßen«, sagte Casper.

»Auf dich.« Lächelnd prostete ich ihm zu.

»Auf uns«, korrigierte er und küsste mich, ehe wir unsere Gläser mit einem feierlichen »Bing« zum Klingen brachten.

»Und wann fängst du an?«, wollte ich wissen, während wir uns über die Vorspeise hermachten. Diese Nachricht, das gute Essen, die Atmosphäre – ich glaubte fast zu schweben vor Glück. Der Wein tat ein Übriges.

»Nächsten Montag.«

»Wow«, sagte ich wieder. Ich war noch immer ganz hin und weg. Nicht, dass ich glaubte, Casper würde keinen Job finden, aber in letzter Zeit hatte ich mir schon ein bisschen Sorgen gemacht. Um seine berufliche Zukunft, aber auch um unsere finanzielle Situation. Ich hatte beschlossen, direkt an den Bachelor noch den Master dranzuhängen und würde noch eine ganze Weile studieren. Was nicht bedeutete, dass ich von Casper erwartete, für meinen Lebensunterhalt aufzukommen. Schließlich arbeitete ich neben dem Studium. Aber von zwei Praktikantengehältern konnten wir auf Dauer nicht leben. Und da es für Casper nicht infrage kam weiterzustudieren, brauchte er einen Job – und dieser Job war wirklich ein Volltreffer. Ich freute mich so sehr über Caspers Erfolg, dass ich ein ganz warmes Gefühl im Bauch hatte. Es würde ihm Spaß machen, das wusste ich. Und dafür war ich unendlich dankbar. Denn an meinem Dad hatte ich gesehen, wie wichtig es war, dass man seinen Job gern machte. Und auch was es bedeutete, ihn zu hassen.

»Ich werde viel unterwegs sein«, fügte Casper vorsichtig hinzu, »das solltest du wissen.«

»Ja, das dachte ich mir schon. Aber du brauchst das ja nicht für immer zu machen – ich meine, wenn wir irgendwann eine Familie gründen.«

»Ja, natürlich«, stimmte er mir sofort zu.

»Aber für den Einstieg ist es ideal.«

Erleichtert atmete er auf. »Ich bin froh, dass du das so siehst.«

Ich zwinkerte ihm zu. »Das kriegen wir schon hin.«

Und bis jetzt haben wir es immer hingekriegt. Doch einer Herausforderung wie dieser haben wir noch nie gegenübergestanden.

Heute – 2018

Casper trägt noch seinen Anzug, den Griff des Rollkoffers hat er fest umschlossen. Sein Sakko ist zerknittert, das Hemd ganz verschwitzt. Die Krawatte baumelt wie ein Strick von seinem Hals. Er steht auf der einen Seite des Raumes, ich auf der anderen. Und zwischen uns liegt mein lebloses, verkabeltes, an Schläuche angeschlossenes Selbst.

Bei meinem Anblick zuckt Casper zusammen, als hätte ihn jemand geschlagen. Er wird kreidebleich. Schluckt trocken, stellt den Koffer ab und kommt dann langsam auf mich zu. Man könnte meinen, er hat Angst, in mein Gesicht zu sehen, denn dann wäre es Gewissheit, dass es wirklich ich bin, die dort liegt. Dunkle Schatten treten auf sein jugendliches Gesicht und lassen ihn um Jahrzehnte älter aussehen. Caspers Blick ist ausdruckslos. Er wirkt wie eine Hülle seiner selbst. So, als hätte auch er seinen Körper verlassen. Instinktiv gehe ich auf ihn zu, strecke meine Arme nach ihm aus – bis mir wieder einfällt, dass ich ihn nicht berühren kann. Nicht wirklich. Dennoch tue ich es, lege meine Arme um Casper, drücke ihn an mich. Es zerreißt mich innerlich, dass er meine Berührung nicht erwidert, sie gar nicht erwidern kann. Er lässt nur die Schultern hängen. Schlaff, müde, kraftlos. Seine Beine fühlen sich weich an, als hätte er Mühe, sich auf ihnen zu halten. Aus seinem Blick spricht Entsetzen. Ich sehe ihm an, was für fürchterliche Qualen er in diesem Moment durchleidet. Schmerzende Kälte breitet sich in meinem Bauch aus.

Es tut mir so leid, dass du mich so sehen musst, mein Schatz.

Ich will ihn halten, trösten, ihm sagen, dass alles wieder gut wird. Aber ich kann nicht. Ich kann nicht, weil meine Hände nur noch Schatten ihrer selbst sind, die nicht einmal mehr eine Tür zu öffnen vermögen. Und ich kann es nicht, weil ich nicht weiß, ob alles wieder gut wird. So gern ich es glauben möchte, sosehr ich es mir wünsche, für mich, für Casper, für Mum, Dad und Emma – ich weiß es nicht.

Casper holt tief Luft und bewegt sich auf mein schlafendes Ich zu. Kurz bevor er mich erreicht, verharrt er mitten in der Bewegung, atmet gepresst aus und nimmt einen weiteren tiefen Atemzug. Die letzten Zentimeter kosten ihn so viel Überwindung, dass ich schon fürchte, er macht gleich auf dem Absatz kehrt und stürmt hinaus. Doch dann geht er die letzten beiden Schritte, lässt sich neben mir auf einen Stuhl sinken und nimmt meine Hand.

Unwillkürlich stoße ich ein leises Seufzen aus. Endlich ist er da. Endlich spüre ich ihn. Seine Wärme. Seinen Halt. Casper hält meine Hand fest und beugt sich über mich.

»Ich bin hier«, flüstert er meinem schlafenden Ich zu. Und küsst mich auf die Stirn.

Ich schließe die Augen und spüre seine Lippen auf meiner Haut. Erst als ich meinen Atem entweichen lasse, merke ich, dass ich ihn angehalten habe. Es tut so gut, ihn bei mir zu haben.

»Ich bin bei dir, mein Schatz.«

Stunden vergehen, während Casper bei mir wacht. Ich sehe ihm an, wie müde er ist. Wann er wohl zuletzt geschlafen hat?

Mum sitzt auf der anderen Seite des Bettes und hält meine Hand. Lange Zeit sagt niemand etwas, dann hebt Casper plötzlich den Blick.

»Weißt du noch unsere Autofahrten?«, fragt er mich, als wären wir ganz allein im Zimmer. Er sagt es, als würde er ein Gespräch beginnen, als würde ich ihm antworten.

Mum räuspert sich.

»Ich ...«, beginnt sie. Sie kling heiser, als hätte sie dringend einen Schluck Wasser nötig. »... hole mir einen Kaffee. Soll ich dir was mitbringen?«

Casper schüttelt den Kopf. Seine Augen hängen auf meinem leblosen Gesicht. Er scheint gar nicht richtig wahrzunehmen, wie Mum das Zimmer verlässt. Vielleicht wirklich, um sich was zu trinken zu holen, vielleicht um uns ein bisschen Privatsphäre zu gönnen. Vielleicht aber auch einfach, um dem Augenblick zu entkommen.

Casper nimmt meine Hand, küsst den Handrücken, schmiegt seine Wange an meine Haut. Sein Dreitagebart kratzt ein wenig. Aber ich genieße seine Berührung.

»Wir konnten über alles reden, wenn wir im Auto saßen.«

Ja, das konnten wir.

Unsere langen gemeinsamen Autofahrten während der Collegezeit sind etwas, an das ich auch heute noch gern zurückdenke. Auch wenn ich nicht mehr zu Hause wohnte, war es mir wichtig, Zeit mit meiner Familie zu verbringen. Ich besuchte sie regelmäßig. Alle sechs Wochen und meist auch in den Ferien fuhr ich nach Hause. Manchmal blieb Casper in Chicago, manchmal kam er mit und verbrachte bei der Gelegenheit ein bisschen Zeit mit seinem Bruder. Ich liebte es, wenn er mich begleitete.

Für die knapp einhundertfünfzig Meilen von Chicago hoch nach Middleton braucht man etwa zweieinhalb Stunden. Zweieinhalb Stunden hin, zweieinhalb zurück. Fünf Stunden, die wir nur zu zweit, auf engstem Raum, nahezu abgeschnitten von der Außenwelt, damit zubrachten, unsere Weltanschauung miteinander zu teilen. Wir redeten und redeten und redeten.

Über Gott und die Welt. Die Liebe und das Leben. Unsere Ängste und Träume. Die Zukunft und darüber, wie wir sie gestalten wollten. Manchmal waren wir so in unsere Unterhaltung vertieft, dass wir noch im Auto sitzen blieben, obwohl wir längst in der Auffahrt standen.

»Was hältst du von dem Namen Ava?« Darin, dass wir beide irgendwann Kinder wollten, waren wir uns schon lange einig. Doch auch wenn wir uns damit noch Zeit lassen wollten, hatte ich Spaß daran, mir Namen für unsere zukünftigen Kinder zu überlegen.

»Ava?«, fragte Casper und wiederholte den Namen dann noch einmal, um seinen Klang zu beurteilen. »Ava.« Er lächelte. »Klingt schön. Wie findest du Paul?«

»Bloß nicht«, platzte ich heraus. »Wir hatten früher einen Nachbarn, der so hieß. Scheußlicher, kinderhassender alter Mann. Hat sich ständig bei meinen Eltern beschwert, dass Emma und ich im Garten zu laut spielten.«

»Dann also keinen kleinen Paul.«

»Nope.« Ich lachte.

»Okay. Was ist mit Bennett?«, fragte er dann.

Ich dachte kurz nach. »Ja, klingt schön. Ich muss dir aber sagen, dass ich schon immer das Gefühl hatte, dass ich mal ein Mädchen bekomme. Also versteif dich bitte nicht so sehr auf die Jungennamen.«

»Dann machen wir eben so lange weiter, bis ein Junge dabei rauskommt.« Casper zwinkerte mich grinsend an, bis ich ihn in die Seite boxte. »Au!«

Jetzt grinste ich.

»Damals waren wir gerade mal einundzwanzig und glaubten, wir hätten alle Zeit der Welt«, sagt Casper und klingt unendlich traurig. »Wir dachten, wir hätten unser ganzes Leben noch vor uns. Hätten noch eine Ewigkeit Zeit.« Er lacht auf. Kurz und bitter. »Um ehrlich zu sein, dachte ich das bis heute Morgen noch.«

Ja, ich auch, entgegne ich traurig.

Casper schweigt eine Weile, dann atmet er ruckartig ein.

»Wie soll es denn jetzt weitergehen?« Er presst die Worte geradezu heraus.

Ich weiß es nicht, mein Schatz. Ich weiß es nicht.

Auch für mich ist das alles so surreal. Eben noch habe ich ein Kleid für meine Hochzeit ausgesucht und jetzt … liege ich hier. Von einer Sekunde zur nächsten hat sich alles geändert. Alles. Was eben noch wichtig erschien, verblasst zur Belanglosigkeit.

Welch eine Ironie, dass das gerade mir passiert. Ich, die ich immer gepredigt habe, wie schnell das Leben sich ändern kann. Ich, die eigentlich vorbereitet sein müsste auf eine Situation wie diese. Und doch muss ich feststellen, dass ich keine Ahnung hatte, wovon ich sprach.

Neun Jahre zuvor – 2009

»Holst du nachher erst Phillip ab oder kommst du gleich mit zu mir?«, fragte ich Casper auf einer unserer Wochenendfahrten nach Middleton.

»Er ist übers Wochenende bei Dad«, antwortete er und klang ein bisschen niedergeschlagen. Es war nun fast vier Monate her, dass er seinen kleinen Bruder zuletzt gesehen hatte. Und offenbar vermisste er ihn sehr.

»Ach so. Na, dann lad ihn doch nächstes Wochenende mal zu uns ein. Dann zeigen wir ihm die große Stadt. Vielleicht will deine Mum ja auch mitkommen«, setzte ich vorsichtig hinzu. Seitdem er von zu Hause ausgezogen war, wurde Caspers Verhältnis zu seiner Mutter immer schlechter. Seit über einem halben Jahr hatten die beiden nicht mehr miteinander gesprochen. Es war nicht so, dass ein Streit oder irgendwas Spezielles vorgefallen war, auf das man die Funkstille hätte zurückführen können. Sie hatten keinen Kontakt, weil keiner sich beim anderen meldete.

Mit hochgezogenen Augenbrauen sah er mich an.

»Ich dachte nur, vielleicht will sie ja mal sehen, wie du so lebst«, versuchte ich mich zu erklären.

Casper schob sich einen Kaugummi in den Mund. Wahrscheinlich, um sich vor einer Antwort zu drücken.

Ich wusste, wie heikel das Thema war und dass ich es mir jederzeit mit ihm verscherzen konnte, wenn ich daran rührte, aber in diesem Moment nahm ich meinen ganzen Mut zusammen.

»Ich glaube wirklich, du solltest dich mal mit ihr aussprechen, bevor es – es kann jederzeit zu spät sein.«

Casper schnaufte nur laut, sagte aber nichts. Was hätte er dem auch entgegensetzen können? Er wusste, dass ich recht hatte. Und als jemand, der das schon hatte durchmachen müssen, wusste ich nur zu gut, was es bedeutet, vergeudete Zeit zu bereuen. Dinge, die hätten gehört werden sollen, nicht ausgesprochen zu haben. Ich wusste, wie sich ein »zu spät« anfühlt. Ich kannte die unerbittliche, unumkehrbare schreckliche Gewissheit, jemanden nie wieder zu sehen und ihm doch noch so viel zu sagen zu haben. Und das wollte ich ihm ersparen.

Dass es ihn nun auf diese Weise trifft, macht mich unendlich traurig.

Heute – 2018

Einer der Chirurgen, die mich operiert haben, kommt, um nach mir zu sehen. Er reicht Casper die Hand. Mum und Dad folgen ihm in mein Zimmer. Die Art, wie er meine Eltern anspricht, verrät, dass sie nicht zum ersten Mal miteinander reden.

»Irgendwas Neues?«, fragt mein Dad.

»Die Narkose wurde ausgeleitet«, sagt der Arzt, und es ist ihm deutlich anzumerken, wie schwer es ihm fällt, das meinen Eltern und Casper nun sagen zu müssen. »June ist leider immer noch ohne Bewusstsein. Sie befindet sich jetzt in einem natürlichen Koma.«

»Was bedeutet das?«, fragt Casper und seine Stimme bricht beim letzten Wort.

Meine Mutter sieht aus, als wäre sie in Gedanken eine Million Meilen weit weg.

Der Arzt holt tief Luft, ehe er antwortet. »Das bedeutet, dass es jetzt auf June ankommt. Es gibt im Moment nichts, was wir medizinisch noch tun können.«

Dass er mich so selbstverständlich bei meinem Vornamen nennt, irritiert mich ein wenig. Ich kenne ihn nicht, habe nie ein Wort mit ihm gewechselt, und doch habe ich es ihm zu verdanken, dass ich noch am Leben bin.

»Im Moment sorgen die Geräte dafür, dass ihre Vitalfunktionen aufrechterhalten bleiben. Ihr Zustand ist also so weit stabil.« Er schluckt. »Hat June denn eine Patientenverfügung?«, fragt der Arzt meine Eltern und Casper dann vorsichtig.

Mein Dad schüttelt den Kopf. »Nicht, dass ich wüsste.«

»Nein«, antwortet Casper gleichzeitig.

»Okay«, sagt er schlicht, und es ist offensichtlich, dass es noch mehr dazu zu sagen gäbe, er aber beschließt wohl, das Thema vorerst auf sich beruhen zu lassen.

Casper reibt sich das Kinn. Seine Krawatte hat er gelockert. Sie sitzt etwas schief. »Hat sie … ich meine, gibt es eine Chance, dass sie wieder gesund wird?«, will er wissen. Ganz offensichtlich kostet es ihn eine Menge Überwindung, diese Frage zu stellen, und wahrscheinlich noch mehr, die Antwort einzustecken.

Der Arzt nickt. Nicht aus Zustimmung, er nickt mehr so vor sich hin, als müsse er gedanklich Anlauf nehmen, um das Folgende über die Lippen zu bringen. »Die Chancen stehen fünfzig-fünfzig«, sagt er schließlich. »Es liegt jetzt an ihr.«

Noch ehe er ausgeredet hat, sind alle Augen auf mich gerichtet. Eine stumme Bitte begegnet mir in ihren Blicken. Flehen und Bangen. Sie sehen mich an, als wollten sie mich fragen: »Wofür entscheidest du dich?«

KAPITEL 11

Der Abend ist angebrochen. Alles ist jetzt etwas ruhiger. Die Hektik des Tages ist zusammen mit den letzten Sonnenstrahlen hinter dem Horizont verschwunden. Ärzte, Pfleger, Krankenschwestern – alle scheinen einen Gang runtergeschaltet zu haben. Die Leute reden jetzt leiser, gehen langsamer.

Casper lässt sich von meinen Eltern dazu überreden, in die Kantine zu gehen und eine Kleinigkeit zu essen.

»Wir bleiben bei ihr«, verspricht mein Vater. Und so sitzen Mum und Dad seit ein paar Minuten bei mir, als ich plötzlich höre, wie jemand nach Luft schnappt. Mein Blick gleitet hinüber zur Tür. Und da ist sie. Emma! Sie bleibt im Türrahmen stehen. Minutenlang. Als sei sie gegen eine unsichtbare Barriere gestoßen. Mit großen Augen sieht sie mich an. Offenbar steht sie unter Schock. Mir geht es genauso. Mein Gott! Sie ist noch dünner als beim letzten Mal.

Kann mal bitte jemand nach Emma sehen?

Als hätte sie mich gehört, reißt sie die Augen noch ein bisschen weiter auf, dann verzieht sie das Gesicht zu einer Grimasse und fängt bitterlich an zu weinen. Dad geht zu ihr und nimmt sie in den Arm. Leise redet er auf seine jüngste Tochter ein und versucht sie zu beruhigen. Sie vergräbt das Gesicht an seiner

Schulter und schluchzt. Immer wieder hebt sie kurz den Kopf, um mich anzusehen, wendet den Blick aber schnell wieder ab. So, als könne sie meinen Anblick nicht ertragen. Fast genauso geht es mir mit ihrem. Ihre Wangenknochen treten spitz hervor und sie hat dunkle Schatten unter den Augen. Ihre Arme und Beine sind dünn wie Streichhölzer. Emma wirkt auf mich so zerbrechlich, als wäre sie kurz davor zu verschwinden.

»Na komm«, sagt Dad mit ruhiger Stimme. »Geh zu ihr. Mum und ich holen uns kurz einen Kaffee.« Er muss meine Mutter anstupsen, damit sie reagiert.

»Ja, setz dich zu ihr. Wir sind gleich wieder da«, sagt sie, vor Schock und Trauer noch halb benommen.

Nachdem unsere Eltern den Raum verlassen haben, bleibt Emma wie angewurzelt stehen. Auf halbem Weg zwischen Bett und Tür. Es wirkt, als hätte sie sich noch nicht entschieden, ob sie bleiben soll. Schließlich kommt sie langsam auf mich zu. Zentimeter für Zentimeter nähert sie sich, sieht mich dabei ganz genau an. Den Schlauch in meinem Hals, mein einge-gipstes Bein, die Kabel, Klemmen und Sensoren, die überall an meinem Körper haften und mich am Leben halten. Ihre Fingerspitzen berühren meine Hand, dann schließen sich ihre dünnen Finger um meine. Ich atme innerlich auf. Es tut so gut, Emma zu spüren. Ich will, dass sie näher kommt, und sie tut es. Vorsichtig, da die Bettdecke meine Verletzungen verbirgt und sie mir nicht wehtun möchte, legt sie ihren Kopf neben meinen. Dankbarkeit durchströmt mich. Es tut so gut, sie bei mir zu haben.

Still liegt sie neben mir, und ich lausche ihren Atemzügen, dann flüstert sie plötzlich: »Es tut mir so leid.«

Das muss es nicht.

»Es tut mir so leid, June«, wiederholt sie. »Ich hätte dich niemals so anbrüllen dürfen. Bitte verzeih mir.«

Es gibt nichts zu verzeihen. Du hattest vollkommen recht.

»Spätestens Sonntag bin ich zurück. Und wenn ich es früher schaffe, komme ich nach. Versprochen.«

»Und es kann wirklich niemand anders fliegen?«, fragte ich noch einmal.

Casper schüttelte resigniert den Kopf und küsste mich auf die Stirn.

Ich seufzte. »Schade, dass du nicht mitkommen kannst. Das hätte ich wirklich gern mit dir zusammen gemacht.«

»Ich weiß«, sagte Casper. »Ich würde dich so gern begleiten.«

»Manchmal hasse ich deinen Job«, sagte ich, drückte ihn fest an mich und vergrub das Gesicht in seiner Schulter.

»Ich auch«, erwiderte er. »Ein halbes Jahr noch«, sprach er uns beiden Mut zu. »Dann setzt sich der alte Sloan zur Ruhe und die Schikanen haben ein Ende.« Caspers Boss war das Privatleben seiner Mitarbeiter vollkommen gleichgültig. Ihn kurzfristig für eine oder zwei Wochen an die Westküste oder sonst wohin zu schicken, war keine Seltenheit. Erst zwei Tage zuvor hatte Casper erfahren, dass er für eine Woche nach San Francisco musste – obwohl wir am Wochenende zusammen nach Middleton fahren wollten, um meinen Eltern und Emma von unserer Verlobung zu erzählen. Wieder etwas, das ich ohne ihn würde machen müssen.

»Dirk kanns auch kaum erwarten, dass der Alte endlich seine Koffer packt und sich mit seiner Modelfreundin auf die Bahamas verzieht.«

Dirk Sloan, seines Zeichens Sohn des Bosses und alleiniger Erbe des Unternehmens, brannte geradezu darauf, die Firma endlich zu übernehmen und sich von seinem Vater nicht mehr ständig reinquatschen lassen zu müssen. Außerdem war Casper mit Dirk befreundet und hatte eine steile Karriere in Aussicht, sobald der Patriarch das Ruder endlich aus der Hand gab. Nur deshalb machte er das alles mit und hatte nicht schon längst gekündigt.

Ich fuhr an diesem Wochenende also allein nach Hause, um meiner Familie zu verkünden, dass Casper und ich heiraten würden. Ich war noch vor dem Feierabendverkehr losgefahren und trotz des Schnees gut durchgekommen. Alles gut so weit. Doch als ich vor der Tür meines alten Zuhauses stand, begann mein Herz plötzlich wie wild zu klopfen. Obwohl sie Casper alle mochten und es keine Riesenüberraschung werden dürfte, da wir immerhin schon zehn Jahre zusammen waren und so mancher eine Hochzeit für längst überfällig erachtete, wurde ich plötzlich nervös. Wie sagte ich es ihnen am besten? Erst mal warten? Oder gleich mit der Tür ins Haus fallen? Die Heiratsantragsgeschichte erzählen oder einfach den Verlobungsring zeigen?

Meine Hände zitterten ein wenig, als ich die Tür mit meinem Hausschlüssel öffnete, den ich noch immer an meinem Schlüsselbund trug.

»Hallo?«, rief ich beim Hereinkommen. »Jemand da?«

Als niemand antwortete, ging ich zuerst ins Elternschlafzimmer. Vielleicht lag Mum ja im Bett. Ungewöhnlich wäre das jedenfalls nicht. Ich rechnete schon damit, sie in dem völlig abgedunkelten Raum weinend unter Decken begraben vorzufinden, und das altbekannte Unbehagen machte sich in meiner Magengegend breit. Doch zu meiner Überraschung waren die Rollläden oben und das Bett war leer.

»Hallo?«, rief ich ein weiteres Mal in den Flur hinaus.

»Hallo!«, tönte es gedämpft aus dem Keller zurück.

»Emma?«

»Ich bin hier unten.«

Unwillkürlich breitete sich ein Lächeln auf meinem Gesicht aus. Emma war im Keller. Und das bedeutete: Sie malte wieder! Ihr müsst wissen, meine kleine Schwester ist eine hervorragende Künstlerin. Sie hat unheimlich viel Potenzial. Niemand in der Familie zweifelte daran, dass ihr eine großartige Karriere als Malerin bevorstand. Dad hatte ihr vor ein paar Jahren sogar ein kleines Atelier im Keller eingerichtet. Eigens dafür hatte er einen Lichtschacht ausgehoben und auf der gegenüberliegenden Seite des Raumes einen deckenhohen Spiegel angebracht, der das einfallende Licht reflektierte, damit Emma so viel Tageslicht wie möglich zum Malen hatte. Das ganze Haus hing voll mit ihren Bildern und ein paar meiner Lieblingswerke hatte ich auch mit nach Chicago genommen. Zwei davon hingen in unserer Wohnung, drei andere waren eingelagert. Dies lag zum einen daran, dass Caspers und meine Wohnung in Chicago nicht gerade großzügig geschnitten war, zum anderen aber auch daran, dass Casper mich darum gebeten hatte, nicht mehr als zwei aufzuhängen. Zwar hielt auch er Emma für unheimlich talentiert und ihre Gemälde für stark und ausdrucksvoll – aber sie waren eben, na ja, nicht besonders fröhlich.

»Sie sind alle unheimlich gut«, sagte Casper, als wir darüber diskutierten, wo wir sie aufhängen sollten. »Aber sie ziehen einen echt runter.«

Ich konnte ihm nicht widersprechen. Emma verwendete fast ausschließlich dunkle Farben und ihre Motive waren alles andere als lebensbejahend. Ein zusammengekauerter nackter Frauenkörper, ein mit blauen Flecken übersätes knochiges Rückgrat, eine schwarze Hand, die nach einer zarten Blume greift, um sie zu zerquetschen, ein Gesicht mit eingefallenen Wangen und schwarzen Löchern anstelle der Augen – solche Dinge eben. Emmas Bilder waren voller Schmerz und voller Trauer. Es war wohl einfach ihre Art, das Geschehene zu verarbeiten. Daher besorgte es mich umso mehr, dass sie das Malen beinahe ganz aufgegeben hatte, als sie drei Jahre zuvor in der Kanzlei angefangen hatte.

»Ich hab keine Zeit mehr dafür«, lautete ihre knappe Antwort, wann immer ich sie darauf ansprach. Doch ich kannte meine kleine Schwester gut genug, um zu wissen, dass das nicht der wahre Grund war. Sie jetzt wieder mit farbverschmierten

Händen vor der Leinwand stehen zu sehen, machte mich wirklich glücklich.

»Emma!«, rief ich voller Begeisterung, als ich die Kellertreppe hinunterstürmte, und zog meine kleine Schwester in die Arme. Doch in dem Moment, in dem ich meine Hände um ihre Schultern legte, war jede Freude verflogen. Ich erstarrte. Der weite Hoodie und die Schlabberhose, die sie trug, hatten es nicht sofort erkennen lassen, aber nun, als meine Hände ertasteten, was sich darunter verbarg, drehte sich mir der Magen um. Emma bestand nur noch aus Haut und Knochen.

»Ich hab gar nicht gewusst, dass du kommst«, begrüßte sie mich freudig, während ich noch damit beschäftigt war, den Schock zu überwinden.

»Ja … ja, ich wollte euch überraschen«, stotterte ich geistesabwesend.

Graces Tod hat jeden von uns verändert. Die Trauer um sie hat sichtbare und unsichtbare Spuren hinterlassen. Dad hatte sein Lachen verloren und funktionierte nur noch wie eine Maschine, Mum stürzte in eine tiefe Depression und verbrachte die meiste Zeit im Bett, ich hatte ein gebrochenes Herz, das mir hin und wieder einen Krankenhausaufenthalt bescherte – und Emma hatte aufgehört zu essen. Es war nicht einfach, mit ihr darüber zu reden, da sie sich sofort angegriffen fühlte und dichtmachte. Nur einmal hatte ich es geschafft. Es war ein lauer Sommerabend, ich hatte gerade den Bachelor bestanden und wir saßen mit einer Flasche Wein auf der Veranda, um darauf anzustoßen.

»Wieso wirst du immer dünner?«, fragte ich sie, nachdem wir die halbe Flasche geleert hatten.

Sie sah mich lange an. Ich glaubte schon, sie würde einfach aufstehen und gehen, ohne meine Frage zu beantworten, doch dann schloss sie für einen Moment die Augen und sagte: »Ich habe einfach keinen Appetit mehr.« Es folgte eine lange Pause, in der Emma tief ein- und ausatmete, dann fügte sie hinzu: »Seit Grace weg ist, habe ich keinen Appetit mehr.«

Und das wars. Es ging ihr nicht um ein verschrobenes Schönheitsideal oder eine verzerrte Selbstwahrnehmung. Es ging im Grunde gar nicht darum, wie sie aussah. Emma fastete nicht absichtlich. Sie hatte nur einfach keinen Appetit mehr. Ich legte den Arm um sie und küsste sie auf den Scheitel. Ich wusste ganz genau, wie ihr zumute war.

Über die Gründe ihrer Magersucht hatten wir seither nicht mehr gesprochen. Nur noch über die Folgen. Gewicht, Kalorienzufuhr, Haarausfall, unregelmäßige Periode – solche Dinge eben. Und wenn es mal wieder so weit war, dass Emma kurz vor der Einlieferung stand, aß sie genau so viel, wie sie musste, um das zu verhindern. Dann waren für den Moment alle besänftigt und das ganze Spiel begann von vorne.

Ich hatte es mir zur Aufgabe gemacht, nach Emma zu sehen, fuhr regelmäßig nach Hause und ließ mir Fotos schicken, wenn ich mal für einige Wochen nicht kommen konnte. Doch nun, da ich mein klapperdürres Schwesterchen im Arm hielt, wurde mir schlagartig klar, wie sehr ich das in letzter Zeit vernachlässigt hatte und wie lange wir uns nicht gesehen hatten.

Ich streckte die Arme durch, legte die Hände auf ihre Schultern und sah sie an. Ich brauchte nichts zu sagen, mein Blick reichte, und sie wusste sofort, was Sache war.

»Ich arbeite daran«, sagte sie in dem Versuch, das Thema abzuwiegeln.

»Wie viel wiegst du gerade?«

Sie löste sich von mir. »Ich sagte doch, ich arbeite daran«, schnauzte sie und drehte sich weg. Ich atmete tief durch und ließ die Sache vorerst auf sich beruhen. Ich wollte keinen Streit vom Zaun brechen – aber ich nahm mir vor, sie die nächsten

Wochen ganz besonders genau im Auge zu behalten. Und Emma wusste das.

»Wo sind Mum und Dad?«, fragte ich stattdessen.

Emma, froh über den Themawechsel, schlug wieder einen unbekümmerten Ton an. »Einkaufen.«

Ich lächelte unwillkürlich. Das war ein gutes Zeichen. Wenn Mum aus dem Haus ging, dann war es ein guter Tag.

»Du malst wieder?«, fragte ich mit einem Lächeln und trat an die Staffelei, um mir die Leinwand, die darauf befestigt war, genauer anzusehen. Viel war darauf noch nicht zu erkennen. Sie hatte mit diesem Bild wohl gerade erst angefangen.

Emma nickte. »Ich wollte sowieso gerade Pause machen. Willst du einen Kaffee?«

»Gern.«

Während sie die antike Filterkaffeemaschine unserer Eltern zum Rattern brachte, sah ich mich in meinem alten Zuhause um. Nichts hatte sich verändert. Alles sah noch genauso aus wie bei meinem Auszug vor neun Jahren.

»Meinst du nicht, ein paar neue Vorhänge würden Mum guttun?«

»Vorhänge?« Emma runzelte die Stirn und reichte mir einen Becher schwarzen Kaffee.

»Danke. Na ja, nicht unbedingt Vorhänge, aber ein bisschen Veränderung, ein paar neue Möbel, du weißt schon.«

Emma zuckte mit den Schultern und nahm einen großen Schluck aus ihrer Tasse. »Du weißt doch, wie sie ist.«

»Ja, eben drum.« Ich ließ meinen Blick schweifen und stellte mir gerade vor, wie ich das Wohn- und das Esszimmer umräumen und neu gestalten würde, da hörte ich den Schlüssel im Schloss.

»Junie?«, hörte ich Mums Stimme rufen. »Ist das dein Wagen in der Auffahrt?«

»Hi Mum.« Ich kam ihr entgegen und zog sie in eine feste Umarmung. Kalte Luft strömte durch die offen stehende Haustür nach drinnen.

»Was machst du denn hier, mein Schatz?« Sie klang beinahe euphorisch. Heute hatte sie einen wirklich guten Tag.

»Junie!«, rief Dad, voll bepackt mit Einkaufstüten, über Mums Schulter.

»Hi Dad.« Ich küsste ihn auf die eisige Wange und half ihm mit den Einkäufen.

»Wusstest du, dass sie kommt?«, fragte Mum Emma.

»Nö.«

»Ich wollte euch überraschen«, gestand ich, während wir gemeinsam die Einkäufe verstauten. Da sich auch am Innenleben der Schränke nichts nennenswert geändert hatte, wusste ich genau, was wohin kam. »Es gibt da nämlich etwas, das ich euch sagen möchte.«

»Hoffentlich was Gutes«, sagte Dad und alle spitzten die Ohren. Mums Blick, der für eine Sekunde an meinem Bauch hängen blieb, entging mir nicht.

»Nein, ich bin nicht schwanger«, beantwortete ich ihre unausgesprochene Frage. Ich grinste nervös, holte tief Luft und streckte ihnen meine linke Hand entgegen, von deren Ringfinger ein Diamant blitzte.

»Casper und ich werden heiraten«, ließ ich die Bombe platzen und wartete gespannt auf die Reaktionen, die mit ein paar Sekunden Verzögerung eintrafen. Dafür riefen jetzt alle durcheinander.

»Wow!«

»Super!«

»Echt jetzt?«

»Herzlichen Glückwunsch!«

»Ohne Scheiß?«

»Wie schön!«

»Das gibts doch nicht!«

»Ich freu mich für dich!«

Mein »Danke« galt allen dreien.

»Und wann ist es so weit?«, fragte Emma.

Ich zog die Lippen zwischen die Zähne. »Im April.«

»Diesen April?«, fragte meine Mutter, als hätte sie sich verhört.

»Und du bist wirklich nicht schwa…?«

»Nein, bin ich nicht.«

»Aber warum habt ihr es dann so eilig?«

Ich zuckte mit den Schultern. »Wir dachten uns einfach: warum warten? Ist zwar jetzt alles ein bisschen stressig mit den Vorbereitungen, aber wir kriegen das schon hin.«

»Wow, meine Tochter heiratet«, murmelte Mum. Wahrscheinlich sprach sie mehr mit sich selbst. Sie lächelte, eine Sekunde oder zwei, dann breiteten sich plötzlich Falten auf ihrem Gesicht aus. Sie hielt sich an der Tischkante fest, als sie anfing zu zittern.

Dad war sofort zur Stelle und schob ihr einen Stuhl hin. »Setz dich einen Augenblick«, sagte er, ruhig und routiniert.

Ein eisiger Schauer lief mir den Rücken hinunter, und Emma holte so tief Luft, als müsste ihr Atem eine lange Zeit reichen. Wir alle wussten, was als Nächstes geschehen würde. Es war unaufhaltsam. Solche Situationen kannten wir zur Genüge. Manchmal reichte der kleinste Anlass, sie an Grace zu erinnern und die Wunden wieder aufzureißen. Als Mum sich setzte, das Gesicht in ihren Händen verbarg und anfing zu weinen, hätte ich am liebsten alles zurückgenommen. Ich bereute es, hergekommen zu sein. Sie hatte heute einen guten Tag gehabt. Einen wirklich guten Tag, auf dem man hätte aufbauen können – aber nun war es vorbei. Wir standen wieder bei null. Und plötzlich wurde meine Verlobung zur Nebensache. Ich nahm es ihr nicht übel. Ein bisschen enttäuscht war ich trotzdem. Aber ich verstand, was sie so verletzte: Ich war nicht dran. Grace war die Ältere. Sie wäre zuerst an der Reihe gewesen zu heiraten. Doch das würde nie passieren.

Den Rest des Tages verbrachte Mum im Bett. Dad, Emma und ich kochten zusammen und aßen im Wohnzimmer vor dem Fernseher. Mum sagte, sie habe keinen Hunger, aber wenigstens aß Emma ein paar Bissen. Wir waren alle müde, gingen früh ins Bett, und als ich am nächsten Morgen in meinem alten Kinderzimmer aufwachte, überkam auch mich jene drückende Melancholie, die mir an diesem Ort so vertraut gewesen war. Ich hatte von Grace geträumt. Von ihrer Hochzeit. Wie schön sie im Brautkleid ausgesehen hatte. Ihr unverkennbares schallendes Lachen. Wie glücklich sie gewesen war.

Zum Frühstück ließ sich Mum kurz blicken, aß stumm ein paar Löffel Cornflakes und verkroch sich dann wieder ins Schlafzimmer. Emma ging in den Keller, um zu malen, und ich begleitete Dad nach draußen, um die Einfahrt frei zu räumen. In der Nacht hatte es mehrere Zentimeter Neuschnee gegeben.

»Tut mir leid, dass Mum meinetwegen wieder traurig ist«, sagte ich nach einer Weile.

»Was redest du denn da?« Dad hielt kurz inne und stützte sich auf den Stiel der Schneeschaufel. »Sie ist doch nicht deinetwegen traurig. Sie freut sich für dich, da bin ich mir sicher.«

»Meinst du?«

»Ja, natürlich. Gib ihr ein paar Tage Zeit.«

Wir schippten wieder ein paar Minuten, dann drehte ich mich zu Dad um. »Vielleicht hätte ich es ihr schonender beibringen sollen.«

Er runzelte die Stirn. »Schonender beibringen? Du hast keinen Gehirntumor – du heiratest. Das ist nun wirklich nichts, was man einem schonend beibringen müsste. Schon gar nicht der eigenen Mutter.«

»Ich wollte nicht, dass es ihr deswegen wieder schlecht geht.«

»Niemand wollte das. Aber du bist die Letzte, die etwas dafürkann.« Dad kam zu mir und legte seinen Arm um mich. »Mach dir keinen Kopf. Wenn es das nicht gewesen wäre, wäre es eben etwas anderes gewesen.« Er lachte ironisch. »Es war mir schon fast unheimlich, wie gut sie drauf war in letzter Zeit.«

Ich versuchte, ein Lächeln zustande zu bringen, doch stattdessen sammelten sich Tränen in meinen Augen.

»Ach Mäuschen, nimms dir nicht so zu Herzen. Sie kann einfach nicht aus sich heraus. Wir alle freuen uns für dich.« Er drückte mich an sich und gab mir einen Kuss auf die Wange. »Gib ihr einfach ein bisschen Zeit«, wiederholte er, »und wenn es so weit ist, wird sie die stolzeste Brautmutter sein, die du je gesehen hast.«

Ich nickte einsichtig. Ein bisschen traurig war ich trotzdem. Ich dachte an Casper. Wenn er dabei gewesen wäre, hätte Mum es vielleicht eher geschafft, sich zusammenzureißen. Und wäre schneller wieder aus ihrem Loch herausgekommen. Aber so wie die Dinge nun standen, war das Wochenende gelaufen. Sie würde sich vor meiner Abreise wohl kaum dazu durchringen können, wieder am Familienleben, oder am Leben generell, teilzuhaben. Ich verdrückte ein paar Tränen der Enttäuschung.

Ich hatte längst akzeptiert, dass Mum nie ganz im Hier und Jetzt lebte. Dass sie, selbst wenn sie einen guten Tag hatte, in Gedanken immer irgendwie in der Vergangenheit feststeckte. Nach vorn zu blicken – dazu war sie einfach nicht in der Lage. Trotzdem war es schade um das Wochenende. Es hatte schon blöd angefangen, weil Casper mich nicht begleiten konnte, und nun, da Mum sich wieder mal eingeigelt hatte, würde es wohl auch nicht mehr besser werden. An sie war kein Herankommen mehr. Das konnte man einfach nur aussitzen und warten, bis sie von alleine wieder aus ihrer Isolation in die wirkliche Welt zurückkehrte. Doch so viel Zeit hatte ich nicht. Ich musste am

Montag wieder zur Arbeit. Und da sie sich bis dahin sowieso nicht mehr blicken lassen würde, Emma im Keller malte und Dad noch ein paar Stunden arbeiten wollte, entschied ich mich, schon am Samstagnachmittag zurück nach Chicago zu fahren.

Nachdem ich mich eine halbe Stunde zu Mum ins Bett gelegt, mich an sie geschmiegt und ihr beim Weinen zugehört hatte, verabschiedete ich mich von Dad und ging in den Keller, um Emma zu suchen. Doch dort war sie nicht, also ging ich hoch in ihr Zimmer. Sie war gerade dabei, sich anzuziehen. Als sie mich kommen hörte, streifte sie sich hastig einen weiten Pullover über. Ihre Haare waren noch nass.

»Ich fahre wieder«, sagte ich knapp.

»Jetzt schon?« Sie schien enttäuscht.

»Na ja. Ja.«

»Ist es wegen Mum?«

Ich zuckte mit den Schultern.

»Mm-h«, machte Emma nur. Ihr Ton war missbilligend und brachte mich in Verlegenheit. Es war ja nicht so, dass ich weglief, aber ... Doch. Im Grunde war es genau das. Ich lief weg, weil ich es nicht mehr ertragen konnte.

Ich sah mich gerade in Emmas Zimmer um, da fiel mir plötzlich etwas ins Auge. Ein hastig aufgerissener Umschlag, auf dem in gelben Lettern das Wort *Pratt* leuchtete, lag auf ihrem Schreibtisch.

»Was ist das?«, fragte ich neugierig, nahm den Brief heraus und begann zu lesen. Ich riss die Augen auf. »Ist das ...?

»Ich habe eine Zusage vom Pratt Institute in New York«, sagte Emma – so emotionslos, als würde sie übers Wetter reden.

»Aber das ist ja großartig!«, platzte es aus mir heraus. Ich war ganz aus dem Häuschen, dass sie sich endlich dazu durchgerungen hatte, sich für das Kunststudium zu bewerben. Und das Pratt Institute war eine der besten Adressen des ganzen Landes, vielleicht der ganzen Welt. Was für ein Erfolg! Außerdem war es für Emma mit ihren fünfundzwanzig Jahren höchste Zeit, zu Hause auszuziehen und ihren eigenen Weg zu gehen.

»Wow, ich weiß gar nicht, was ich sagen soll. Ich bin so stolz auf dich. Das Pratt! Das ist der absolute Wahnsinn! Warum hast du das nicht gleich erzählt? New York wird dir gefallen. All die …«

»Ich werde nicht hingehen«, unterbrach sie mich trocken.

»Was? Red keinen Quatsch! Natürlich wirst du da hingehen!«

»Was soll das? Bin ich acht? Glaubst du, du musst mir sagen, was ich mit meinem Leben anzufangen habe?«

Ich stutzte. »So habe ich das doch gar nicht gemeint.«

»Wie hast du es denn dann gemeint? Glaubst du, ich habe Angst, ich könnte es nicht schaffen? Glaubst du echt, darum geht es? Dass ich hier gar nicht weg will?«

Es war Jahre her, dass ich Emma so wütend gesehen hatte. »Worum geht es denn dann?«, fragte ich vorsichtig.

Emma sah mich auf eine Art und Weise an, die ich nicht einordnen konnte. Irgendwie müde und mitleidig. So, als erkannte sie in diesem Moment, dass ich keine Ahnung hatte.

»Dass ich hier gar nicht weg KANN!«

Ich fragte nicht weiter nach. Fragte nicht nach dem Grund, aus dem sie nicht wegkonnte. Ich kannte die Antwort. Ich kannte sie schon von Anfang an. Wann immer der Gedanke aufkam, schob ich ihn weg. Selbst als Emma immer dünner und dünner wurde, redete ich mir ein, dass es ihr gut ging. Im Großen und Ganzen. Doch damit war es jetzt vorbei. Gleich würde sie es aussprechen. Ich spürte bereits die Wucht, mit der mich ihre Worte treffen würden. Ich schluckte, straffte die Schultern und machte mich gefasst auf das, was nun kommen sollte.

»Du bist einfach abgehauen!«, brüllte Emma und es traf mich wie eine Faust ins Gesicht. Von einer Sekunde zur nächsten hatte sie völlig die Fassung verloren. »DU BIST ABGEHAUEN! Du hast mich mit der ganzen Scheiße hier alleine gelassen!«

Und nun war es gesagt. Ich war gegangen. In der Gewissheit, dass Mum nicht allein gelassen werden konnte. In der Gewissheit, dass Emma von nun an die Last tragen würde, die all die Jahre über auf meinen Schultern gelastet hatte. Und ich war trotzdem gegangen.

Unzählige Male hatte ich mir gewünscht, dass auch Emma eines Tages den Absprung schaffen würde, dass auch sie alles hinter sich lassen und ein neues Leben beginnen könnte. Und Mum schon irgendwie klarkam. Bei jedem meiner Besuche hatte ich sie dazu ermutigt, aufs College zu gehen, zu verreisen, zu ... was auch immer sie glücklich gemacht hätte. Doch sie war geblieben. Bis heute. Ging tagaus, tagein in die Kanzlei, obwohl der Job der Rechtsanwaltsgehilfin so überhaupt nicht zu ihr passte. Emma war ein durch und durch kreativer Mensch und dieser Beruf widersprach ihrer Natur. Sie war unheimlich unglücklich in ihrem Job. Und ich wusste das. Ich wusste es schon lange. In Middleton gab es zudem kaum jemanden, mit dem sie reden, dem sie sich anvertrauen konnte. Die meisten ihrer Freunde waren längst weggezogen, ein Großteil direkt nach dem Schulabschluss. Und eine ernsthafte Beziehung hatte Emma noch nie gehabt. Hier ein paar Monate, da ein paar Wochen – keine ihrer Bekanntschaften entwickelte sich zu etwas Dauerhaftem. Eine echte Partnerschaft, wie Casper und ich sie hatten, war meiner kleinen Schwester bisher verwehrt geblieben. Es blieb nur Emma. Emma und Dad und Mum.

»Niemand hat von dir verlangt hierzubleiben«, entgegnete ich, zum einen, um mich zu verteidigen, zum anderen, um Emma zu motivieren, nach New York zu gehen. Es tat mir im Herzen weh, dass sie sich diese großartige Chance entgehen ließ. »Es ist dein Leben. Mit dem du anfangen kannst, was immer du willst. Auch mir fiel es nicht leicht zu gehen.«

»Ach ja?!« Emmas Augen liefen über. Es waren Tränen des Zorns. Sie weinte, ohne zu schluchzen. »Für mich sah es nämlich aus, als hättest du es kaum erwarten können!«

Ich blieb einen Moment stumm, versuchte mich zusammenzunehmen, ruhig zu bleiben, nicht gleich selbst anzufangen, zu heulen oder in eine reflexhafte Verteidigungshaltung zu verfallen.

»Und auch das stimmt«, antwortete ich schließlich, und es war das erste Mal, dass ich es aussprach.

Emma sah mich mit großen Augen an.

»Von hier wegzugehen und dich und Dad und vor allem Mum zurückzulassen, war eines der schwersten Dinge, die ich in meinem Leben getan habe. Und gleichzeitig eines der besten. Neu zu beginnen«, ich breitete die Arme aus, unwillkürlich wurde ich lauter, »all das hinter mir zu lassen!« Ich kniff mir mit Daumen und Zeigefinger in den Nasenrücken. Ich gebe das nicht gern zu, aber es ist nun mal so. Es war ein Neuanfang, fernab meiner schwer depressiven Mutter, meines jeden Tag die Grenzen der Erschöpfung erreichenden Vaters und meiner immer dünner werdenden kleinen Schwester, die Grace mittlerweile so ähnlich sah, dass es wehtat. Ja, ich war gegangen. War gegangen, um mein Leben zu leben. War gegangen, um zu vergessen. Das schreckliche Geheimnis, das ich versprechen musste zu hüten, und die Bürde, die ich damit trug, einfach zu vergessen. Und das hatte ich getan. Jahrelang hatte ich sie weggesperrt. Doch nun war sie da. Sie drohte durch die Oberfläche zu brechen – die Wahrheit, die mich zerschmettern würde, sobald ich sie zuließ.

»Du hast ja keine Ahnung«, sagte ich leise.

»Ich habe keine Ahnung?! Wie bitte?! Ich bin die, die diese Scheiße hier tagtäglich mit ansehen muss. Ich bin die, die alles mitbekommt. Und ich soll keine Ahnung haben?!«

Ich schüttelte den Kopf. »Du kannst es gar nicht wissen. Wie denn auch.«

»Und das willst du von deiner verfickten Chicagoer Wohnung aus beurteilen können?«

»Ich bin gegangen, weil ich *musste*!«, schrie ich.

»Wie darf ich das denn bitte verstehen?«

»Es hätte mich kaputt gemacht, wenn ich geblieben wäre!«

»Wir sind alle kaputt!«, brüllte Emma und breitete dabei ihre Arme aus. »Wir alle! Was glaubst du wohl, wo Mum jetzt wäre, wenn ich auch einfach gegangen wäre?« Die Tränen rannen in Strömen ihre Wangen herab, während sie mich weiter anbrüllte. »Ich kanns dir sagen: Sie wäre tot! Tot wie Grace!« Emmas abgemagerter kleiner Körper bebte vor Zorn. »Du bist ein Egoist«, warf sie mir an den Kopf. »Es war einfach nur egoistisch, dass du gegangen bist!«

»Es ist *mein* Leben«, erwiderte ich und kämpfte nun selbst mit den Tränen.

»Und was ist mit *meinem* Leben? Hm?! Was ist mit mir?« Bebend stand sie vor mir. Ihr Gesicht war nur Zentimeter von meinem entfernt. Für einen kurzen Augenblick glaubte ich, sie würde mich schlagen, dann blies sie die Nasenlöcher auf, drehte sich um und stürmte hinaus.

Ich schüttelte den Kopf. »Du hast ja keine Ahnung«, sagte ich nur. Und das hatte sie nicht.

Vierzehn Jahre zuvor – Sommer 2004

»Du gehst da nicht hin! Und das ist mein letztes Wort!«, beharrte Dad.

In letzter Zeit war es zwischen Grace und unseren Eltern immer häufiger laut geworden. Sie stritten sich ständig. Diesmal ging es um eine Party, auf die Grace unbedingt wollte. Einer ihrer Mitschüler hatte übers Wochenende sturmfrei und plante eine Feier epischen Ausmaßes.

»Aber alle werden da sein! ALLE! Deinetwegen werde ich noch zur Außenseiterin.«

»Eine Fünf in Mathe, die Vier in Latein – muss ich dich etwa daran erinnern, warum du Hausarrest hast?!«

»Vergiss die Drei minus in Geschichte nicht. Und das als Tochter einer Geschichtsprofessorin«, warf Mum verärgert ein. Die Drei minus in Geschichte wog für sie weitaus schwerer als eine Fünf in Mathe. Sie empfand es als persönliche Kränkung.

»*Ehemaligen* Geschichtsprofessorin«, korrigierte Grace gehässig.

Man konnte Mum geradezu ansehen, wie Graces Worte ihr einen Stich versetzten. Schließlich war sie der Grund, warum wir in die Vorstadt, nach Schaumburg, gezogen waren und Mum dafür ihre Stelle als Professorin an der University of Illinois aufgeben musste. Ein Job, in dem sie aufgegangen war, der sie erfüllt hatte.

»Das reicht!«, brüllte Dad. Sein Kopf lief vor Wut dermaßen rot an, dass ich befürchtete, er würde gleich platzen. »Noch mal eine Woche Hausarrest!«

Mit zusammengebissenen Zähnen und geballten Fäusten stand Grace unseren Eltern gegenüber. »Ich hasse euch!«, schrie sie ihnen entgegen, stürmte wutentbrannt die Treppe hoch und schmetterte ihre Zimmertür zu, dass sie nur so in den Angeln bebte.

»Tolles Abendessen«, flüsterte ich Emma zu. Wir beide waren die Einzigen, die noch immer etwas bedröppelt am Tisch saßen. Sie nickte und rollte mit den Augen. Mir war der Appetit vergangen. Mum begnügte sich mit einem Glas Rotwein und Dad hatte nach Graces Auftritt auch keinen Hunger mehr. Nur wer einen Teenager wie Grace zu Hause hat, versteht die wahre Bedeutung des Begriffs *Familienfrieden*. Dieser war im Hause Blackwood nämlich ständig gestört. Emma und ich halfen Mum mit dem Abwasch und verstauten das kaum angerührte Abendessen, fein säuberlich in Tupperdosen verpackt, im Kühlschrank. Danach sahen wir noch ein bisschen fern, und um halb zehn war es für Emma und mich, damals elf und dreizehn Jahre alt, Zeit, ins Bett zu gehen. Grace ließ sich den ganzen Abend nicht mehr blicken. Auch mein »Gute Nacht, Grace« mit einem leisen Klopfen an ihrer Tür blieb unbeantwortet. Ich las noch ein bisschen und muss gegen halb elf eingeschlafen sein.

Als ich das nächste Mal auf die Uhr sah, war es kurz vor vier. Ein Geräusch hatte mich geweckt. Es kam aus dem Badezimmer. Zuerst dachte ich, dass wahrscheinlich nur jemand pinkeln musste, und ich legte mich wieder hin, doch als das Wasser auch nach ein paar Minuten nicht aufhörte zu plätschern, beschloss ich nachzusehen. Komisch, dachte ich noch, wer duscht denn um vier Uhr morgens? Oder hatte vielleicht jemand das Wasser laufen lassen? Ich stand auf und tippelte auf Zehenspitzen ins Bad. Auf dem Flur hörte ich dann ein leises Wimmern. Ein ungutes Gefühl überkam mich bei dem Geräusch. Vorsichtig öffnete ich die Tür – und mein Magen zog sich in einem einzigen Krampf zusammen.

Nein! Oh Gott, nein! Bitte nicht!

Da saß sie. Zusammengekauert in der Ecke der Duschwanne, die Arme fest um ihre Beine geschlungen. Das Gesicht von Tränen und Mascara ganz verschmiert und zwischen ihren Beinen … ein Rinnsal aus Blut, das über die weiße Keramik in den Ausguss floss. Eine eiserne Klammer schloss sich um mein Herz.

»Grace« wollte ich sagen, doch meine Stimme versagte. Sie blickte auf und wimmerte leise.

Sie hatte sich rausgeschlichen und war, obwohl Mum und Dad es ihr ausdrücklich verboten hatten, zu dieser Party gegangen. Und dort … Das Grauen packte mich. Meine Lippen begannen zu zittern. Panik und Entsetzen drohten mich zu überwältigen, als ich meiner Schwester aufhalf und sie in ein Handtuch wickelte. Meine Hände zitterten wie Espenlaub. Sie stützte sich auf mich, als ich sie in ihr Zimmer führte. Sie setzte sich aufs Bett, und ich ging zu ihrem Kleiderschrank, um

Unterwäsche und einen Schlafanzug für sie herauszusuchen. Während ich sie anzog, zitterte ich am ganzen Körper. Grace merkte es nicht, denn sie zitterte noch mehr. Ich trocknete ihre Haare, so gut es ging, mit dem Handtuch. Kurz überlegte ich, ob ich einen Föhn holen sollte, verwarf den Gedanken aber schnell wieder. Sicher hätte ich damit das ganze Haus aufgeweckt. Nur ich war bei ihr und das schien okay zu sein. Als Grace angezogen und trocken war, so gut es eben ging, half ich ihr dabei, sich hinzulegen. Sie krümmte sich vor Schmerzen und schlang die Arme um ihren Unterleib. Bei dem Anblick hätte ich mich beinah übergeben. Eine nie gekannte Hilflosigkeit breitete sich aus. Meiner Schwester war etwas Schreckliches, etwas Unvorstellbares angetan worden. Und ich konnte nichts tun. Es war geschehen und es gab nichts, das ich tun konnte, um es ungeschehen zu machen. Es war ein Albtraum, aus dem es kein Erwachen gab.

In dieser Nacht schlief ich bei Grace. Legte den Arm um sie, während sie weinte. Sie weinte und weinte und weinte. Die ganze Zeit über sprach sie kein Wort.

Als der Morgen hereinbrach und die ersten Sonnenstrahlen durchs Fenster fielen, drehte sie sich plötzlich zu mir um. »Das darfst du nie jemandem erzählen«, sagte sie.

»Aber … wir *müssen* es Mum und Dad sagen, wir müssen zur Polizei.«

»Nein!« Grace schüttelte energisch den Kopf. »Versprich mir, dass du das niemals jemandem erzählst. Schwör es.«

»Aber …« Ich wusste nicht, was ich tun sollte. Am liebsten hätte ich einfach Mum gefragt. »Meinst du nicht, es wäre besser, wenn wir …«

»Schwör es!«, verlangte Grace erneut.

»Grace«, flehte ich verzweifelt. »Bitte.«

»Schwör es!«, forderte sie unerbittlich und packte mich grob an den Handgelenken.

Warum nur, fragte ich mich, warum nur tat sie uns beiden das an.

»Na los! Schwör!«

»O-okay«, willigte ich schließlich ein. Ich war mit der Situation völlig überfordert. Vielleicht, wenn Mum und Dad erst mal wach waren, vielleicht würde sie ihre Meinung ja dann noch ändern.

»Sag es!«

»Was?«

»Sag, ich schwöre, dass ich es niemandem sage. Schwör es bei deinem Leben – nein, schwör es bei *meinem* Leben.«

Ich begann zu heulen. »Grace«, flehte ich erneut.

»Sag es«, verlangte sie und ihr Griff wurde noch fester. »Sag es!«

»Du tust mir weh.«

»Sag es!«

»Na gut«, schluchzte ich. »Ich schwöre, dass ich es niemandem sage.«

»Sag: Ich schwöre es bei deinem Leben.«

»Grace«, wimmerte ich.

»Sag es«, verlangte sie.

»Ich schwöre es bei deinem Leben«, versprach ich unter Tränen und sofort ließ sie mich los. Meine Handgelenke waren ganz rot. Ich rieb sie. Dann sah ich Grace an. Sie starrte aus dem Fenster. Ihr Blick war wie versteinert.

»Wir werden nie wieder darüber reden«, bestimmte sie in eisernem Ton. »Es ist nie passiert.«

Kapitel 12

Sechs Wochen zuvor – Januar 2018

Ich setzte mich ins Auto und fuhr zurück nach Chicago. Während der ganzen Fahrt verzog ich keine Miene, mein Gesicht war wie eingefroren. Ich stand völlig neben mir. Fuhr einfach nur. Wie eine Maschine. Ein Roboter. Ich bog in unsere Straße, steuerte in die Tiefgarage, parkte und stieg in den Fahrstuhl. Ich drückte den Knopf zu unserer Etage. Die Fahrstuhltüren schlossen sich – und dann konnte ich es nicht länger aufhalten. Meine Augen brannten. Meine Lippen zitterten. Mein Blick verschwamm. Ich kämpfte mit aller Kraft gegen die Tränen an. Ich stieg aus, ging die sechzehn Schritte über den Korridor bis zur Wohnungstür. Mit zitternden Händen steckte ich den Schlüssel ins Schloss und öffnete die Tür – und da stand er. Casper war zu Hause. Ich seufzte vor Erleichterung.

»Hi, ich bin früher zurück. Ich wollte gerade losfahren …« Zuerst lächelte er, dann, als er mich richtig ansah, machte sich Entsetzen auf seinem Gesicht breit. »Was ist passiert?«

Mit letzter Kraft rettete ich mich in seine Arme – und brach zusammen. Minutenlang war ich unfähig zu sprechen. Ich weinte und zitterte. Es fühlte sich an, als würde es nie wieder aufhören. Ich hatte einen Nervenzusammenbruch. Zuletzt war es mir so gegangen, als Grace … Ich schaffte es kaum, an sie zu denken, ohne dass es mir die Luft abschnürte. Ich hatte die Kontrolle über meinen Körper vollkommen verloren. Ich schaffte es nicht, auch nur einen klaren Gedanken zu fassen. Als fände gerade ein Gewitter in meinem Gehirn statt. Nackte Panik. Angst. Und eine alles erdrückende Schuld, die mich zu zerquetschen drohte.

Ich bin schuld!

Das war der einzige Gedanke, zu dem mein Gehirn fähig war. Ein klarer Gedanke als Tenor aus wirren Bildern der Vergangenheit. Grace als Kind, lachend, spielend, tanzend. Als Teenager, rebellisch, wild und ungezähmt. Die Nacht – diese alles verändernde Nacht. Blutend unter der Dusche, weinend … gebrochen. Nie wieder dieselbe. Das Leid, das sie erfahren hat, ist die Last, die ich trug. Für Jahre. Jahre des Schweigens, des Mitansehens, des Mitleidens. Jahre der Untätigkeit. Schleichender Verfall. Graces Geburtstag. Das Unaussprechliche. Leblos. Verpackt in einen schwarzen Sack. Verladen und weggebracht. Entrissen.

Ich bin schuld!

»Was ist passiert, June, sag es mir.« Caspers Ton war drängend und voller Angst. Panik ergriff Besitz von ihm. »Ist es dein Herz? Sag es mir, bitte! Was ist passiert? Soll ich einen Arzt rufen? Musst du ins Krankenhaus? Sag es mir! Bitte!«

Ich schüttelte den Kopf, versuchte meinen Mund daran zu erinnern, wie man spricht.

»Nein«, presste ich schließlich heraus. »Es ist nicht das Herz.«

Casper schien für einen Moment erleichtert. »Was ist es dann? Was ist passiert?« Er wusste noch immer nicht, was mit mir nicht stimmte. »June, bitte! Sag es mir!«

Er nahm meinen Kopf und hob ihn an. »Sieh mich an«, sagte er eindringlich. »Was ist passiert?«

Erst als ich ihn nun richtig ansah und merkte, wie verzweifelt und hilflos er sich vorkommen musste, schaffte ich es, mich zusammenzureißen. Ich atmete tief. Ruhe ein, Anspannung aus. Als Casper sah, wie ich mit jedem tiefen Atemzug mehr zu mir selbst zurückfand, wurde auch er ruhiger. Es vergingen ein paar Minuten, ehe ich wieder ganz bei mir war. Und dann erzählte ich ihm, was geschehen war. Erzählte ihm, wie mein Besuch in Middleton abgelaufen war und von meinem Streit mit Emma.

»Aber das ist nicht alles, nicht wahr?«, hakte er vorsichtig nach.

Langsam schüttelte ich den Kopf, schloss einen Moment die Augen und dann traf ich eine Entscheidung. »Es gibt da etwas«, begann ich und musste mich räuspern, um den Kloß in meinem Hals loszuwerden. »Etwas, das ich noch nie jemandem erzählt habe.«

Casper sah mich an. Sein Blick war angespannt. Ich schlug die Augen nieder und sah auf meine Hände. Hände, die jahrelang untätig gewesen waren.

»Etwas, von dem ich Grace schwören musste, es niemandem zu erzählen.«

Casper nahm meine Hand, drückte sie. Eine winzige und doch so bedeutsame Geste. Eine stille Beteuerung, dass ich ihm alles anvertrauen konnte. Dass es nichts gab, das ich sagen oder tun konnte, das seine Liebe zu mir ins Wanken bringen könnte.

Ich nahm den tiefsten Atemzug meines Lebens, hob den Blick – und dann brach ich mein Versprechen.

Casper hörte mir gespannt zu. Seine Augen ruhten auf meinem Gesicht, fingen jede meiner Regungen ein.

»Ich war es, die Grace in dieser Nacht gefunden hat«, schloss ich und biss mir auf die Lippen, bis es wehtat.

Casper blieb still. Ich wünschte, er würde etwas sagen, aber er tat es nicht. Er sagte nichts, weil es nichts zu sagen gab.

Also sprach ich es aus. Zum ersten Mal in meinem Leben sprach ich diese eine alles entscheidende Wahrheit aus. »Es ist meine Schuld.«

Casper starrte mich entgeistert an. »Das kannst du nicht ernst meinen«, entgegnete er sofort. »So was darfst du nicht einmal denken!«

Ich schüttelte den Kopf, und als die Tränen kamen, verbarg ich das Gesicht in meinen Händen.

»Es – ist – nicht – deine – Schuld«, wiederholte Casper und betonte dabei jedes Wort. »Wie könnte es das? Deiner Schwester ist etwas Fürchterliches angetan worden. Was dann geschehen ist, war allein ihre Entscheidung. Du«, er legte den Zeigefinger unter mein Kinn, hob es an und zwang mich, ihn anzusehen, »du kannst weder für das eine noch das andere etwas. Nicht das kleinste bisschen. Du warst dreizehn Jahre alt. Dreizehn! Du warst noch ein Kind. Und deine Schwester hat dich bei ihrem Leben schwören lassen, niemandem zu verraten, was passiert ist. Wenn überhaupt eine von euch der anderen etwas angetan hat, dann war sie es.«

»Sag das nicht.«

»Doch! Denn es ist die Wahrheit! Wie konnte deine große Schwester dich mit so etwas belasten, mit dem eine Dreizehnjährige nicht mal ansatzweise umgehen kann. Sie hätte gleich zu euren Eltern gehen sollen. Stattdessen ringt sie dir einen Schwur ab, trifft eine fürchterliche Entscheidung und zwingt dich, mit einer Schuld zu leben, die überhaupt nicht deine ist – sondern ihre.« Casper holt tief Luft. »Grace hat euren Eltern nichts davon erzählt, weil sie es so entschieden hat. Und alles, was danach passiert ist, ist passiert, weil sie es so entschieden hat. Du kannst nichts dafür. Du hättest nichts daran ändern können. Gar nichts.«

Obwohl es Casper war, der die ganze Zeit geredet hatte, war auch ich ganz außer Atem. Ein Teil von mir wollte ihn anbrüllen, ihm sagen, dass er überhaupt keine Ahnung hatte, wovon er sprach. Dass er nicht dabei war und Grace überhaupt nicht gekannt hatte. Doch der andere, weit größere Teil in mir saugte seine Worte auf. Worte, die sich anfühlten wie Balsam für die Seele. Über zwölf Jahre hatte ich mit dieser Last gelebt. Hatte gelebt mit der Gewissheit, die Schuld am Tod meiner Schwester zu tragen. Hatte mit niemandem darüber gesprochen. Nun von dem Mann, den ich liebte, zu hören, dass es nicht meine Schuld war … zu gern hätte ich ihm geglaubt. Zu gern hätte ich die Absolution angenommen, die er mir erteilte. Es wäre so einfach. Zu einfach.

Ich schüttelte den Kopf. »Ich hätte es meinen Eltern sagen müssen. Wir hätten zur Polizei gehen sollen. Wenn ich nur …«

»Wenn du nur – was?« Casper nahm meine Hände und sah mir direkt in die Augen. »Es war ihr Leben – es war ihre Entscheidung, so mit dem umzugehen, was ihr angetan wurde. Du, als ihre gerade mal dreizehnjährige Schwester, hättest daran nichts, aber auch gar nichts ändern können.«

Wiederstrebend schüttelte ich den Kopf. »Ich hätte …«

»Es ist nicht deine Schuld, June.«

»Nein, ich hätte …«

»Es ist nicht deine Schuld.«

»Aber …«

»Es – ist – nicht – deine – Schuld.«

Casper war so überzeugt von dem, was er sagte, dass ich ihm beinahe glaubte. Oh Gott, ich wollte ihm so gern glauben.

»Es – ist – nicht – deine – Schuld.« Er wiederholte es wie ein Mantra. Immer und immer wieder.

Die Tränen strömten mir über das aufgequollene Gesicht. Heftiges Schluchzen ließ meinen ganzen Körper beben.

Casper hielt mich. »Du hast deine Schwester verloren«, sagte er mir direkt ins Ohr. »Du bist nicht die, die etwas getan hat – du bist die, der etwas genommen wurde. Und das tut mir unendlich leid.«

Zu schön, nicht wahr. Casper sah mich als Opfer in der Geschichte, und es wäre ein Leichtes gewesen, sich darauf einzulassen. Für jemanden, der nicht dabei gewesen war, war es einfach. Ich war noch ein Kind, konnte nichts dafür. War in etwas hineingeraten, das ich nicht beeinflussen konnte. Ja, so konnte man es sehen. Doch was Casper nicht wusste, war, dass das, was danach geschah, nicht aus heiterem Himmel kam. Es gab Zeichen, so viele Zeichen. Ich ignorierte sie alle. Stellte den Schwur, den ich geleistet hatte, über alles andere. Über meinen gesunden Menschenverstand, der mir all die Wege aufzeigte, die ich hätte einschlagen können, und über mein Bauchgefühl, das geradezu schrie: Tu etwas! Unternimm endlich etwas! Siehst du nicht, was hier passiert?!

So war es und nicht anders. Ich tat nichts, obwohl alles in mir sich dagegen auflehnte. Obwohl ich an meinem Schweigen fast erstickte. Ich tat nichts. Und niemand konnte mir einreden, ich trug keine Schuld daran.

Zwölf Jahre zuvor – 2006

»Grace?« Vorsichtig klopfte ich an ihre Zimmertür. »Grace? Bist du wach? Es gibt Frühstück.«

Ich klopfte noch einmal, und als sie immer noch nicht antwortete, öffnete ich leise die Tür.

Grace lag im Bett und starrte zum Fenster hinaus. Ihr Blick war leer und ausdruckslos. »Lass mich in Ruhe«, sagte sie, ohne mich dabei anzusehen. Ihre Stimme klang belegt. Als ob sie schon seit Stunden wach läge und diese vier Worte das Erste waren, das sie sagte.

»Mum hat Pancakes gemacht«, startete ich einen neuen Versuch.

»Ich hab keinen Hunger.« Unverwandt starrte sie aus dem Fenster.

»Okay«, sagte ich traurig und ging, ohne dass sie mich überhaupt angesehen hatte.

Ganze Tage vergingen, an denen Grace nur dalag und aus dem Fenster starrte. Genau so, wie es bei Mum später sein sollte. Und genau wie bei Mum schlugen auch bei Grace die meisten unserer Aufmunterungsversuche fehl.

Was Grace passiert war, hatte ich verdrängt. Und zwar nicht im übertragenen Sinn, sondern im freudschen. Ich hatte weit weggeschoben, was ich in jener Nacht gesehen hatte. Ganz weit weg. Hatte es irgendwo tief in meinem Inneren vergraben. Grace hatte mir verboten, darüber zu reden. Weder mit ihr noch mit jemand anderem. Bei ihrem Leben hatte sie es mich schwören lassen. Und so einen Schwur bricht man nicht leichtfertig. Das Leben ging weiter. Alles ging seinen gewohnten Gang. Zuerst war Grace nichts anzumerken, zumindest nicht auf den ersten Blick. Sie ging ganz normal zur Schule und abends ging sie nach wie vor mit ihren Freundinnen aus. In die Mall, ins Kino, auf Partys. Die ersten Monate danach wirkte Grace wie ein ganz normaler Teenager. Vielleicht etwas stiller als zuvor, vielleicht etwas nachdenklicher. Aber immer noch ganz normal. Die Veränderung kam schleichend. Über Wochen, Monate. Und nun, fast zwei Jahre später, musste ich hilflos mit ansehen, wie es ihr von Tag zu Tag schlechter ging.

Als Grace mit der Schule fertig war, war sie zu Hause ausgezogen, um aufs College zu gehen. Ihre Noten waren nicht gerade berauschend, darum hatte es nur fürs Community College gereicht, was sie aber, soweit ich das beurteilen konnte, nicht weiter störte. Grace war in dieser Hinsicht nie besonders ambitioniert gewesen. Zwei Semester hatte sie studiert, dann hatte sie alles hingeschmissen, war wieder zurück nach Hause gezogen und jobbte seither als Zimmermädchen im Marriott-Hotel. Womit sie Mum fast in den Wahnsinn trieb. Sie, die eine Akademikerkarriere hingelegt hatte, die ihresgleichen sucht, konnte sich nur schwer damit abfinden, dass ihre Tochter sich damit zufriedengab, anderer Leute Betten zu machen.

Für Dad spielte es keine Rolle. »Wenn sie es gern tut, dann soll sie es tun«, sagte er schulterzuckend.

Ich war da gleicher Meinung. Eigentlich. Denn insgeheim, und da war ich die Einzige, wusste ich, dass Graces Desinteresse an ihrer eigenen Lebensplanung oder an etwas, das man im weitesten Sinne als Karriere bezeichnen konnte, nicht in ihrer Persönlichkeit begründet war. Es war das Resultat dessen, was geschehen war. Grace hatte ihre Energie, ihre Leichtigkeit, ihren Lebensmut verloren. Sie arbeitete, um Geld zu verdienen, und wahrscheinlich auch, um nicht den ganzen Tag zu Hause rumsitzen zu müssen, wo sie mit ihren Gedanken alleine war. Sie lebte in den Tag hinein. Von einem Moment zum nächsten. Sie schmiedete keine großen Pläne. Wahrscheinlich versuchte sie einfach nur, irgendwie den Tag zu überstehen.

Ich wusste das alles – und ich tat nichts.

Kapitel 13

Menschen kommen und gehen. Ärzte, die die Klebestreifen von meinen Augen lösen, mit einer kleinen Taschenlampe hineinleuchten, ein enttäuschtes Gesicht machen und sie wieder zukleben. Immer sind es Dad oder Casper, die mit den Ärzten über meinen Zustand reden. Man hat auch hier schnell gemerkt, dass meine Mutter nicht besonders aufnahmefähig ist. Meistens sitzt sie stumm neben meinem Bett. Mal sieht, ja starrt sie mich stundenlang an, mal hält sie die Augen geschlossen. Dann sieht sie aus, als würde sie beten, aber ich bezweifle, dass sie das tut. Früher war Mum ein sehr gläubiger Mensch gewesen. Jeden Abend, nachdem sie uns eine Gutenachtgeschichte vorgelesen hatte, betete sie mit uns. Ich kann mich noch daran erinnern, dass sie uns immer sagte, wir könnten dem lieben Gott all unsere Sorgen anvertrauen. Er würde uns immer zuhören und uns helfen, wann immer wir Hilfe brauchten. Man muss ihn nur darum bitten. Das hatte für mich damals etwas unheimlich Beruhigendes. Man hat irgendein Problem, bittet Gott um Hilfe und, schwupps, ist das Problem gelöst. Doch ganz so einfach ist das nicht. Das musste auch Mum schon bald feststellen. Denn kein Gebet der Welt vermochte es, uns

Grace zurückzubringen. Jedenfalls kann ich mich nicht daran erinnern, dass sie seit Graces Tod je wieder gebetet hat. Nicht mal ein Tischgebet.

Dad war da anders. Pragmatischer. Er war nie ein großer Kirchgänger gewesen oder generell jemand, der viel über dieses Thema redete. Er war immer jemand, der mehr auf sich selbst vertraute als auf irgendjemand anderes.

In sehr bescheidenen, fast schon ärmlichen Verhältnissen aufgewachsen, war er bereits früh an harte Arbeit gewöhnt. Sein Vater war Anfang der Sechzigerjahre bei einem tragischen Arbeitsunfall im Schlachthaus ums Leben gekommen, als Dad noch ein Schuljunge war. Seine Mutter und Großmutter taten ihr Bestes, ihn und seine vier Geschwister über die Runden zu bringen. Doch es reichte fast nie. Sie hatten zwar immer genug zu essen, aber mein Dad konnte sich zum Beispiel noch genau daran erinnern, dass er als Kind niemals Schuhe hatte, die ihm richtig passten. Entweder waren sie von seinem großen Bruder schon so ausgelatscht gewesen, dass sie viel zu breit für seine Füße waren, oder sie waren zu klein. Von klein an musste er mit anpacken. Bereits als Junge hatte er Kupfer gesammelt und es dann einem Schrotthändler verkauft. Das Edelmetall wurde nach Pfund abgerechnet und es gibt unzählige Geschichten darüber, wie er mit Stahlplatten und anderen Gewichten getrickst hat, um den Preis hochzutreiben. Außerdem hat er Zeitungen ausgetragen, den Rasen des nahe gelegenen Stadions gemäht und Fahrräder repariert. Als er ins Teenageralter kam, bot es sich, groß und kräftig, wie er war, für ihn an, schwerere Arbeiten zu verrichten. Und so heuerte er bei einem Bauunternehmen an, was sich später als glückliche Fügung herausstellen sollte.

Wenige Wochen, nachdem Mum nach Chicago gezogen war, um zu studieren, wurde ein Teil der Bibliothek ihrer Uni kernsaniert – und mein Dad war damit betraut worden, als Vorarbeiter die Bauarbeiten zu koordinieren. Da der

Bibliotheksbetrieb nicht ganz eingestellt werden konnte, weil die Studenten ja nach wie vor lernen mussten – es waren die Siebziger und außer Büchern gab es damals kaum eine relevante Informationsquelle –, war zwischen der Baustelle und dem normal zugänglichen Bereich der Bibliothek lediglich eine provisorische Wand aus mehreren Schichten Plastikfolie angebracht worden, um Staub und Schmutz von den empfindlichen Büchern fernzuhalten. Den Schmutz – jedoch nicht den Lärm.

»Könnt ihr, verdammte Scheiße noch mal, vielleicht etwas leiser sein?! Hier versuchen Leute zu lernen!«, waren die allerersten Worte, die mein Vater aus dem Mund meiner Mutter hörte. Sie stand vor der Plastikbarriere und hatte die Hände in die Hüften gestemmt. Er konnte nur ihre Umrisse erkennen.

»Was glaubst du, was wir hier machen, du hochnäsige Schnepfe?! Denkst du, wir sind zum Spaß hier?«, lautete seine Antwort. »Lern gefälligst woanders, wenn es dich stört.«

Wutentbrannt krallte sie ihre Fingernägel in die Folie, riss die Plastikwand ein und funkelte ihn an. »Was glaubst du, mit wem du hier redest?«, fragte sie stinksauer.

»Offenbar mit der Kaiserin von China, so wie du dich hier aufspielst.«

»China ist seit 1912 eine Republik«, korrigierte sie oberlehrerhaft. »Aber mehr kann man von einem *Arbeiter*«, sie sprach es aus, als wäre es ein Schimpfwort, »wie dir ja auch nicht erwarten. Hättest du etwas Richtiges gelernt, wüsstest du das vielleicht und müsstest jetzt hier nicht die Drecksarbeit für andere verrichten!«

»Sagt das Collegegirl, das noch nie einen Dollar in die Steuerkasse einbezahlt hat«, konterte er gelassen. «Was glaubst du denn, wer das alles hier bezahlt?« Herausfordernd beugte er sich vor. Sie reckte ihm arrogant das Kinn entgegen. »Wenn man es genau nimmt, sind überhebliche kleine Daddylieblinge wie du ja nur in der Lage, jahrelang auf der faulen Haut zu

liegen und nichts anderes zu tun, als schlau daherzureden, weil
es Leute wie mich gibt, die mit ihren Steuergeldern die ganzen Unis erst finanzieren. Also, gern geschehen, Mäuschen. Du
kannst mir später danken.«

Mum blieb der Mund offen stehen. Nie hatte jemand so mit
ihr geredet. Vor allem kein Mann. Von denen war sie es nämlich
gewohnt, umschwärmt und hofiert zu werden. Dass ihr nun
jemand derart die Meinung geigte, verschlug ihr regelrecht die
Sprache. Und noch während sie krampfhaft überlegte, was sie
diesem unverschämten Kerl erwidern könnte, schnappte sich
Dad eine Rolle Klebeband, verschloss damit kurzerhand den
Riss im Plastikvorhang und machte sich wieder an die Arbeit.

Auch wenn man es nach dieser ersten Begegnung nie ver-
muten würde – für meinen Dad war es Liebe auf den ersten
Blick.

»Ich konnte nicht mehr aufhören, an sie zu denken. Eure
Mutter war die schönste, selbstbewussteste und intelligenteste
Frau, die ich je gesehen hatte«, schwärmte er uns Jahre später
noch vor, wenn wir zu dritt auf seinem Schoß saßen und er uns
Geschichten von früher erzählte. Obwohl sie sich irgendwann
wiederholten und ich schon genau wusste, was als Nächstes
kam, hätte ich ihm stundenlang zuhören können.

Das Leben, das meine Eltern geführt hatten, ehe sie sich
begegnet waren, hätte unterschiedlicher nicht sein können.
Sie, als Einzelkind behütet aufgewachsen in der Kleinstadt, war
stets Klassenbeste gewesen und gerade im Begriff, eine akade-
mische Laufbahn einzuschlagen, die sie zu einer der jüngsten
Hochschulprofessorinnen in der Geschichte der Universität
machen sollte. Und er, der vaterlose, hart arbeitende Sohn
einer kinderreichen Chicagoer Arbeiterfamilie, in dessen
Lebensplanung etwas wie College nicht vorgesehen war. Sie lebten in verschiedenen Welten und doch fanden sie zueinander.
Mum und Dad passten zusammen wie ein Puzzlestück zum

anderen. Und ihre Verschiedenheit war dabei wahrscheinlich genau das, was ihre Beziehung ausmachte. Mein Vater erdete meine Mutter und meine Mutter trieb meinen Vater an. Sie schenkte ihm das Vertrauen in seine Fähigkeiten, überzeugte ihn, mehr aus sich zu machen. Ihretwegen begann er eine Weiterbildung, die ihm einen guten Job verschaffte. Sein Fleiß bescherte ihm eine Beförderung nach der anderen, und ehe er sichs versah, leitete er eine Abteilung mit zweiundsechzig Mitarbeitern, die ihn allesamt sehr schätzten.

Mein Dad ist wahrscheinlich der stärkste Mann, den ich kenne – und das meine ich nicht körperlich. Ich meine, ich kenne niemanden, der imstande ist, so viel auszuhalten, wie er es tut. Sein ganzes Leben lang. Unermüdlich. Die Last auf seinen Schultern muss erdrückend sein. Leidensfähigkeit nennt man das. Keine besonders gewürdigte Eigenschaft, zumindest nicht seit Jesus. Und auch keine, die einen weiterbringt. Im Gegenteil. Sie macht einen kaputt. Langsam zwar, aber dafür umso gründlicher.

Heute – 2018

Emma sitzt draußen im Wartebereich und versucht zu lesen. Mum und Casper sind mittlerweile eingeschlafen, und Dad setzt sich zu mir ans Bett, nachdem einer meiner Ärzte ihn auf den neuesten Stand gebracht hat, der da lautet: »Es gibt nichts Neues.« Er schweigt eine Weile und nippt an seinem Kaffeebecher.

»Krankenhauskaffee«, kommentiert er abfällig, dann schmunzelt er plötzlich. »Weißt du noch, damals in Rom?«, sagt er, und es ist das erste Mal, dass er mich direkt anspricht.

Natürlich weiß ich das noch. Es war im Sommer vor meinem Wechsel von der Elementary auf die Junior High. Dad hat in seinem alten Job wirklich gut verdient und auch Mum wurde als Collegedozentin entsprechend bezahlt. Finanziell gesehen war unsere Familie damals sorgenfrei. Und da Dad es sich ausnahmsweise zeitlich erlauben konnte, nachdem er ein großes Projekt mehr als erfolgreich abgeschlossen hatte, erfüllten wir uns einen lange gehegten Traum und verbrachten den Sommer in Europa. Eine vierwöchige Rundreise durch Frankreich und Italien.

»Das war der beste Espresso meines Lebens«, sagt er mit einem Hauch Wehmut, der wohl weniger dem Kaffee als vielmehr der Erinnerung an glücklichere Tage gilt.

Vergiss das Eis nicht!

Ich war damals noch zu jung, um Kaffee zu trinken, aber an das Eis kann ich mich noch ganz genau erinnern. Es war ein unglaublich toller Urlaub und ich denke auch heute noch gern daran zurück. Sogar Grace, damals fünfzehn und mitten in der Pubertät, konnte sich das ein oder andere Lächeln abringen. Obwohl sie zuerst gar nicht mitfahren und viel lieber bei ihren Freundinnen bleiben wollte. Emma, mit ihren acht Jahren fast schon zu groß dafür, verbrachte die meiste Zeit eiscremeleckend auf Dads Schultern, von wo aus sie all die coolen Sachen immer als Erste entdeckte.

»Und die Pizza in Neapel«, fügt Dad schwärmend hinzu, als könnte er meine Gedanken lesen.

Oh ja, die Pizza!

»Sacré-Cœur und der Ausblick über Paris bei Nacht. Der Hafen von Marseille.«

Ich schließe die Augen und denke mich zurück. Erinnere mich daran, wie meine Eltern zur Straßenmusik tanzten. Wie Mum, beschwipst vom Rotwein, aus vollem Hals lachte und in Dads Arme fiel. Wie sie sich küssten und Hand in Hand über das Kopfsteinpflaster schlenderten. Emma und ich, die ausgelassen Fangen spielten, und Grace, der vor Rührung die Tränen übers Gesicht liefen, als wir auf einer Brücke an einem

Geigenspieler vorbeikamen – womit wir sie natürlich sofort aufzogen.

»Ich hatte nur was im Auge«, behauptete sie und kniff mich in den Hintern, woraufhin ich heulte, weil es so wehtat.

»Die Lavendelfelder in der Provence.«

Ja, die waren wirklich atemberaubend schön.

»Der Sonnenaufgang über den Weinbergen bei Bordeaux.«

Ich schließe die Augen und gebe mich den Bildern der Vergangenheit hin.

»Siehst du?«, sagt Dad und auf einmal klingt seine Stimme ganz anders. So, als sei er von der Erinnerung ins Hier und Jetzt zurückgekehrt. »Es gibt so vieles, für das es sich zu leben lohnt, meine Kleine.« Dann nimmt er meine Hand und schmiegt seine Wange mit dem vertrauten Bartstoppelkratzen an meine Haut.

»Komm zurück, wann immer du so weit bist. Ich warte hier auf dich, mein Schatz.«

Tammy kommt. Sie bringt mir Blumen. Ich muss lächeln, als ich merke, dass der Strauß genauso aussieht, wie mein Brautstrauß aussehen soll, nur kleiner.

»Damit du nicht vergisst, warum du unbedingt rechtzeitig aufwachen musst. Aber verrat es niemanden. Ich musste sie reinschmuggeln. Blumen sind hier nämlich nicht erlaubt, weißt du«, sagt sie mit einem Zwinkern und stellt sie ins Wasser.

Danke, Tammy. Sie sind wunderschön.

Sie setzt sich zu mir.

»Jetzt erzähl mal, wie ist es dort drüben so?«, beginnt sie ein Gespräch, von dem wir beide wissen, dass es ein Monolog bleiben wird. Aber Tammy ist das egal. Sie plaudert einfach drauflos. So, als würden wir uns ganz normal unterhalten. Sie erzählt mir von ihrem Tag im Laden, von dem heißen Typen, dem sie in der U-Bahn gegenübersaß, sie sich aber nicht getraut hat, ihn anzusprechen. Und sie weiht mich in ihren Plan ein, morgen einfach um die gleiche Zeit die gleiche Bahn zu nehmen in der Hoffnung, ihn wiederzusehen.

»Dann frag ich ihn nach seiner Nummer. Versprochen.«

Ich könnte fast wetten, dass sie es nicht tun wird. Denn so extrovertiert sie auch wirkt mit ihren bunten Haaren, den Piercings und Tattoos, ist Tammy im Grunde ihres Wesens doch furchtbar schüchtern, wenn sie jemanden nicht kennt. Ich glaube, das war auch der Grund, wieso sie mich an meinem ersten Tag in der Junior High in Schaumburg angesprochen hat. Ich war die Neue. Ich kannte niemanden. Und wenn sie mich als Erste ansprach, hatte sie mich ganz für sich allein. Trotzdem musste sie dazu ihren ganzen Mut zusammennehmen, wie sie mir ein paar Jahre später anvertraute. Wir waren beide der Meinung, dass Tammy dringend etwas brauchte, um sich mal ein bisschen locker zu machen. Und als wir vierzehneinhalb waren und sich die Gelegenheit ergab, entschieden wir uns, zusammen einen Joint zu rauchen.

»Weißt du noch, wie dermaßen neben der Spur wir waren?« Tammy lacht schallend. »Meine Güte. Und ich bin danach einfach nach Hause, hab mich an den Tisch gesetzt und mit meiner Familie zu Abend gegessen. Niemand hat was gemerkt. Kannst du dir das vorstellen? Dabei müssen meine Pupillen riesig gewesen sein.«

Ich stimme in Tammys Lachen ein. Zum einen, weil das damals wirklich witzig war, zum anderen, weil ihr Lachen einfach unheimlich ansteckend ist.

Das war das erste und einzige Mal, dass ich gekifft habe. Es ist einfach nicht mein Ding. Alkohol im Übrigen genauso wenig. Zumindest nicht mehr als ein, vielleicht mal zwei Gläser Wein. Ich mag meinen Kopf lieber klar. Trotzdem bin ich irgendwie froh über diese Erfahrung, und ich freue mich darüber, dass ich sie mit Tammy machen durfte. Sie war die Richtige dafür.

Wie es wohl bei Grace gewesen sein mag?

Ein Scheppern riss mich aus dem Schlaf. Was zum …? Ich war schon auf dem Sprung, Dad zu wecken, weil ich dachte, es versuchte jemand, bei uns einzubrechen. Dann hörte ich das Kichern. Ich sprang auf und riss das Fenster auf.

»Scht!«, zischte ich energisch. »Oder willst du das ganze Haus aufwecken?!«

Grace war über die Mülltonnen vor dem Haus gestolpert und versuchte nun umständlich auf die Beine zu kommen. Sie schwankte bedenklich.

Ich rollte mit den Augen, eilte nach unten und öffnete meiner Schwester die Haustür. »Na los, beeil dich!«, zischte ich.

»Ich kann meine Beine nicht spüren«, erwiderte Grace und begann zu heulen. Doch nur drei Sekunden später fing sie erneut an zu kichern. »Ah, doch! Da sind sie wieder.«

Skeptisch sah ich sie an. Sie sah so anders aus als sonst. Vor allem ihre Augen.

»Sag mal, bist du high?« Bis jetzt hatte ich sie *nur* für betrunken gehalten. Dass Grace sturzbesoffen nach Hause kam, war in letzter Zeit häufig vorgekommen. Vollrausch und Lethargie, etwas anders kannte ich bei meiner Schwester kaum noch. Entweder starrte sie stundenlang vor sich hin und sagte kein Wort, oder sie gab sich ganz dem Rausch hin und stolperte irgendwann mitten in der Nacht sternhagelvoll zur Tür herein. Sie hatte deswegen richtig Ärger mit Mum und Dad. Vor allem seit sie mal wieder von der Polizei zu Hause abgesetzt worden war und sich meine Eltern von einem sehr ernsthaften Officer darüber belehren lassen mussten, dass Grace mit ihren achtzehn Jahren zu jung sei zum Trinken und dass das vor ihrem einundzwanzigsten Geburtstag besser nicht noch einmal vorkommen sollte. Andernfalls hätten sowohl Grace als auch meine Eltern eine Menge Ärger am Hals. Trotzdem passierte es immer wieder.

Viermal innerhalb eines Monats hatte ich sie abgefangen und so vor weiterem Ärger bewahrt. Dass Grace nachts um halb drei besoffen über die Mülltonnen fiel, war also keine allzu große Überraschung. Aber Drogen? Das war neu.

»Was? Nein. Wie kommst du denn da drauf?« Dann kicherte sie wieder.

Ich verdrehte die Augen. »Komm jetzt. Und sei leise. Wenn Dad dich so sieht, bekommst du einen Riesenärger.« Entschlossen packte ich Grace am Arm, zerrte sie die Treppe hoch und verfrachtete sie in ihr Zimmer, wo sie schwerfällig aufs Bett plumpste und nach hinten umkippte. Kopfschüttelnd streifte ich ihre Schuhe ab, schob ihr ein Kissen unter den Kopf und deckte sie zu.

Grace runzelte die Stirn und starrte ins Leere. Eben noch eine alberne Kichertante, sah sie im nächsten Moment aus, als würde sie über den Sinn des Lebens nachdenken. »Ist dir schon mal aufgefallen,«, sagte sie plötzlich, »dass es herrlich und dämlich heißt?«

Ich konnte mir ein Lachen nicht verkneifen. »Was?«

Sie setzte sich ruckartig auf. »Na, *herr*lich und *däm*lich«, wiederholte sie, als wäre ich schwer von Begriff. »Als ob es typisch männlich wäre, herrlich zu sein – und typisch weiblich, na ja … dämlich zu sein.«

Ich lachte. »Das ist mir noch nie aufgefallen. Du hast recht.« Was immer Grace genommen hatte, es hatte sie in eine Philosophin verwandelt. »Schlaf jetzt«, befahl ich meiner großen Schwester. »Bevor Mum und Dad doch noch aufwachen.«

»Junie!«, rief sie mir nach, als ich schon an der Tür war.

Ich drehte mich um. »Ja?«

»Ich hab dich lieb.«

»Ich dich auch.«

Das war das letzte Mal, dass Grace sich nachts ins Haus geschlichen hatte. Zumindest war es das letzte Mal, dass ich sie dabei erwischt hatte. Es war auch das letzte Mal, dass ich meine Schwester lachen gehört hatte. Das letzte Mal, dass wir einander sagten, dass wir uns liebhatten. Hätte ich damals gewusst, wie wenig Zeit uns noch blieb, hätte ich es ihr noch tausend Mal gesagt. Hätte sie umarmt, geküsst, hätte ihr gesagt, wie stolz ich auf sie sei und dass ich sie bewundere. Doch dazu sollte es nicht kommen.

Wenn der Schmerz zu groß wird, kann er uns auf Irrwege führen und lässt uns das Undenkbare tun. Und Grace sah keinen anderen Ausweg.

KAPITEL 14

Habt ihr je den Schrei einer Mutter gehört beim Anblick ihres toten Kindes? Ich versichere euch, das ist etwas, das sich einem ins Gedächtnis brennt wie flüssiges Plastik.

Keine Ahnung, wie sie das angestellt hat – wahrscheinlich waren die Kreise, in denen sie zuletzt verkehrte, noch viel schlimmer, als ich es für möglich gehalten hatte –, aber Grace hat sich Heroin besorgt, eine Menge Heroin, und hat sich selbst eine Überdosis verabreicht. Sie war sofort tot. Der Arzt sagte uns damals, es sei wohl das erste Mal gewesen, dass sie die Droge konsumiert habe. Nirgendwo an ihrem Körper gab es Einstichstellen – bis auf die eine in ihrer linken Armbeuge.

»Das war Selbstmord. Ohne Zweifel«, lautete das Ergebnis der Obduktion. Ich weiß nicht mal, ob es mir lieber gewesen wäre, meine Schwester wäre eine Drogensüchtige gewesen, die sich versehentlich umgebracht hatte. Aber das spielte keine Rolle, denn sie war tot. Versehentliche Überdosis oder geplanter Selbstmord – für mich machte es keinen Unterschied. Für meine Mutter schon. Ich glaube, insgeheim hatte sie gehofft, es sei eine Art Unfall gewesen. Und vielleicht wäre die Sache für Mum irgendwie erträglicher gewesen, hätte Grace sich aus Versehen das Leben genommen – denn dann hätte sie irgendjemanden dafür verantwortlich machen können. Den, der Grace das Heroin verkauft hat. Den, der Grace demjenigen vorgestellt hatte, der ihr das Heroin verkauft hat. Der Regierung, die zu wenig gegen den Drogenhandel unternahm. Gott, der Grace sterben ließ ... Ich glaube, für viele, und so auch für meine Mutter, ist es einfacher, mit einer solchen Tragödie klarzukommen, wenn man irgendjemandem die Schuld dafür geben kann. Und sei es auch noch so weit hergeholt. Doch spätestens nachdem die Ergebnisse der Obduktion vorlagen, auf die meine Mutter bestanden hatte, war die Sache eindeutig: Grace hatte sich kurz nach Mitternacht an ihrem neunzehnten Geburtstag ihr Lieblingskleid angezogen, sich auf ihr Bett gelegt und sich selbst eine Überdosis Heroin verabreicht. Die Spritze steckte noch in ihrem Arm, als Mum am frühen Morgen in ihr Zimmer kam, um sie mit Schokotorte und Geburtstagskerzen zu wecken, wie sie es immer tat. Mum, Dad, Emma und ich mussten dabei zusehen, wie sie Grace in einen schwarzen Sack packten, auf eine Trage hievten und in den Transporter luden. Und dann war sie weg. Einfach so. An ihrem Geburtstag. Ohne ein Wort des Abschieds. Nicht mal einen Brief hatte sie hinterlassen.

Es kam mir vor wie ein böser Traum. Zuerst war ich völlig apathisch. Leugnete das Offensichtliche. Wartete darauf, endlich aus diesem Albtraum aufzuwachen. Dann kam die Wut. Ich wollte beißen, kratzen, schreien, treten. Ich wollte der Welt ins Gesicht schlagen, ihr ein »WARUM?« entgegenbrüllen. Und dann ... ging das Leben weiter. Irgendwie. Zumindest für drei von uns. Dad ging wieder zur Arbeit, Emma und ich wieder zur Schule. Es gab drei geregelte Mahlzeiten am Tag, und unsere Freizeit verbrachten wir mit Hausaufgaben, Lernen und damit, Freunde zu treffen. Alltag kehrte ein. Ohne Grace war es ein anderer Alltag, zweifellos, aber es war Alltag. Wir lernten damit zu leben. Jeder auf seine Weise. Nur Mum ... Mum kehrte nie wieder ganz zu uns zurück. Sie gab ihren Job an der Highschool auf und verbrachte ihre Tage in Dunkelheit. Hinter der geschlossenen Schlafzimmertür, begraben unter einem Berg aus Decken und Schmerz.

Ich bin mir nicht sicher, ob Grace weiß, was sie uns damit angetan hat. Und ich rede jetzt nicht nur davon, dass sie sich umgebracht hat. Ich meine, hatte sie eine Ahnung, was sie uns damit antat, dass sie sich zu Hause umgebracht hat. Wo Mum sie fand. Bis heute weiß ich nicht, ob sie einfach nicht darüber nachgedacht hat, oder ob es pure Absicht war. Und wenn es Absicht war, gab es noch immer zwei mögliche Erklärungen. Erstens: Sie wollte uns allen ein letztes Mal wehtun. Wollte uns und der Welt damit zeigen, was wir aus ihr gemacht, was wir alle ihr angetan hatten. Oder zweitens: Sie wollte einfach im Kreise ihrer Familie sterben. Und sich von der Frau, die ihr das Leben geschenkt hatte, in den Tod begleiten lassen. Ihr ihren Körper anvertrauen. Ich tendiere zu Letzterem. Ob ich es wirklich glaube oder mir nur wünsche, dass es so war ... tja, das vermag ich nicht zu beantworten.

Für Mum, und da bin ich mir sicher, wäre es anders besser gewesen. Wenn Dad Grace gefunden oder die Polizei an der Tür geklingelt hätte und wir es auf diese Weise erfahren hätten. Alles wäre besser gewesen, als dass Mum mit einem Geburtstagskuchen in den Händen und einem »Happy birthday to you« auf den Lippen in Graces Zimmer tänzelt, um sie dort dann so zu finden.

Sie zerbrach daran. Jeden Tag ein Stückchen mehr.

Es hat eine Weile gedauert, bis sie die Kraft dazu fand, aber so viel wie jetzt, wo ich nicht antworten kann, hat meine Mutter seit Jahren nicht mit mir geredet. Offenbar hat sie wirklich verinnerlicht, was die Schwester gesagt hat. Es macht mich traurig, dass es erst so weit kommen musste, dass sie sich aus ihrem

Schneckenhaus traut, um einen Schritt auf mich zuzugehen. Doch ich nehme es an. Sehe es vielleicht sogar als glückliche Fügung. Wenn der Unfall dazu beiträgt, dass Mum ins Leben zurückkehrt, dann nehme ich mein Schicksal an.

Stunde um Stunde sitzt sie an meinem Bett und redet auf mich ein. Hin und wieder hält sie inne und beugt sich über mein Koma-Ich. Offenbar sucht sie nach einer Reaktion, nach irgendeinem Zeichen dafür, dass ich sie hören kann. Aber da ist nichts. Sosehr ich es auch versuche – ich habe die Kontrolle über diesen Körper verloren. Blinzeln, Muskelzucken, Stirnrunzeln – nichts gelingt mir. Alles, was ich tun kann, ist, zuzuhören. Und das tue ich. Mum erzählt mir von ihrer Kindheit. Alte Geschichten über Grandma und Grandpa. Manche kenne ich in- und auswendig, andere höre ich zum ersten Mal. Dass Mum eine Katze namens Cookie hatte, als sie klein war, ist mir neu.

»Wir hatten sie nicht lange«, sagt sie und wirkt auf einmal traurig, »nur einen Sommer lang.«

Was ist passiert?

»Dann war sie weg. Einfach so. Ich habe nie erfahren, was mit ihr geschehen ist. Vielleicht wurde sie überfahren, vielleicht ist sie aber auch einfach weggelaufen und hat sich eine neue Familie gesucht.« Mum zuckt mit den Schultern, doch ich sehe in ihren glänzenden Augen, dass dieses Kätzchen ihr als Kind das Herz gebrochen hat. Ich stelle mir vor, wie sie Abend für Abend auf der Veranda steht und ihren Namen ruft, bis Grandma sagt, es sei Zeit, ins Bett zu gehen. Ich stelle mir vor, wie sie jeden Morgen als Erstes die Vordertür aufreißt, um nachzusehen, ob Cookie zurück ist, nur um festzustellen, dass das Schälchen mit Milch, das sie ihr am Vorabend hingestellt hat, noch unberührt ist. Ich stelle mir vor, wie Mum sich nach der Schule aufs Fahrrad setzt, um die Nachbarschaft nach Cookie abzusuchen, und am Abend wieder pünktlich auf der Veranda steht und nach ihr ruft. Bis sie es irgendwann aufgibt. Und noch während ich darüber nachdenke, fängt Mum an zu weinen. Es war nur eine Katze, und es ist eine halbe Ewigkeit her, aber es war der erste Verlust, den sie erlitten hat. Der erste von vielen schweren Verlusten, die sich durch Mums Leben ziehen wie ein roter Faden. Zuerst Cookie, dann Grace, jetzt ich … und Emma, die gerade dabei ist, sich vor unser aller Augen in Luft aufzulösen. Ich gehe zu ihr, lege meine Arme um ihren bebenden Körper und verfluche meine an dieses Bett gefesselten leblosen Hände dafür, dass sie nicht in der Lage sind, Mum wirklich zu halten. Sie zu trösten. Nur die Schatten meiner Hände vermögen Mum ein wenig Trost zu spenden. Auch wenn sie mich nicht spüren kann, wird sie unter meiner Berührung ruhiger. Bis ihre Tränen schließlich versiegen. Es dauert noch eine ganze Weile, dann hebt sie den Kopf und sieht in mein schlafendes Gesicht.

»Ich hatte nie den Mut, mit dir darüber zu reden«, beginnt sie, und ein paar Sekunden vergehen, ehe sie weitersprechen kann. Dann atmet sie tief ein, als brauche sie so viel Luft wie möglich, um die Worte über ihre Lippen zu bringen. »Ich weiß, was Grace angetan wurde. Und ich weiß, dass du es auch weißt.«

Was?

»Ich habe es ihr angesehen. Und ich habe es dir angesehen. Zuerst war ich mir nicht sicher, was es war – ich wusste nur, dass etwas sehr, sehr Schlimmes passiert sein muss.« Mums Atmung geht schwer, so als würde ihr jemand die Kehle zudrücken. »Tausend Mal habe ich versucht, mit Grace darüber zu reden, aber sie hat dichtgemacht. Sie sagte, ich sei verrückt und solle mich um meinen eigenen Scheiß kümmern. Sooft ich es auch versuchte, Grace weigerte sich, mit mir …« Ihre Stimme brach.

Warum hast du nichts gesagt? Wir hätten zusammen mit ihr reden können. Hätten versuchen können, sie zu überzeugen, zur Polizei zu gehen.

Mum schlägt die Augen nieder und schüttelt den Kopf. »Es hat mich fast zerrissen, dass meine eigene Tochter sich mir nicht anvertrauen konnte. Dass sie mir nicht sagen konnte, wer ihr das angetan hat.« Sie beißt die Zähne zusammen und ballt die Hände zu Fäusten. »Dass ich ihn nicht dafür büßen lassen konnte.«

Ihn? Offenbar kennst du nicht die ganze Wahrheit, Mum.

»Ich habe alles versucht, glaub mir.« Sie schluckt trocken. »Irgendwann habe ich es aufgegeben, dachte, wenn sie so besser darüber hinwegkommt, dann muss ich das akzeptieren. Ich dachte, wenn sie es vielleicht einfach ... *vergessen* könnte ...« Mum schließt einen Moment die Augen. Ihr Gesicht ist schmerzverzerrt. Sie schüttelt den Kopf. »Was ist mein Leben denn überhaupt noch wert, wenn ich nicht in der Lage bin, mein Kind zu beschützen?«

Oh, Mum.

Sie schluchzt herzzerreißend. »Worum geht es im Leben, wenn nicht darum?«

Mums Schmerz ist für mich kaum auszuhalten. Die letzten Jahre laufen wie ein Film vor meinem geistigen Auge ab und plötzlich ergibt alles ein ganz anderes Bild. Mum ist nicht nur in Trauer um ihre Tochter. Nein, sie fühlt sich für ihren Tod verantwortlich. Ich weiß gar nicht, wo ich anfangen soll, ihr zu erklären, wie falsch sie damit liegt.

Nein, Mum, nein! Bitte hör auf damit. Ich flehe sie an. *Es ist nicht deine Schuld!*

Wie könnte es das? Es ist haarsträubend, dass sie – sie, die alles getan hat, um uns zu beschützen und Schaden von uns abzuwenden – sich die Schuld an dem gibt, was Grace angetan wurde, und daran, dass sie sich letzten Endes deswegen das Leben genommen hat. Und allmählich sickert es auch zu mir durch. Ist das nicht genau das, was auch ich getan habe? Würde ich, könnte sie mich hören, meiner Mutter jetzt nicht haargenau das sagen, was Casper mir gesagt hat. Und erst jetzt, in genau diesem Moment, bin ich bereit, den Gedanken zuzulassen. Keine von uns trägt die Schuld daran. Weder an dem einen noch an dem anderen. Was Grace angetan wurde, ist allein die Schuld derer, die es getan haben. Nicht Graces, nicht meine und am allerwenigsten Mums. Und dass sie sich das Leben genommen hat, war ihre Entscheidung. Ihr freier Wille.

Mum legt ihre Hand auf meine, ich kann ihre Berührung spüren und schließe die Augen.

»June, mein Schatz, es tut mir unendlich leid, dass ich dich damit allein gelassen habe. Es muss furchtbar gewesen sein, zu wissen, was deiner Schwester passiert ist, und all die Jahre mit niemandem darüber reden zu können. Ich hätte für dich da sein müssen. Wenn Grace es mir schon nicht erlaubte, hätte ich wenigstens mit dir darüber reden müssen. Aber ich war tatsächlich so dumm zu glauben, es nicht auszusprechen, könnte das alles irgendwie ungeschehen machen. Ich war tatsächlich dumm genug zu glauben, Grace könnte es irgendwann hinter sich lassen und einfach weiterleben, als wäre es nie geschehen.« Immer wieder schüttelt sie den Kopf auf eine Art und Weise, dass es aussieht, als würde sie sich winden. Es muss unerträglich sein für Mum, die Dinge beim Namen zu nennen, und gleichzeitig unheimlich befreiend. So fühlt es sich jedenfalls für mich an. Endlich ist ausgesprochen, was sich in unseren Herzen – in meinem wie in ihrem – über all die stummen Jahre wie ein Krebsgeschwür ausgebreitet hat. Die Schwere aus Schuld, Schmerz und Scham, die auf unseren Schultern lastet – endlich lässt sie nach. Aufatmen. Loslassen.

»Und anstatt für dich und Emma da zu sein, habe ich mich in Selbstmitleid begraben.«

Ja, *begraben* ist wohl das richtige Wort. Aber ich kann es ihr nicht verdenken. Ein Kind zu verlieren, noch dazu auf eine so grausame Art und Weise ... ich kann mir kaum etwas Schlimmeres für eine Mutter vorstellen.

In all den Jahren nach Graces Tod habe ich nie auch nur eine Sekunde an Mums Liebe zu mir gezweifelt. Sie war nur so sehr in ihrem Schmerz gefangen, dass sie nicht mehr für uns da sein konnte. Nicht für mich und nicht für Emma.

Minuten-, vielleicht auch stundenlang sitzt Mum an meinem Krankenbett, hält meine Hand und weint. Es sind befreiende Tränen. Tränen, die viel zu lange zurückgehalten wurden. Es liegt Frieden in ihnen. Frieden und Vergebung. Die ganze Zeit über stehe ich hinter ihr, eine Hand auf ihrer Schulter, und halte meine Augen geschlossen. Alles, was für mich in diesem Moment zählt, ist das Gefühl, nach so langer Zeit endlich wieder eine Mutter zu haben.

»Mutterliebe ist ein uralter Instinkt«, sagt Mum leise. »Es ist Liebe in ihrer reinsten und ursprünglichsten Form.«

Ich öffne die Augen, als Mum sich bewegt. Sie steht auf, beugt sich über mein schlafendes Ich, streicht mir sanft übers Haar und küsst mich erst auf beide Wangen und dann auf meine Stirn.

»Ich liebe dich, June. Von dem Moment an, als ich von dir erfuhr, bis zu dem Tag, an dem mein Herz aufhört zu schlagen. Und darüber hinaus. Liebe ich dich.«

KAPITEL 15

Ein Team aus Notfallseelsorgern steht den Angehörigen rund um die Uhr zur Verfügung. Ich weiß nicht, ob meine Familie und Casper diese Hilfe in Anspruch nehmen, wünschen würde ich es mir – vor allem für Mum. Aber ich bezweifle, dass sie imstande ist, sich einer fremden Person anzuvertrauen. Nach Graces Tod hat Grandma sie ein paarmal zum Psychologen geschleift, aber Mum hat sich so sehr dagegen gesträubt, dass sie es bald aufgab.

»Was weiß der denn schon! Der hat nicht mal selbst Kinder«, schimpfte sie auf den Therapeuten. »Einen Scheiß weiß er, wie ich mich fühle!«

Vielleicht war es damals einfach der Falsche gewesen und sie hätte es noch mal mit einem anderen Therapeuten oder einer Therapeutin versuchen sollen. Doch als Grandpa kurz darauf einen Schlaganfall erlitt, hatte Grandma andere Sorgen und nicht mehr die Zeit, jemandem zu helfen, der ihre Hilfe ablehnte. Genau wie Grace versuchte auch Mum, ihr Trauma ganz allein zu bewältigen – und genau wie Grace rutschte sie immer tiefer in eine Spirale, die sie erbarmungslos nach unten zog. Während jene, die sie liebten, alles tatenlos mit ansehen mussten.

Nur einmal wagte Dad einen ernsthaften Versuch, Mum zwangsweise helfen zu lassen.

»Ich schwöre, wenn du mich einliefern lässt, lasse ich mich scheiden!«, fauchte sie zwischen zusammengebissenen Zähnen, schlug ihm die Schlafzimmertür vor der Nase zu und ließ sich ganze drei Tage lang nicht mehr blicken.

Es ist also eher unwahrscheinlich, dass Mum mit einem der Seelsorger redet, doch zu gern würde ich gehen und nachsehen, ob Casper oder jemand anderes aus meiner Familie Hilfe in Anspruch nimmt. Da das aber alles draußen im Wartebereich stattfindet und ich es nicht übers Herz bringe, meinen Körper alleine zu lassen, bleibe ich hier. Zu groß ist die Angst, dass er nicht mehr da ist, wenn ich zurückkomme. Also bleibe ich die meiste Zeit im Zimmer. Trotzdem bin ich fast nie allein.

Da nicht alle auf einmal reindürfen, wechseln sie sich ab. Mal ist Mum eine Weile bei mir, manchmal zusammen mit Dad. Mal sitzt er alleine an meinem Bett, dann wieder mit Emma. Bis Casper kommt, um sie abzulösen. Er setzt sich zu mir, küsst mich, hält meine Hand. Und während er mich voller Liebe ansieht, frage ich mich, wie ich jemals an ihr zweifeln konnte.

Sechs Jahre zuvor – 2012

»Fährst du dieses Wochenende mit nach Middleton?«

Casper schüttelte den Kopf, ohne den Blick vom Fernseher abzuwenden. »Muss lernen.«

»Aha.« Automatisch verschränkte ich die Arme vor der Brust. Das war nun das dritte Mal in Folge, dass er mich alleine nach Hause fahren ließ. Ich genoss unsere Gespräche im Auto immer sehr, doch in letzter Zeit kam es kaum mehr dazu. Es fehlte mir. Durch den ganzen Prüfungsstress schaffte ich es ohnehin höchstens alle zwei Monate mal, ein Wochenende nach Hause zu fahren. Und Casper hatte mich nun schon seit einem halben Jahr nicht mehr begleitet. Jedes Mal sagte er, er müsse lernen, was ja auch stimmte – bis jetzt hatte er kaum ein Buch aufgeschlagen und langsam wurde die Zeit knapp. Doch immer, wenn ich sonntagabends zurückkam und ihn fragte, was er am Wochenende gemacht hatte, beichtete er mir, dass er drei Tage lang durchgefeiert und nicht eine Minute gelernt hatte.

»Die Jungs kamen vorbei und dann«, begann er jedes Mal, als wäre er nur ein Opfer der Umstände.

Wenn Casper sich nicht bald am Riemen riss, setzte er sein Studium auf den letzten Metern noch in den Sand. »Wie wärs denn, wenn du *jetzt* lernst, anstatt den ganzen Tag fernzusehen?« Ich schnappte mir die Fernbedienung und schaltete aus.

»Hey, ich sehe mir das Spiel an«, gab er empört zurück. Casper war im Laufe des vergangenen Jahres Stück für Stück bei mir eingezogen. Heimlich, still und leise, ohne dass wir je wirklich darüber gesprochen hatten. Es fing an mit einer Zahnbürste, die er in meinem Bad deponierte, und kurze Zeit später hatte er sich zwei Fächer meines Kleiderschrankes freigeräumt. In seiner WG hielt er sich kaum noch auf. Und so hatte es sich die letzten Monate schleichend entwickelt, dass er jeden Tag nach der Uni zu mir kam, ich uns etwas kochte und wir den Abend und die Nacht zusammen verbrachten. Anfangs war das auch sehr schön gewesen, aber in letzter Zeit hockte er fast nur noch vor dem Fernseher oder an seiner Playstation, die übrigens mit eingezogen war. So paradox es klingt, aber je mehr Zeit Casper in meiner Wohnung verbrachte, desto weniger Zeit verbrachte er mit mir.

»Das Spiel kannst du auch bei dir zu Hause sehen«, erwiderte ich. »Dazu brauchst du nicht zu mir zu kommen.«

»Was ist denn mit dir los?«, fragte er voller Unverständnis.

»Was mit mir los ist? Was ist mit *dir* los?«

Er sah mich entgeistert an. »Was soll das denn heißen?«

»Merkst du überhaupt, dass wir kaum noch Zeit miteinander verbringen?«

»Blödsinn. Wir sind doch Tag und Nacht zusammen.«

»Nebeneinander auf dem Sofa zu hocken und in den Fernseher zu starren ist nicht gerade das, was ich mir unter einer gemeinsamen Unternehmung vorstelle. Wann haben wir das letzte Mal wirklich etwas zusammen gemacht?«

Ich trauerte unseren kleinen Dates hinterher. Ich hatte es geliebt, mich zurechtzumachen und mich mit Casper in der Stadt zu treffen, wo wir essen gingen, auf eine Party oder einfach nur ins Kino. Doch angefangen bei einem harmlosen »ich bin müde, lass uns heute Abend zu Hause bleiben«, war ich innerhalb kürzester Zeit zur Hausfrau mutiert, die ihren Göttergatten Abend für Abend bekochte und die Wohnung sauber hielt, während er die Füße hochlegte. Und in diesem Moment wurde mir das schlagartig bewusst. Es fiel mir wie die sprichwörtlichen Schuppen von den Augen.

Casper rollte mit den Augen und griff nach der Fernbedienung. »Jetzt sei mal nicht so empfindlich. Was willst du eigentlich von mir?«

»Was ich von dir will?«, erwiderte ich und merkte, wie die Wut von mir Besitz ergriff. Wie hatte es nur so weit kommen können? »Bald gar nichts mehr, wenn du so weitermachst!«

»Was soll das denn jetzt?« Sein Blick war voller Unverständnis. »Kein Grund, mich so anzuzicken.«

»Anzuzicken?« Ich hob die Augenbrauen und verschränkte die Hände vor der Brust. »Weißt du was? Vielleicht solltest du jetzt besser gehen.«

»Du schmeißt mich raus? Nur, weil ich mir ein Footballspiel ansehen will?«

»Ich schmeiße dich raus, weil du das genauso gut auf *deinem* Fernseher ansehen kannst. Dann kann ich wenigstens in Ruhe lernen.«

In den Wochen danach stritten wir immer häufiger – und immer heftiger. Die Uni verlangte uns beiden viel ab. Ich war im Prüfungsstress das reinste Nervenbündel, und Casper, bei dem nun endlich auch der Groschen gefallen war, hatte eine Menge Stoff nachzuholen und stand deswegen unter furchtbarem Druck. Wir hatten beide eine kurze Zündschnur, und eines Sonntagmorgens gerieten wir über einen verbrannten Toast dermaßen in Streit, dass Casper mit einem Karton voller Habseligkeiten und einem ohrenbetäubenden Türknallen bei mir auszog. Brüllend und tränenüberströmt ließ er mich zurück. Als ich zusammengekauert in der Ecke hockte und heulte, konnte ich nicht umhin, mich zu fragen, wann all das seinen Anfang genommen hatte. Ich fragte mich, wann Casper aufgehört hatte, mir nachzugehen, wenn ich im Streit davonlief. Ich fragte mich, wann er aufgehört hatte, mich in den Arm zu nehmen, wenn ich weinte. Und während ich darüber nachdachte, brach mein Herz entzwei.

Tagelang wechselten wir kein Wort miteinander. Ich musste mich sowieso auf meine Prüfungen konzentrieren. Besser also, wir redeten gar nicht, als dass wir wieder anfingen zu streiten. Das zog mich nur runter und lenkte mich ab.

Und dann kam der Tag, an dem etwas passierte. Ich kam gerade aus der Bibliothek, es war schon spät am Abend und ich war eine der Letzten, als mich plötzlich jemand von hinten festhielt und eine Hand auf meinen Mund presste. Adrenalin schoss durch meinen Körper, machte meine Muskeln stark und schärfte meinen Verstand. Der Selbstverteidigungskurs, den ich Jahre zuvor absolviert hatte, schoss mir durch den Kopf. Es war alles noch da. Mein Gehirn stellte mir alle Informationen zur Verfügung, die ich brauchte. Ohne zu zögern, griff ich nach der Hand auf meinem Mund, zog sie mit einem kräftigen Ruck gerade so weit herunter, dass ich meine Zähne befreien konnte, und biss zu, so fest ich konnte. Mit einem spitzen Schrei ließ der Angreifer von mir ab. Blitzschnell drehte ich mich um, packte ihn am Kopf und bohrte meine Daumen tief in seine Augenhöhlen, dann holte ich zu einem Hieb aus und ließ die Handaußenseite auf seine Kehle herabsauen. Fast gleichzeitig rammte ich ihm mein Knie zwischen die Beine – und dann rannte ich davon, so schnell ich konnte.

»Hilfe!«, rief ich, als ich die Straße überquerte, und mehrere Passanten drehten sich um. Darunter zwei Polizisten. Sie reagierten sofort. Kamen mir eilig entgegen. »Hilfe! Ich bin überfallen worden! Dort drüben, auf dem Campus.«

Sie erwischten ihn. Und wie sich herausstellte, handelte es sich um einen wegen mehrfacher sexueller Belästigung und Nötigung Gesuchten, der seit ein paar Wochen immer wieder an verschiedenen Colleges Studentinnen aufgelauert hatte.

Casper war stets der Erste gewesen, dem ich etwas erzählte, das ich erlebt hatte oder das mich beschäftigte. Doch diesmal war es anders. Ich verspürte nicht wie sonst den Drang, sofort zu ihm zu gehen und ihm zu erzählen, was passiert war. Vielleicht erzähle ich es ihm später, dachte ich. Vielleicht gar nicht. Es spielte keine Rolle. Denn es war nicht mehr er, mit dem ich meinen Schmerz, meine Freude, meine Wut oder meine Aufregung teilen wollte. Diese Sache machte ich mit mir selbst aus. Und da wusste ich, dass es vorbei war.

»Wann hast du aufgehört, mich zu lieben?«, fragte ich Casper, als ich mit ihm Schluss machte.

Er sah mich nur an. Sagte nichts. Und dann ging ich.

KAPITEL 16

Als Becca und ich uns kennenlernten, gab es genau zwei Möglichkeiten: Entweder wir würden beste Freundinnen werden – oder wir würden uns hassen.

Es war das erste Semester und wir waren beide zu einer Art Vorentscheid für die Aufnahme in eine Studentenverbindung eingeladen. Eine der Challenges, die man absolvieren musste, um eine Runde weiterzukommen, war, innerhalb von zehn Sekunden einen halben Liter Sekt zu trinken. Klingt zunächst nicht besonders schwierig. Doch die Herausforderung besteht, wie ich schon fünf Sekunden später feststellen musste, darin, den Schaum, der sich beim Trinken bildet, unter Kontrolle zu halten. Um es kurz zu machen: Ich kotzte einen halben Liter Sektschaum auf Beccas Schuhe und Becca kotzte keine zwei Sekunden später auf meine. Wir standen uns gegenüber und sahen auf die Sauerei hinunter. Dann wischten wir uns den Mund ab und sahen einander an. Es brauchte nur den Bruchteil einer Sekunde, dann war es entschieden. Ohne ein Wort zu sagen, nickten wir uns zu, verließen das Verbindungshaus, und von diesem Tag an bildeten wir unsere eigene kleine Studentenverbindung. Ganz ohne Mutproben und Komasaufen.

Ich will nicht fordernd oder undankbar erscheinen, aber der erste Gedanke, der mir durch den Kopf geht, als Becca mich besuchen kommt, ist, warum das so lange gedauert hat. Seit dem Unfall müssen Tage vergangen sein.

Doch nun ist sie da, und eigentlich ist das alles, was zählt. Sie bringt einen riesigen Strauß Dahlien mit. Meine Lieblingsblumen. Mit beiden Händen umklammert sie die zusammengezurrten Stiele. Hält sich an ihnen fest. Fast macht es den Eindruck, als wolle sie sich hinter den faustgroßen Blüten verstecken. Wie hinter einem Schutzschild.

»Wie sind Sie denn damit hier reingekommen?«, fragt jemand in rauem Ton. Eine Frau, groß wie ein Bär, in grüner Krankenhausmontur, taucht wie aus dem Nichts neben Becca auf und entreißt ihr den Strauß. »Das ist eine Intensivstation, junge Frau, kein botanischer Garten!«, fährt sie Becca an, die ein bisschen zusammenzuckt. Dann verschwindet die Schwester so spurlos, wie sie aufgetaucht ist.

»Tut … mir leid«, murmelt Becca noch und sieht auf ihre leeren Hände, als frage sie sich, woran sie sich denn jetzt festhalten soll. Sie gibt ein seltsam wimmerndes Geräusch von sich, dann hebt sie den Blick und sieht mich an. Nur zaghaft kommt sie näher. Als sie direkt vor meinem Bett steht, schlägt sie die Hand vor den Mund und schluckt mühevoll.

»Was machst du nur für Sachen?«, fragt sie kaum hörbar und schüttelt den Kopf. Eine Sekunde lang wirkt sie wie eingefroren, dann verzieht sie das Gesicht, schnieft und beginnt zu weinen.

Jetzt setz dich erst mal, sage ich. Doch natürlich kann sie mich nicht hören.

Becca weint ein Weilchen, dann sieht sie plötzlich auf und runzelt die Stirn.

»Was ist das?«, murmelt sie leise vor sich hin und lässt den Blick durchs Zimmer schweifen.

Was meinst du?

Sie beginnt umherzugehen, reckt den Kopf vor und spitzt die Ohren, als sei sie auf der Suche nach einer Geräuschquelle. Ich weiß noch immer nicht, was sie meint. Unter all dem Piepsen, Surren, Rauschen und Zischen der Maschinen, die mich künstlich am Leben halten, ist es schwer, ein einzelnes Geräusch auszumachen. Becca ist nun schon über zehn Minuten da, doch sie hat noch kaum ein Wort mit mir – ich korrigiere: *zu* mir – gesprochen. Alles, was sie umtreibt, ist die Suche nach dem Ursprung des Geräusches.

Warum tut sie das?, frage ich mich. Um der Situation zu entkommen? Mich nicht ansehen zu müssen? Sich nicht mit dem auseinandersetzen zu müssen, was geschehen ist?

Mit konzentriertem Blick geht sie um das Bett herum, hebt ein paar Schläuche an, steckt ihren Kopf zwischen Bett und Beatmungsgerät und hält ihr Ohr an die Schranktür. Ungläubig beobachte ich das Geschehen, als sich plötzlich jemand räuspert.

»Kann ich helfen?«, fragt die Schwester, die Becca eben die Blumen abgenommen hat, mit hochgezogenen Augenbrauen. Sie ist groß und breit gebaut. Wenn sie will, wirkt sie beinahe Furcht einflößend.

»Ich …«, beginnt Becca, »da ist dieses Geräusch. So ein seltsames – da! Haben Sie gehört? Da war es wieder. Gerade eben.«

Mit verschränkten Armen steht die Schwester im Türrahmen und sieht Becca an, als hätte sie nicht alle Tassen im Schrank. »Die Besuchszeit ist begrenzt«, sagt sie trocken. »Nutzen Sie sie lieber, um mit Ihrer Freundin zu reden.« Sie kommt herein, baut sich vor Becca auf und hebt drohend den Zeigefinger. »Und falls Sie vorhaben, an den Geräten rumzufummeln, falls es das ist, was Sie hier treiben, dann haben wir beide«, sie tippt sich zuerst selbst auf die Brust und bohrt ihren Zeigefinger dann in Beccas, »ein ganz gewaltiges Problem.«

»An den Geräten … rumfummeln?«, erwidert Becca und wirkt dabei wie ein ausgeschimpftes Kind. »Wieso sollte ich … ich würde doch nie …«

»Alles schon vorgekommen«, wendet die Schwester ein. »Ich will es nur gesagt haben.«

Verwundert sieht Becca ihr nach, bis sie zur Tür hinaus ist, doch anscheinend war diese absurde Unterhaltung genau das, was sie gebraucht hat, um sich zusammenzureißen. Jedenfalls setzt sie sich jetzt zu mir ans Bett. Zaghaft tastet sich ihre Hand vor und streicht mit den Fingerspitzen meinen Handrücken federleicht auf und ab.

»Es gibt da etwas, das ich dir sagen möchte.« Sie zögert. Kurz wirkt sie, als ob sie alles zurücknehmen will, dann fährt sie fort. »Etwas, das ich schon viel zu lange mit mir herumtrage.«

Unwillkürlich habe ich mich auf sie zubewegt. Ich bin ganz Ohr.

Becca schluckt mehrmals. »Weißt du noch am 4. Juli vor sechs Jahren?«, fragt sie nach einer Weile.

Ja, das weiß ich noch, antworte ich skeptisch und ziehe die Augenbrauen zusammen. *Worauf willst du hinaus?*

Sechs Jahre zuvor – 4. Juli 2012

Becca und ihr Freund Sam veranstalteten eine spontane Party auf der Dachterrasse eines Freundes. Für gewöhnlich verbrachte ich diesen Tag mit meiner Familie und sagte nur zu, da in diesem Jahr unser traditionelles Barbecue ausfiel. Dad war auf Geschäftsreise in Europa, Emma zum Barbecue bei der Familie ihres damaligen Freundes eingeladen, und Mum ließ sich von ihrer Freundin Moyra dazu überreden, mit ihr eine Bootstour auf dem Mendotasee zu machen.

»Du musst dringend raus, Gretchen!«, sagte Moyra, wann immer sie meine Mutter besuchen kam. »Raus an die frische Luft. Mal was anderes sehen.«

Ich bezweifle, dass sie wirklich Lust dazu hatte. Wahrscheinlich machte sie es meinem Dad zuliebe. Er war immer sehr nervös, wenn er geschäftlich verreisen musste und Mum die meiste Zeit allein zu Hause war. Da war ihm sogar Moyra recht, obwohl er sie eigentlich nicht leiden konnte.

»Sie redet ohne Punkt und Komma«, flüsterte er mir bei jedem ihrer Besuche ins Ohr und verdrehte die Augen.

Na ja, jedenfalls blieb ich in Chicago und verbrachte den Unabhängigkeitstag mit Becca, ihrem Freund Sam, ein paar unserer Freunde und einigen, die ich noch nicht kannte. Casper war, obwohl auch er mit den meisten befreundet war, nicht eingeladen. Mir zuliebe. Becca bekräftigte mich darin, Abstand zu halten und ja nicht einzuknicken, indem ich auf einen seiner Anrufe oder die unzähligen SMS, WhatsApp- oder Facebook-Nachrichten reagierte.

»Du musst jetzt erst mal für dich sein«, riet sie mir. »Dir darüber klar werden, was du möchtest. Lass ihn schmoren. Wenn er dich wirklich liebt, wird er warten, bis du so weit bist.«

Klang einleuchtend. Und da ich während dieser Zeit kaum ich selbst war und völlig neben der Spur lief, war ich für jeden gut gemeinten Rat dankbar. Ich nickte nur idiotisch, während Becca mir sagte, wie ich mit dieser Trennung umzugehen hatte.

Die Party war schon in vollem Gange, als ich am frühen Nachmittag dazustieß. Die Luft war erfüllt von einer Duftmischung aus Grillfleisch, Maiskolben und Marshmallows.

»Da bist du ja endlich«, begrüßte mich Becca mit einer Umarmung.

Sam stand am Grill, wendete Burger-Patties und winkte mir zu.

»Hi June, willst du ein Bier?«, rief er.

»Ja, danke. Ich nehme gern eins.«

»Fang.« Zwinkernd warf er eine Dose in meine Richtung. Zum Glück fing ich sie – wofür die Chancen fünfzig-fünfzig standen, na ja, vielleicht auch eher sechzig-vierzig.

Ich verbrachte einen netten Nachmittag, redete mit ein paar Leuten, die ich schon länger nicht mehr gesehen hatte, und lernte ein paar neue kennen, denen ich versprechen musste, dass wir mal was zusammen unternahmen. Nur einer, ein besoffener Idiot namens Craig oder Greg oder was weiß ich, wurde mir langsam zu aufdringlich. Also zog ich mich in einem günstigen Moment in eine ruhige Ecke zurück, um den Ausblick über die Stadt zu genießen. Der Abend brach herein und als ich den wunderbaren Sonnenuntergang über der Skyline von Chicago bewunderte, dachte ich an Casper. Augenblicklich fühlte ich einen Stich in meiner Brust. Genau in diesem Moment klingelte mein Handy. Ich zog es aus der Tasche, doch noch ehe ich es richtig greifen konnte, stand Becca neben mir.

»Standhaft bleiben«, sagte sie und nahm mir das klingelnde Handy ab, von dessen Display mich Caspers Lächeln anstrahlte. »Und ändere am besten gleich das Foto. Ist ja nicht auszuhalten, dieser Hundeblick.« Sie verdrehte die Augen und wieder nickte ich nur dümmlich. Aber die traurige Wahrheit war, dass ich Casper furchtbar vermisste und einfach nur seine Stimme hören wollte. Den Mut, es auszusprechen, fand ich jedoch nicht. Aus irgendeinem Grund wäre ich mir vor Becca wie eine Versagerin vorgekommen, wenn ich mir eingestanden hätte, wie sehr er mir fehlte. Sie hatte mich so sehr darauf getrimmt, dass es die richtige Entscheidung war, mich zu trennen, und ich ja nicht nachgeben oder auf Caspers »halbherzige Versöhnungsversuche«, wie sie es nannte, einzugehen. Also stand ich nur da, tat nichts, während Becca sinnbildlich mein Herz in Händen hielt. Sechs

Mal noch, dann erstarb das Klingeln und meine Freundin gab mir das leblose Telefon zurück.

»Komm, wir holen uns was zu trinken«, versuchte sie mich aufzumuntern, und ich trottete hinter ihr her zur Bar, wo sich Becca schon bald jemand anderem zuwandte und ich die Chance nutzte, um unbemerkt zu verschwinden. Mir war nicht mehr nach Feiern zumute. Nicht mal das Feuerwerk, auf das ich mich so gefreut hatte, da man von hier oben einen gigantischen Blick haben musste, konnte mich zum Bleiben bewegen.

Ich war gerade auf dem Weg zum Fahrstuhl, da stand er plötzlich vor mir. Eingeladen oder nicht, Casper war gekommen. Meinetwegen.

»Hi«, sagte er und lächelte traurig.

»Hi.« Ich klang mindestens genauso aufgeregt, wie ich war. Mein Herzschlag beschleunigte sich automatisch.

»Du gehst nicht ans Telefon«, stellte er fest.

Ich nickte.

Casper schluckte. »Ich dachte, du bist heute bei deiner Familie, aber ... es war keiner da.«

Ich runzelte die Stirn. »Du warst bei mir zu Hause?«

Er nickte und stieß mit der Fußspitze in den Boden. »Ja, ich war mit Phillip unterwegs«, tat er es ab, damit es nicht so aussah, als wäre er extra wegen mir die hundertfünfzig Meilen nach Middleton gefahren. »Und dann sind wir eben noch kurz bei deinen Eltern vorbei.«

»Ach so. Ja, das BBQ ist dieses Jahr ausgefallen. Sie sind alle anderweitig beschäftigt.«

»Aha«, machte er nur.

»Ja, deswegen bin ich hier.«

»Mhh.«

Am liebsten hätte ich mit den Augen gerollt. Was für eine bescheuerte Unterhaltung! Es war kaum vier Wochen her, da hatten wir noch das Bett geteilt, und jetzt drucksten wir blöde herum wie zwei schüchterne Teenager beim ersten Annäherungsversuch. *Casper, ich bins!*, hätte ich am liebsten gerufen. Konnten wir denn überhaupt nicht mehr normal miteinander umgehen?!

»Hey, was geht ab?« Der Typ – Craig oder Greg oder wie auch immer –, vor dem ich vorhin geflüchtet war, legte mir wie selbstverständlich den Arm um die Schulter, als wollte er Casper klarmachen, dass er mich zuerst gesehen hatte. Sofort löste ich mich aus der besitzergreifenden Umarmung, aber da war es schon zu spät.

»Ich geh dann mal wieder«, sagte Casper. »Viel Spaß euch beiden!«

»Casper!«, rief ich ihm nach, doch der Blick, mit dem er mich bedachte, ließ mich verstummen. Es lag etwas Herabwürdigendes in ihm. Als würde er mich allein mit seinen Augen »Schlampe« nennen.

»Vergiss es«, sagte ich kalt und wandte mich dem Typen zu, der sich schon sicher schien, er würde nicht allein nach Hause gehen.

Ich ließ sein hohles Geschwafel noch ein paar Minuten über mich ergehen, ohne ihm richtig zuzuhören. In Gedanken war ich bei Casper.

»Entschuldige mich kurz«, unterbrach ich ihn mitten im Satz, ließ ihn einfach stehen und machte mich auf die Suche nach Sam und Becca, um mich zu verabschieden. Sam stand immer noch am Grill. Mit Strohhut auf dem Kopf und Zigarre im Mundwinkel, wendete er unermüdlich Burger und Hotdogs.

»Ich geh nach Hause, Sam«, sagte ich und küsste ihn auf die Wange. »Danke für die Einladung. Es war eine tolle Party.« Ich sah mich um. »Weißt du, wo Becca steckt?«

»Keine Ahnung, ich habe sie schon eine ganze Weile nicht mehr gesehen«, sagte er, es schien ihn aber nicht weiter zu kümmern.

»Sag ihr bitte, dass ich nach Hause gegangen bin, wenn du sie siehst. Ich ruf sie morgen an.«

»Alles klar, machs gut, June.«

»Machs gut, Sam.«

Heute – 2018

»Es war eine tolle Party, nicht wahr?«, sagt Becca und legt die Stirn in Falten. Sie klingt traurig. Und das verunsichert mich noch mehr, als ich es sowieso schon bin.

Was willst du mir sagen?, frage ich sie und beuge mich gespannt vor.

Sie nimmt einen tiefen Atemzug, so als wolle sie mir gleich ein Geständnis machen, dann verharrt sie plötzlich mitten in der Bewegung.

»Was ist denn das für ein Geräusch?« Genervt fährt sie hoch und wirbelt herum. Diesmal habe ich es auch gehört. Dieses *Deep-deep*. Eine Art mechanisches Portioniergeräusch.

»Alles okay bei dir?«

»Casper.« Becca erschrickt etwas, als er so plötzlich auftaucht. Sie sieht aus, als fühle sie sich bei irgendetwas ertappt.

»Ich wollte dich ablösen«, fährt er fort, ohne auf Beccas Irritation einzugehen. Die Art und Weise, wie er das Wort *ablösen* ausspricht, macht deutlich, was er eigentlich meint: »Du warst lange genug bei ihr. Jetzt bin ich dran.«

»Ich bin noch nicht … fertig«, sagt sie, und es ist klar, dass das nicht das richtige Wort ist, Becca nur nicht weiß, wie sie es sonst ausdrücken soll.

»Fertig?«, wiederholt Casper. »Womit?«

Ja, womit?

»Ich war gerade dabei, June etwas zu erzählen.«

Ach, ja?

Casper zieht die Augenbrauen hoch, und aus irgendeinem Grund mag ich es nicht, wie er sie dabei ansieht.

»Was wolltest du ihr denn erzählen?«, fragt er misstrauisch.

Das würde mich auch interessieren.

Ich werde das Gefühl nicht los, dass Casper nicht einverstanden wäre, wenn er es wüsste. Becca sagt nichts, kräuselt nur die Lippen und sieht ihn vieldeutig an. Zur Antwort hebt er warnend die Brauen. Ich verstehe überhaupt nichts mehr.

»Deep-*deep*«, macht es wieder.

»Was ist das, verdammt?«, keift Becca.

Vergiss dieses verdammte Geräusch! Kann mir endlich mal jemand sagen, was hier los ist?!

Sie sieht aus, als ob sie kurz davorsteht, völlig die Fassung zu verlieren.

Wortlos steht Casper auf und geht in die Badezimmernische. »Der elektrische Seifenspender ist kaputt«, stellt er sofort fest. »Er geht von alleine los, ohne dass man den Sensor berührt.«

»Kann das vielleicht mal jemand reparieren?«

»Na, geh doch raus und frag jemanden. *Du* störst dich dran. Dann kümmere dich auch darum.« Casper klingt etwas forscher, als es hätte sein müssen.

Becca starrt Casper an. Sie sieht aus, als würde sie jeden Moment losheulen. Und dann tut sie es auch.

Was ist hier los, zum Teufel?!

»Warum heulst du denn jetzt?«, fragt Casper verständnislos, woraufhin Becca nur noch mehr Tränen übers Gesicht kullern. Das wiederum bringt Casper aus der Fassung. »Nicht du bist diejenige, die hier liegt!«, brüllt er sie an. »Also reiß dich zusammen oder verpiss dich!«

Wow! Wo kommt das denn auf einmal her?

»Wie kannst du nur so gemein sein?!«, brüllt sie zurück. »Sie ist auch meine Freundin! Auch ich liebe June!«

Casper schnaubt verächtlich. »Was du nicht sagst!«

»Was soll das denn nun wieder heißen?«

»Das weißt du ganz genau.« Casper hat die Zähne zusammengebissen.

Verblüfft beobachte ich die Szene. Wie beim Betrachten eines Pingpongspiels huscht mein Blick vom einen zum anderen. Wo kommt nur diese Wut auf einmal her?

»Würdest du June wirklich lieben, hättest du ihr das niemals angetan!«

Mir was angetan?

»Als ob ich es ganz alleine war!« Nun wird auch Becca wütend.

»Ja, verdammt! Wir waren getrennt und du wusstest, dass ich dachte, sie hätte mit einem anderen geschlafen!«

Mir wird übel.

Nein, bitte nicht. Nein! Tut mir das nicht an! Und noch während mein Verstand versucht zu leugnen, was ich gerade erfahren habe, hat mein Herz längst verstanden.

Oh, wie falsch ich doch lag. Dabei muss man nur eins und eins zusammenzählen. Ich dachte, Becca macht sich Sorgen um mich. Darüber, dass ich die Heirat mit Casper überstürze und meine Entscheidung später bereuen könnte. Doch jetzt ergibt plötzlich alles einen Sinn. Wie dumm ich doch war. Die Einzige, um die Becca sich Sorgen macht, ist sie selbst. Sie ist in ihn verliebt. Wie blind ich doch all die Jahre war. Dutzende Umarmungen, die sie geteilt, Hunderte verstohlene Blicke, die sie einander zugeworfen, Tausende zufällige Berührungen, die sie ausgetauscht hatten, schossen mir durch den Kopf. Wie dumm und blind ich doch war.

Neun Jahre zuvor – 2009

Als ich Casper und Becca einander vorstellte, machten sie nicht den Eindruck, dass sie je so was wie Freunde werden würden.

Er hielt sie für oberflächlich, sie ihn für überheblich. Doch während Casper nie besonders viel Interesse an Becca zeigte, kam sie immer wieder auf ihn zu sprechen. Fragte Dinge, über die ich mich teilweise schon sehr wundern musste.

»Ich mach mir eben Sorgen um dich«, sagte sie, als ich wissen wollte, warum sie mich ständig dieses Zeugs fragte.

»Und inwiefern hilft dir die Information, wie oft Casper zum Friseur geht, dabei, deine Sorgen zu zerstreuen?«

Becca wurde rot. Sie fühlte sich ertappt. »Ich mein ja nur, dass er manchmal ein bisschen eitel wirkt.«

»Eitel«, wiederholte ich in einem *Ja, ne ist klar*-Tonfall. Dass sie sich diese Erklärung eben aus den Fingern gesogen hatte, konnte man aus hundert Meilen Entfernung erkennen.

»Ja, eitel«, bestätigte sie und atmete einmal tief ein und aus. Vermutlich, um ihre Stimme, die viel zu hoch klang, wieder unter Kontrolle zu bringen. »Du bist mir wichtig und ich möchte einfach wissen, was der Mann, den du liebst, für ein Mensch ist.«

»Aha.« Ob sie merkte, wie bescheuert sich das anhörte?

»Wieso denn *aha*?« Auf einmal wurde sie streitlustig, aber das kannte ich schon von ihr. Becca brach oft einen Streit vom Zaun, um von sich oder einem unliebsamen Thema abzulenken. Die Art Streit, bei dem man später gar nicht mehr weiß, worum es überhaupt ging. Doch darauf war ich schon ein paarmal reingefallen und hatte meine Lehren daraus gezogen. Ich ließ mich nicht darauf ein.

»Ich bin mit Casper seit der Highschool zusammen«, sagte ich stattdessen und meine Stimme klang ruhig und souverän. »Lange, bevor wir beide uns begegnet sind. Du bist mir auch wichtig, aber so leid es mir tut, es spielt keine Rolle, was du von meinem Freund hältst. Ich bin mit ihm zusammen und das wird auch so bleiben.«

Nach dieser Ansage war Becca tagelang beleidigt, empörte sich darüber, dass ich sie total missverstanden hätte. Aber sie hörte auf, dieses seltsame Zeugs zu fragen. Und irgendwann hatte ich die Sache vergessen. Bis jetzt.

Becca ist in Casper verliebt. Sie war schon immer in ihn verliebt. Und in der Nacht des 4. Juli vor sechs Jahren haben sie miteinander geschlafen.

Heute – 2018

Haut ab! Alle beide! Ich will euch nicht mehr sehen! Verschwindet!, schreie ich stumm. Und als spürt er, dass ich nicht berührt werden will, lässt Casper meine Hand los. Er schluckt angestrengt.

»Vielleicht gehst du jetzt besser«, fordert er Becca auf.

Ja, verpiss dich!

»Nein«, protestiert sie. »Es ist höchste Zeit, dass wir endlich darüber reden.« Neue Tränen sammeln sich in ihren Augen.

»Es gibt nichts zu bereden«, kontert Casper hart. »Wir waren betrunken und haben miteinander geschlafen. Das wars. Ich empfinde nichts für dich. Das habe ich nie.«

Bei Caspers Worten dreht sich mir der Magen um. Hätte ich einen Körper, hätte ich mich in diesem Moment übergeben.

Beccas Augen laufen über. »Aber … ihr wart nicht mal zusammen. June hatte dich verlassen – schon vergessen?! Es ist ja nicht so, dass du sie betrogen hast.«

Casper, der bis jetzt den Blick fest auf mich gerichtet hat, sieht Becca nun direkt an. »Du aber«, sagt er in hartem Ton. »Du hast sie betrogen.«

»Was ist denn hier los?« Die Blumenschwester steht im Türrahmen und sieht meine beiden Besucher streng an. »Wenn ich noch einen Mucks höre, hole ich den Sicherheitsdienst. Verstanden?«

Beide nicken, murmeln eine Entschuldigung und warten, bis die Schwester auf dem Flur verschwindet.

Casper presst die Lippen zusammen. Seine Stimme ist jetzt leiser, dafür aber umso eindringlicher. »Ich liebe June. Das war damals so, das ist heute so und das wird auch noch morgen und übermorgen so sein.« Er steht auf und geht auf Becca zu. »Es tut mir leid, wenn es für dich mehr bedeutet hat. Für mich war es ein Ausrutscher, der sich niemals wiederholen wird. Weder mit dir noch mit einer anderen.«

Sie sieht ihn an. Vielleicht sucht sie nach irgendeiner Spur des Zweifels in seinem Blick. Dem Hauch einer Chance, für sie und für ihn. Aber da ist nichts. Als auch sie das erkennt, reckt Becca ihr Kinn vor, wendet den Blick ab und verlässt mein Krankenzimmer, ohne sich noch mal umzudrehen. Kaum, dass sie es auf den Flur geschafft hat, bricht das Schluchzen aus ihr heraus.

Casper bleibt noch einen Augenblick stehen, lässt die Schultern sinken, atmet kraftlos. Dann setzt er sich wieder zu mir, nimmt meine Hand und küsst sie. Wenn ich könnte, würde ich sie abschütteln.

»Ich wollte nicht, dass du es auf diese Weise erfährst«, flüstert er, den Blick auf meine Hand gerichtet.

Ja, du wolltest nämlich, dass ich es niemals erfahre!

Ich bin wütend. Möchte schreien. Am liebsten möchte ich ihn ohrfeigen.

Warum hast du mir das angetan?, will ich ihm entgegenbrüllen. *Was zum Teufel hast du dir dabei gedacht?*

»Als du mit mir Schluss gemacht hast, habe ich völlig den Halt verloren. Ich war ständig betrunken und hab mich in Selbstmitleid gesuhlt.« Casper atmet tief. »Ich war sicher, du hast einen anderen.«

Ich glaube, ich höre nicht richtig!

Wen denn? Die Pappnase auf der Party am 4. Juli?! Hast du sie noch alle?!

Seine Stimme zittert. »Es tut mir so leid, June.« Er schüttelt den Kopf. Tränen tropfen auf meine Hand. »Bitte verzeih mir.«

Verzeihen?! Du besitzt die Frechheit, mich um Verzeihung zu bitten?

Zornig gehe ich auf ihn zu, funkle ihn aus dunklen Augen heraus an.

Wie konntest du mir das antun?

Dann kneife ich die Augen zusammen, schüttle den Kopf und weiche vor ihm zurück. Meine Beine setzen sich automatisch in Bewegung. Ich will nur noch weg. Ob mein Körper noch hier ist, sollte ich jemals zurückkehren, ist mir völlig egal. Er ist nichts als eine leere Hülle. Sollen sie ihn doch mitnehmen. Auch Casper ist mir in diesem Moment völlig egal. Sollen er und Becca glücklich werden. Es kümmert mich nicht. Ich gehe. Lasse ihn mit meinem schlafenden Körper zurück – lasse ihn allein mit dem gleichmäßigen Piepsen des Monitors, dem rhythmischen *Ffft-pfff* des Beatmungsgerätes und dem zuverlässigen *Deep-deep* des defekten elektrischen Seifenspenders, der im Bad leise vor sich hin ejakuliert.

KAPITEL 17

Als ich die Augen aufschlage, bin ich wieder bei Grace. Ich bin weder besonders überrascht noch störe ich mich daran. Wut und Enttäuschung beherrschen mich. Sie nehmen mich so sehr ein, dass mir alles egal ist. Wo ich bin, ist mir egal. Was wird, ebenso.

Als Grace sich zu mir setzt, sehe ich nicht einmal auf. Zuerst gilt meine Wut nur Casper und Becca, doch mit jeder Sekunde, die meine Schwester in aller Seelenruhe neben mir hockt, hier an diesem unwirklichen Ort, überträgt sie sich auf sie. Wie konnte sie mir all das nur antun? Wir waren einst eine glückliche Familie, bis Grace entschieden hat, alles zunichte zu machen. Was unsere Eltern, Emma und ich alles auf uns genommen haben, um Grace zu beschützen und sie vor Schaden zu bewahren. Unfassbar! Alles tanzte immer nach ihrer Pfeife. Alle anderen hatten sich immer an sie anzupassen. Dass sie sich ändern musste, wäre ihr nie in den Sinn gekommen. Alles hatten wir für sie getan! Den Job aufgegeben, die Schule gewechselt, Freunde verloren – alles nur, weil sie nicht bereit war, sich zu ändern. Nicht einen Hauch. Immer drehte sich alles um Grace. Sie war es, die immer im Mittelpunkt stand. Nicht nur, dass wir unser aller Leben nach ihr ausrichteten, nein, das war ihr noch nicht genug. Grace musste noch eins draufsetzen. So viel hatte jeder von uns für Grace geopfert – und trotzdem war alles umsonst. Alle unsere Versuche, all unsere Bemühungen – es war alles vergebens.

Ich bin so wütend auf sie, dass ich die Zähne zusammenbeiße und meine Hände zu Fäusten balle. Wütend darüber, dass sie mir dieses fürchterliche Geheimnis aufgebürdet hat. Wütend darüber, dass sie, sosehr ich es auch versuchte, meine Hilfe nicht annehmen wollte – aber am wütendsten bin ich darüber, dass sie mich verlassen hat. Dass sie einfach verschwunden ist. Ohne ein Wort des Abschieds. Ohne sich auch nur einen Dreck darum zu scheren, was sie uns damit antat. Was für ein riesiges Loch sie hinterlassen würde. Sie ist einfach gegangen. Was aus uns wird, war ihr egal.

»Das Leben tut weh, nicht wahr«, sagt sie leise.

Ich schnaube verächtlich. »Du musst es ja wissen«, sage ich trocken, und es kostet mich meine ganze Selbstbeherrschung, nicht handgreiflich zu werden. Am liebsten möchte ich sie schütteln.

»Was ist es, das dich so wütend macht?«, fragt Grace nach einer Weile.

Obwohl es zum ersten Mal nach echtem Interesse klingt, wäre es mir am liebsten, wenn sie wieder verschwindet. Ich will einfach nur allein sein. Ich versuche ruhig zu bleiben, obwohl ich innerlich koche. Ich beantworte ihre Frage nicht und hoffe, dass sie mich einfach in Ruhe lässt.

Doch Grace lässt nicht locker. »Was ist passiert?«, hakt sie weiter nach, und das ist der Tropfen, der das Fass zum Überlaufen bringt. Es platzt aus mir heraus, als wäre in meinem Inneren eine Bombe explodiert. Ich kann es nicht aufhalten. Nicht mal dosieren. Sie bekommt meine Wut ungefiltert zu spüren.

»Was passiert ist? Du fragst mich allen Ernstes, was passiert ist?« Ich stehe auf, breite meine Arme aus. »Mein ganzes Leben ist ein Trümmerhaufen!«, schreie ich sie an. »Seit du dich umgebracht hast, liegt unser aller Leben in Schutt und Asche! Nichts als Schmerz hast du uns bereitet. Hast du eine Ahnung, wie es uns geht, seit du nicht mehr da bist? Mum ist mehr tot als lebendig, Emma hungert sich zu Tode und Dad wird nie wieder glücklich werden! Nie wieder! Verstehst du das? Hörst du, was ich sage?! DU HAST MEIN LEBEN ZERSTÖRT! DU HAST UNSER ALLER LEBEN ZERSTÖRT!«

Noch während ich es ausspreche, sehe ich in Graces Gesicht, was meine Worte anrichten. Ein Teil von mir würde am liebsten alles zurücknehmen, aber dazu bin ich noch viel zu wütend. Und ganz abgesehen davon ist es nicht nur die Wut, die aus mir spricht – es ist die Wahrheit. Während ich die Worte ausspreche, wird mir bewusst, dass es stimmt. Ich habe es mir selbst nie eingestehen können, zu groß war die Schuld, zu groß die Scham, aber es gibt einen Teil von mir, der Grace hasst für das, was sie mir angetan hat. Der sie dafür hasst, dass sie mir mit ihrem Selbstmord nicht nur die Schwester, sondern auch die Mutter genommen hat. Und es nur eine Frage der Zeit ist, bis sie mir auch die andere Schwester nimmt. Ich meine, wie lange wird Emmas Körper noch durchhalten, ehe auch er den Kampf aufgibt? All das strömt in dieser Sekunde mit einer solchen Intensität auf mich ein, dass die Wucht meiner Gefühle mich zu überwältigen droht. Mein Mund öffnet sich wie von allein, und ehe ich imstande bin, mich zu bremsen, bricht es aus mir heraus.

»ICH HASSE DICH!«, brülle ich meiner Schwester entgegen. »DU HAST MEIN LEBEN ZERSTÖRT! ICH HASSE DICH, GRACE!«

Kraftlos sacke ich zusammen, verberge das Gesicht in den Händen und flüsterte: »Du hast mein Leben zerstört.«

Grace erwidert nichts. Steht einfach nur da und sieht mich an. Vielleicht ist es für sie ein Augenblick der Erkenntnis, vielleicht ist sie aber auch einfach nur fassungslos über das, was ich ihr an den Kopf geworfen habe. Vielleicht kommt sie zur Einsicht, vielleicht fühlt sie sich nun nur noch mehr als Opfer. Es kümmert mich nicht. Ich sehe sie nicht einmal an. Halte die Augen geschlossen und das Gesicht in den Händen.

Als sie geht, halte ich sie nicht auf. Ich bin wie betäubt. Sitze einfach da und starre auf die Stelle in dem weißen Nichts, durch die Grace verschwunden ist. Es gibt nichts mehr zu sagen.

Eine Ewigkeit vergeht. Sie kommt nicht zurück. Ich bin ganz allein. Jetzt, wo meine Wut verraucht ist, überkommt mich eine solch erdrückende Traurigkeit, dass ich kaum atmen kann. Dieser Ort ist unerträglich einsam. Ich bin völlig isoliert. Ohne die Möglichkeit, mit irgendjemandem oder irgendetwas Kontakt aufzunehmen.

Mein Kopf fühlt sich schwer an wie Blei. Ich muss mich hinlegen. Die Trauer zermürbt mich. Das Leid, das Grace erfahren musste – das Leid, das ich durch sie erfahren habe. All die Jahre habe ich es in meinem Herzen getragen. Und in meiner Seele. Mein Herz ist daran zerbrochen. Von meiner Seele fehlt ein Stück. Sie hat es mitgenommen. Als Grace gestorben ist, starb auch ein Teil von mir.

Ich atme aus. Seufze kraftlos. Meine Stimme ist kaum mehr als ein Hauch. Mein Kopf wird immer schwerer. Ich lasse ihn zu Boden sinken, lege ihn ab.

Leben bedeutet Schmerz. So viel Schmerz. Ich kann nicht mehr. Ich will nicht mehr. Kein Schmerz mehr. Ich bin müde. So unglaublich müde. Wallend weißer Dunst nebelt mich ein. Er greift nach mir. Umschließt mich. Ich wehre mich nicht. Ich bin so müde. So unendlich müde. Der Nebel ist verlockend. Je mehr er mich einhüllt, desto müder werde ich. Schlafen. Einfach schlafen. Lange. Traumlos. Ich wehre mich nicht. Der

Nebel wird mich in sich aufnehmen und ich werde ein Teil von ihm sein. Es stört mich nicht, im Gegenteil. Es ist ein so wunderbar erlösender Gedanke. Loslassen. Ich will nur schlafen. Ich bin so müde. So unglaublich müde. Ich wehre mich nicht.

Dumpfe Taubheit. Dahingleiten. Nichts sehen, nichts hören, nichts fühlen. Meine Augenlider werden immer schwerer. Mein ganzer Körper fängt an zu kribbeln. Es ist ein wohliges Kribbeln, wie jenes, das einen überkommt, kurz bevor man in einen tiefen, langen Schlaf gleitet. Schlafen. Endlich schlafen. Ich bin so müde. So unendlich müde. Ich spüre, wie mein Körper erschlafft. Ich drifte ab, alles entgleitet. Ich lasse los.

Ein Summen dringt an mein Ohr.

Was ist das?

Ein … ein … ja, ein Summen. Ganz zart und leise. Ich bin wie in Trance. Schlafe mehr, als dass ich wach bin.

Da ist es wieder – dieses Summen … ich höre hin. Es ruft nach mir, ruft mich zu sich.

Was ist das nur?

Es kommt mir bekannt vor. Noch ist es unendlich weit entfernt, doch es kommt näher. Ich glaube die Melodie zu kennen. Noch ist sie so leise, dass ich sie nicht zuordnen kann. Aber es klingt wie ein … ein Lied aus meiner Kindheit?

Je mehr ich mich darauf konzentriere, desto deutlicher wird es. Warmes, melodisches Summen … Nein, kein Summen … Singen! Ja, Gesang. Eine Frauenstimme – ich kenne sie. Sie ist mir so vertraut wie meine eigene.

Grace, bist du das?

Ich kenne auch die Melodie. Es ist so lange her, dass ich sie gehört habe, aber ich kenne sie. Irgendwo im Nebel. Eine nicht greifbare Sehnsucht wallt in mir auf.

Wo bist du, Grace?

Es liegt mir auf der Zunge. Fast habe ich es. Gleich weiß ich es wieder. Das ist ... dieses Lied ... ich kenne es. Ich öffne die Augen, doch in dem gleichförmigen, wabernden Weiß, das mich umgibt, ist nichts zu erkennen. Ich schließe sie wieder.

Nein, das ist nicht Grace ... das ist ...

Und plötzlich strömen die Bilder auf mich ein. Ich bin noch klein, ich weine, ich habe Angst, warme Arme schließen sich tröstend um mich, sie beschützen mich, sie ... halten mich – und dann erkenne ich sie. Ihren vertrauten, melodischen, einzigartigen Klang. Den Klang der Stimme, die mich getröstet, mich in den Schlaf gewiegt, mit mir gelacht, geweint und mir vorgesungen hat. Mum! Ich reiße die Augen auf. Das ist Mums Stimme! Sie singt. Sie singt für mich. Zuerst höre ich nur den Klang, dann wird sie klarer, die Worte deutlicher.

»Von guten Mächten treu und still umgeben, behütet und getröstet wunderbar.« Ja, das ist Mum. Ich bin mir sicher. »So will ich diese Tage mit euch leben und mit euch gehen in ein neues Jahr.« Sie singt leise, fast wie ein Flüstern. »Von guten Mächten wunderbar geborgen, erwarten wir getrost, was kommen mag. Gott ist mit uns am Abend und am Morgen und ganz gewiss an jedem Tag.«

Dieses Lied hat sie uns immer vorgesungen, als wir noch klein waren. Immer wenn wir uns gefürchtet hatten. Es ist ein trostspendendes Lied. Eines, das einem sagt, dass alles wieder gut wird und man niemals alleine ist.

»Noch will das Alte unsere Herzen quälen«, ich schließe die Augen und konzentriere mich ganz auf Mums Gesang, lasse mich von ihrer Stimme forttragen, »noch drückt uns böser Tage schwere Last.« Und noch während ich die Augen geschlossen halte, wird ihre Stimme immer klarer, immer deutlicher. »Ach Herr, gib unseren aufgeschreckten Seelen das Heil, für das du uns bereitet hast.«

Als ich die Augen wieder öffne, ist sie ganz nah. Ich bin zurück im Krankenzimmer. Mum sitzt neben meinem Bett und hält meine leblose Hand. Sie weint leise. Ihr Gesicht ist ganz nass.

»Lass warm und still die Kerzen heute flammen« – während sie singt, laufen ihr die Tränen die Wangen entlang und tropfen auf die blütenweiße Bettwäsche –, »die du in unsere Dunkelheit gebracht. Führ, wenn es sein kann, wieder uns zusammen. Wir wissen es, dein Licht scheint in der Nacht.« Mum schluchzt und weint und singt. »Von guten Mächten wunderbar geborgen, erwarten wir getrost, was kommen mag.« Ich gehe zu ihr, lege die Arme um sie. Ich bin noch schwach. Kann mich kaum auf den Beinen halten.

»Gott ist mit uns am Abend und am Morgen und ganz gewiss an jedem neuen Tag.« Mittlerweile weint sie so sehr, dass sie die letzten Silben kaum noch über die Lippen bringt.

Oh Mum.

Sie beugt sich über mich, küsst mich auf die Stirn. Ihre Tränen tropfen auf mein Gesicht. Ihre Lippen zittern, als sie leise, ganz leise, hinzufügt: »Ich bitte dich, gib sie mir zurück.«

Es dauert einen Moment, ehe ich merke, dass sie nicht mit mir spricht.

»Ich weiß, wir hatten unsere Differenzen. Aber jetzt bin ich hier und ich bitte dich: Gib sie mir zurück! Gib mir mein Kind zurück.«

Nein, Mum, sage ich, *das warst du. Du hast mich zurückgebracht.*

KAPITEL 18

Auf der Intensivstation sind Besucher nicht allzu gern gesehen. Sie stören den Ablauf und behindern im Notfall die Arbeit der Ärzte und des Pflegepersonals. Ganz zu schweigen von den emotionalen Ausbrüchen der Angehörigen, die von Weinen über Wehklagen bis hin zu Schreianfällen oder gar Handgreiflichkeiten reichen. Die Angst, einen geliebten Menschen zu verlieren, bringt das Ursprünglichste in uns zum Vorschein. Angst macht uns irrational. Sie lähmt, befeuert oder korrumpiert uns. Sie lässt uns verzweifeln, die Hölle entfesseln oder nimmt uns jeden Lebensmut. Die Angst reduziert uns auf den Kern unseres Wesens. Sie hält uns einen Spiegel vor und sagt: »Sieh hin, das bist du. Wenn du zu verlieren drohst, was dir am meisten bedeutet, dann ist es das, was von dir übrig bleibt. Sieh hin, das bist du!«

Als ich endlich in der Lage bin, den Blick zu heben, sehe ich, wie Casper leidet.

»Bitte verzeih mir«, flüstert er immer wieder und küsst meine Fingerknöchel. Einen nach dem anderen.

Verzeihen? Noch immer bin ich furchtbar wütend. Und verletzt – natürlich. Ich fühle mich betrogen. Von Casper und von Becca. Und trotzdem, als ich ihn ansehe, den armen Tropf, regt sich Mitgefühl in mir. Ich will nicht, dass Casper leidet. Nicht noch mehr. Dass ich hier liege und er nicht weiß, ob ich je wieder aufwache, ist schon mehr, als er ertragen kann. Sich jetzt noch mit Schuldgefühlen zu quälen, möchte ich ihm, trotz allem, am liebsten ersparen. Es ist über sechs Jahre her. Es war, wenn man den beiden Glauben schenken darf, eine einmalige Sache. Und, was am allerwichtigsten ist, ich hatte ihn schließlich verlassen. Ich hatte mit ihm Schluss gemacht und er hatte danach mit einer anderen geschlafen. Wenn ich ganz ehrlich zu mir selbst bin, hat er nichts Unrechtes getan. Auch wenn es trotzdem wehtut: Casper hat mich nicht betrogen, nicht im eigentlichen Sinn. Aber, verdammte Scheiße noch mal, hat es unbedingt meine beste Freundin sein müssen?! Augenblicklich spüre ich einen Stich in meiner Brust.

Nein, es ist nicht die Tatsache, dass er mit einer anderen Sex hatte, die mich fertigmacht. Hier geht es um eine besondere Art von Betrug. Sie haben mich beide betrogen. Und das tut weh.

»Es tut mir so leid«, flüstert Casper mit tränenerstickter Stimme, und ich habe das Gefühl, dass es plötzlich nicht mehr nur um die Sache mit Becca geht. Als er anfängt zu schluchzen, bin ich mir sicher. Casper hat seit dem Unfall nie richtig geweint, doch nun scheint es aus ihm herauszubrechen. »Es tut mir so leid«, sagt er immer und immer wieder. Ich würde ihn so gern in den Arm nehmen, ihm sagen, dass ich ihm verzeihe und alles wieder gut wird … doch ich kann nicht. Ich bin an dieses Bett gefesselt. Ein unbrauchbarer Körper, der nicht mal in der Lage ist, ohne Hilfe zu atmen.

Verdammte Scheiße! Wach auf!

Mein Zustand ist im Moment für mich kaum zu ertragen.

Wach auf! Beweg dich!

Womit habe ich das verdient? Was habe ich getan, das eine so unerträgliche Strafe rechtfertigen würde? Ich kann nicht leben und ich kann nicht sterben. Nirgendwo bin ich ganz. Weder auf dieser Seite noch auf der anderen. Alles, was ich tun kann, ist, hier neben mir selbst zu stehen und hilflos mit anzusehen, wie sie meinetwegen leiden. Casper, Mum, Dad, Emma und wer sonst noch dort draußen im Wartezimmer sitzt und um mich bangt.

Na los! Beweg dich endlich!

Während ich innerlich tobe, weint Casper all die ungeweinten Tränen. Es dauert eine Weile, bis wir uns beruhigen. Ich konzentriere mich auf das gleichmäßige Zischen des Beatmungsgerätes, das meine Lunge mit Sauerstoff versorgt, und mit jedem Ein und Aus werden auch Caspers schluchzende Atemzüge etwas ruhiger. Still sitzt er neben mir und hält meine Hand.

»Ich liebe dich«, sagt er und meint jedes Wort.

Sechs Jahre zuvor – August 2012

Genau dreiunddreißig Tage, nachdem Casper und ich uns getrennt hatten – es war kurz vor Mitternacht und ich wollte gerade ins Bett gehen –, klingelte es Sturm.

»Juuuuune«, rief er und klopfte an die Wohnungstür. Wie hatte er es überhaupt ohne Schlüssel ins Haus geschafft?

»Juuuune … ich l-liebe dich, Juuuuuuune.«

Ich eilte zur Tür und riss sie auf, damit Casper endlich aufhörte, wie ein Gestörter dagegenzupoltern. »Spinnst du? Du weckst noch das ganze Stockwerk auf!« Ich kniff die Augen zusammen. »Bist du betrunken?«

»Juuune.« Er grinste und kam wie ein Zombie mit ausgestreckten Armen auf mich zu. Im letzten Moment wich ich aus und er stolperte über die Türschwelle.

Seufzend half ich ihm auf.

»Uff«, rülpste er mir ins Gesicht. »Urgh!« Seine Fahne allein reichte schon fast aus, um auch mich ins Promilleparadies zu befördern. Schwankend zog er sich eine Packung Zigaretten aus der Hosentasche, als er es endlich geschafft hatte, alleine zu stehen.

»Seit wann rauchst du?«, fragte ich empört. Er, der Supersportler, der das Rauchen immer aufs Schärfste verurteilt hatte, fingerte gerade grobmotorisch in der Schachtel herum, um sich eine Kippe herauszuangeln.

»O-ob ich rauche oder n-nicht, kann dir, uff, doch e-egal sein«, pflaumte er mich an und hauchte mir erneut seinen Schnapsatem ins Gesicht.

Beinah musste ich würgen. »Was willst du, Casper?«, fragte ich trocken, um die Sache abzukürzen. Ich hatte einen harten Tag hinter mir und weder die Lust noch die Zeit, mich mit der Schnapsdrossel auf eine Diskussion einzulassen.

Mit verschleiertem Blick sah er mich an und krächzte: »Dich!«

Ich rollte mit den Augen. »Und das ist dir jetzt gerade eingefallen, oder wie?«

Nachdenklich legte er die Stirn in Falten. Überlegte er gerade ernsthaft, wann genau ihm eingefallen war, dass er mich zurückwollte?

»Mein Gott, wie besoffen kann man eigentlich sein?!« So langsam fand ich es nicht mehr witzig. Es hatte überhaupt keinen Sinn, sich in diesem Zustand mit ihm zu unterhalten, und um ehrlich zu sein, war ich im Moment sogar ein bisschen angewidert.

»Geh nach Hause und schlaf deinen Rausch aus, Casper«, sagte ich trocken.

»Ich b-bin nicht b-betrunken«, lallte er – und versuchte, seine Zigarette am Filter anzuzünden.

Ich schob ihn zurück über die Schwelle, schlug ihm die Tür vor der Nase zu und betete, dass die Rauchmelder auf den Fluren meines Apartmenthauses nicht auf den Zigarettenfilterqualm anspringen würden.

Es vergingen keine zehn Stunden, da war er wieder da.

»Hallo«, begrüßte er mich kleinlaut über die Gegensprechanlage. »Darf ich hochkommen?«

Ich musste fast grinsen, als mir allein sein Tonfall verriet, dass er mörderische Kopfschmerzen haben musste. Ich drückte den Knopf und hörte, wie die Haustür mit einem Surren aufsprang. Für die drei Treppen brauchte er viel länger als sonst. Als er schließlich vor mir stand, war er völlig außer Atem. Ich musterte ihn einen Moment. Casper hatte seinen Rausch ausgeschlafen, na ja, zumindest das meiste davon, hatte geduscht, etwas Frisches angezogen und einen reumütigen Blick aufgesetzt. Das Rauchen hatte er sich offenbar auch abgewöhnt. Von dem Suffkopf der vergangenen Nacht war nichts mehr zu erkennen.

»Kaffee?«, fragte ich knapp.

»Bitte«, fiel seine ebenso knappe Antwort aus.

Ich ging einen Schritt zur Seite und ließ ihn rein.

Während er immer noch damit beschäftigt war, wieder zu Atem zu kommen, goss ich uns beiden eine Tasse frisch gebrühten Kaffee ein und wir setzten uns an den Küchentisch. Eine Weile saßen wir uns schweigend gegenüber, als würden wir beide darauf hoffen, dass der andere den Anfang machte. Casper nippte an seiner Tasse und ließ den Blick durch die Küche schweifen. Er sah ein bisschen verloren aus. Fast machte er den Eindruck, als fühlte er sich fremd an einem Ort, der ihm eigentlich vertraut sein müsste. Es war noch nicht lange her, da hatten wir jeden Morgen an diesem Tisch zusammen gefrühstückt, bevor wir zur Uni fuhren. Doch nun, da wir uns hier schweigend gegenübersaßen, schien es nicht mehr derselbe Küchentisch zu sein.

»Schon seltsam«, bemerkte Casper, und ich wusste sofort, dass er den gleichen Gedanken hatte.

»Ja«, sagte ich nur und wieder kehrte Schweigen ein. Es war kein unangenehmes Schweigen, denn es lag so viel in ihm. Es war nicht so, dass wir nicht sprachen, weil keiner von uns wusste, was er sagen sollte, nein. Es war Ruhe, Fühlen, Ankommen in der Situation. Bewusstwerden. Uns beiden war klar, dass unsere Worte wohlüberlegt sein würden, wenn wir anfingen zu reden. Und genauso war es richtig. Casper und ich waren seit vier Jahren ein Paar. Hatten in dieser Zeit mehr Höhen und Tiefen zusammen durchlebt als so manche in einer zwanzigjährigen Ehe. Wir waren leidenschaftlich, zärtlich, liebevoll und fürsorglich zueinander gewesen. Doch dann hatte uns der Alltag eingeholt. Und seine beiden Schwestern mitgebracht: Bequemlichkeit und Selbstverständlichkeit. Ihres Zeichens Erzfeinde von Liebe und Leidenschaft. Denn es ist nicht, wie man gemeinhin vermutet, Hass, der die Liebe zerstört – es ist Gleichgültigkeit. Das Selbstverständlichnehmen. Ohne es zu merken, waren wir hineingerutscht in eine Alltagsspirale, die uns immer tiefer gezogen hatte. Liebe, Begeisterung, Leidenschaft, all diese wunderbaren Emotionen, die die Lebendigkeit des Lebens selbst ausmachen, waren dabei auf der Strecke geblieben. Und als mir das bewusst geworden war, hatte ich die Notbremse gezogen. Casper hingegen … keine Ahnung, wie lange er es noch durchgehalten hätte. Doch mit Sicherheit sehr viel länger als ich. Dass wir uns im Streit getrennt hatten, gab Grund zur Hoffnung. Denn Streit bedeutet Emotion. Und solange Emotionen im Spiel sind, ist man mit dem Herzen dabei. Es war noch nicht zu spät für uns. Doch das zarte Pflänzchen, das unsere Liebe gerade war, wollte mit Sorgfalt behandelt werden. Also schwiegen wir uns an – bis wir endlich die richtigen Worte gefunden hatten.

»Ich schulde dir noch eine Antwort«, sagte Casper – mitten in meine Gedanken hinein. Aufmerksam sah ich ihn an, und im selben Augenblick fragte ich mich, wie lange es schon her war, dass ich ihn angesehen hatte. Ich meine, *richtig* angesehen. Und schlagartig wurde mir klar, dass es nicht nur er war, der Dinge als selbstverständlich hingenommen hatte. Auch ich hatte im Laufe unserer Beziehung verlernt, den Wert des Besonderen, das ihn ausmachte, das mich dazu gebracht hatte, mich in ihn zu verlieben, wertzuschätzen. Erst jetzt, als ich meinen Casper genau betrachtete, fiel mir wieder auf, wie schön und wie einzigartig dieser Mann war. Die samtige Textur seiner Haut, der warme Griff seiner Hände, die Mulde in seiner Schulter, in die mein Gesicht so genau hineinpasste, als wäre sie dafür gemacht. Die endlose Tiefe seiner Augen, der zarte Schwung seiner Lippen, die Erinnerung daran, wie sie sich auf meinen anfühlten.

»Du hast mich gefragt, wann ich aufgehört habe, dich zu lieben«, fuhr er fort.

»Ja«, erwiderte ich gespannt. Damals war er mir die Antwort schuldig geblieben. »Und?«

Casper beugte sich über den Tisch, nahm meine Hände und sah mir tief in die Augen. »Niemals«, sagte er. »Ich habe niemals aufgehört, dich zu lieben. Ich habe dich immer geliebt. Ich liebe dich jetzt, in diesem Moment. Und ich werde dich immer lieben. Solange ich lebe und darüber hinaus.«

Ich schluckte. »Wow«, antwortete ich und versuchte die Schmetterlinge in meinem Bauch im Zaum zu halten. »Ich würde sagen, für diese Antwort hat sich das Warten gelohnt.«

Casper lachte und dann küsste er mich.

Wir beschlossen, es ruhig angehen zu lassen. Die Angst, wieder in alte Verhaltensmuster zu verfallen und unsere Beziehung damit zu gefährden, war einfach zu groß. Außerdem hatte ich gerade meinen Master angefangen und Casper machte mit dem Beginn eines Praktikums die ersten wichtigen Schritte ins Berufsleben. Ganz abgesehen von dem Stress, den diese Phase mit sich brachte und den keiner von uns am andern auslassen wollte, hatten wir beide immer bis spät am Abend zu tun. Zwei-, dreimal pro Woche wollten wir uns sehen. Zu einem richtigen Date – wie früher. Wir trafen uns in der Stadt, gingen essen oder ins Kino, er brachte mich nach Hause, gab mir einen Abschiedskuss und ging. Wir wussten beide, dass er nichts lieber getan hätte, als mit reinzukommen und … na, ihr wisst schon. Aber ich blieb standhaft und Casper drängte mich nicht. Wir gingen insgesamt sehr, wie soll ich sagen, *höflich* miteinander um. Fast schon zu höflich. Wir versuchten es dem anderen so recht zu machen, dass sich alles ein bisschen unecht, ein wenig überkandidelt anfühlte. Wir tasteten uns so langsam heran, dass wir dabei einfach nicht mehr ganz wir selbst waren. Es war zwar schön zu sehen, wie sehr er sich um mich bemühte, doch alles in allem war es zu viel des Guten. Eines Abends – es war unser viertes oder fünftes Date –, nachdem wir uns mit einem harmlosen Kuss verabschiedet hatten, setzte ich mich aufs Bett, schnappte mir mein Handy und tippte die Worte genau so, wie sie aus meinem Herzen kamen, in genau diesem Moment:

Ich wünsche mir, dass du mich tröstest, wenn ich traurig bin. Dass du mich in den Arm nimmst, wenn ich weine. Dass du mir nachgehst, wenn ich im Streit davonlaufe. Ich wünsche mir, dass du dich über meine Erfolge freust, dass du meine Träume mit mir verfolgst. Ich wünsche mir, dass du mich glücklich machen willst. Und ich wünsche mir, dass all das von Herzen kommt.

Keine fünf Minuten später klopfte es an meiner Tür. Als ich sie öffne, stand mir Casper direkt gegenüber. Für eine Sekunde sah er mich einfach nur an, seine Augen glänzten. Dann kam er entschlossen auf mich zu, riss mich in seine Arme und küsste mich. Heftig und innig und voller Leidenschaft. Und in dieser Nacht schickte ich ihn nicht nach Hause.

Casper und ich waren also wieder zusammen. Ich war so glücklich darüber, dass mich nicht mal Beccas *Bedenken* – heute weiß ich es besser – runterziehen konnten.

»Meinst du nicht, das war zu früh?«, sagte sie, als ich ihr von unserer Versöhnung erzählte. »Überleg es dir lieber noch mal.«

Einmal warf sie sogar beiläufig ein, dass er vielleicht eine andere hatte oder gehabt hatte. Doch damals erschien mir das so unwahrscheinlich und an den Haaren herbeigezogen, dass ich richtig sauer wurde und Becca zusammenstauchte, wie sie nur so gemein sein konnte, Casper eine Affäre zu unterstellen.

»Das reicht jetzt! Ich will nichts mehr davon hören! Casper und ich sind wieder zusammen – akzeptier das oder verpiss dich aus meinem Leben!«

Und von da an war Ruhe. Hätte ich sie damals weitermachen lassen, wäre die Wahrheit sicher früher ans Licht gekommen. In dem Zustand, in dem sich unsere Beziehung gerade befand, hätte sie es sicher nicht überlebt. Hätte ich es schon damals erfahren, hätte ich mich wohl endgültig von Casper getrennt. Und von Becca ebenso. Wer weiß, ob ich jetzt hier läge, wenn es anders gekommen wäre. Wer weiß, wie die letzten sechs Jahre verlaufen wären. Ob ich heute an der Seite eines anderen oder wieder zurück nach Hause gezogen wäre. Ich weiß es nicht und ich werde es nie erfahren. Aber das macht nichts. Denn ich bereue es nicht. Meine zehn Jahre mit Casper waren wunderschön. Trotz oder gerade weil wir uns vor sechs Jahren eine Auszeit genommen haben, um unsere Liebe wiederzuentdecken und unsere Beziehung neu zu definieren.

Und was Becca angeht: Den Betrug, nein, den kann ich ihr nicht verzeihen. Zumindest noch nicht. Aber dass sie sich in Casper verliebt hat … kann ich ihr das wirklich zum Vorwurf machen? Ich meine, wenn das jemand verstehen kann, dann doch wohl ich.

Gefühle sind weder richtig noch falsch – sie sind einfach da.

Kapitel 19

Meine Werte werden von Tag zu Tag schlechter. Obwohl sie mich vom Beatmungsgerät nehmen konnten und alle schon dachten, damit hätte ich das Schlimmste überstanden, sacken Puls und Sauerstoffsättigung immer wieder ab. Dad hat Casper nach Hause geschickt, nachdem er die letzten sechsunddreißig Stunden entweder an meinem Bett oder, wenn jemand anders bei mir im Zimmer war, im Wartebereich gesessen hat. Zuerst bestand er darauf hierzubleiben, aber Dad legte ihm die Hand auf die Schulter.

»Geh nach Hause, schlaf ein paar Stunden, dusch dich, zieh dich um und dann kommst du wieder her. Wenn in der Zwischenzeit irgendwas sein sollte, ruf ich dich an.«

Casper, der noch immer den Anzug trug, mit dem er aus New York gekommen war, schaute an sich hinunter und gab meinem Dad schließlich recht, dass er eine Dusche wohl dringend nötig hatte. Mit Mum machte es Dad genauso, er schickte sie zu ihrer Freundin Judy, einer ehemaligen Kollegin aus Mums Zeit als Uniprofessorin, die meinen Eltern und Emma ihr Gästezimmer angeboten hatte, solange sie in Chicago sind.

Jetzt sind Dad, Emma und ich schon eine ganze Weile allein. Meine kleine Schwester sitzt neben meinem Bett auf dem Stuhl, hat die Beine angezogen und liest mir aus Büchern vor, die Mum uns vorgelesen hat, als wir noch klein waren. Und während Dad immer wieder eindöst, lausche ich Emmas Stimme, die mich nach Phantasia zu Atreu und der Kindlichen Kaiserin entführt. Die uralte Morla zu imitieren, gelingt ihr fast so gut wie Mum.

Ein Klopfen lässt uns alle aufblicken. Der Arzt steht im Türrahmen. Dad ist sofort hellwach.

»Gibt es was Neues?«, fragt er und schluckt. Er kommt mir vor, als ob er unbedingt wissen will, wie es um meinen Zustand bestellt ist, aber gleichzeitig fürchterliche Angst vor der Antwort hat.

Der Chirurg kneift die Lippen zusammen, bis sie weiß und blutleer erscheinen. »Es ... sieht nicht gut aus«, sagt er schließlich.

Ich sehe meinem Dad an, wie er die Worte des Arztes aufnimmt. Wie sie in ihn einsickern und ihn erbleichen lassen.

»Junes Organe versagen. Nieren und Leber funktionieren nur noch eingeschränkt. Aber es ist vor allem ihr Herz, das uns Sorgen macht. Durch die Vorerkrankung ist es bereits zu irreparablen Gewebeschäden gekommen. Der Aufprall und die Reanimation haben es zusätzlich geschwächt.« Er gibt den beiden einen Augenblick Zeit, um diese Information sacken zu lassen, dann legt er nach. »Junes Herzleistung liegt im Moment bei etwa dreißig Prozent und es wird immer schwächer.«

»Warum tun Sie dann nichts?«, fragt Emma und ihre Worte klingen wie eine Anklage. »Schließen Sie sie wieder an das Beatmungsgerät an! Spritzen Sie ihr Adrenalin! Keine Ahnung! Aber tun Sie irgendwas!«

Langsam schüttelt der Arzt den Kopf. »Um June zu helfen, braucht es etwas mehr als das«, sagt er und richtet den Blick nach oben. Für einen Augenblick frage ich mich, ob er ein gläubiger Mensch ist. Ob er sich in diesem Moment vielleicht sogar ein bisschen Hilfe von oben erbittet. »Es gibt nichts, was wir noch tun können. Es tut mir leid.«

»Wie lange?«, fragt Dad nur, und seine Stimme klingt, als würde er ersticken. Emma steht einfach nur da, den Mund in Fassungslosigkeit weit aufgerissen.

»Stunden«, antwortet der Arzt und Emma bricht zusammen.

»Es tut mir leid«, sagt er noch einmal, und auch wenn er bestimmt erfahren ist im Umgang mit den Angehörigen sterbender Patienten, merkt man ihm an, wie ungeheuer schwer es ihm fällt.

Ich stelle mir vor, wie er am Abend zu seiner Familie nach Hause fährt, seiner Frau zur Begrüßung einen Kuss gibt, seine Kinder auf den Arm nimmt und versucht zu vergessen, was er an diesem Tag erlebt hat. Weil nun andere Dinge wichtig sind. Vielleicht hatte sein Sohn Ärger in der Schule. Vielleicht ist seine Tochter beim Spielen hingefallen und hat sich das Knie aufgeschlagen. Vielleicht hat seine Frau beim Einkaufen ihr Portemonnaie verloren. Vielleicht beklagt sie sich darüber, dass er immer so lange arbeitet. Vielleicht sieht sie ihm an, dass er einen schweren Tag hatte. Vielleicht fragt sie ihn sogar danach. Vielleicht vertraut er ihr an, dass er einem Vater sagen musste, dass seine Tochter sterben wird. Vielleicht macht er es mit sich selbst aus. Ich weiß es nicht. Doch für ihn geht das Leben weiter. Für mich ist hier offenbar Endstation.

Als Casper und meine Mutter dazukommen und der Arzt auch ihnen eröffnet, dass sie sich auf das Schlimmste vorbereiten sollen, halte ich es nicht mehr aus. Meine Beine setzen sich wie von allein in Bewegung. Schritt für Schritt gehe ich rückwärts auf die Tür zu, während im Zimmer Worte wie *Abschied*, *Beistand* und *psychologische Betreuung* fallen. Ich höre noch den Schrei meiner Mutter und Caspers vehementes »Nein! Nein! Nein!«. Und dann laufe ich. Ich laufe weg. Lasse sie mit meinem sterbenden Körper allein zurück. Lasse mich vom Labyrinth aus Krankenhausgängen verschlucken. Wohin ich laufe, ist mir egal. Ich will einfach nur weg. So weit wie möglich. Verzweifelt versuche ich zu fliehen, mich vom Nebel forttragen zu lassen. An den anderen Ort. Dort herrscht Stille. Kein Weinen, kein Wimmern, kein Flehen. Nur Stille. Wunderbare erlösende dumpfe Stille. Kein Schmerz mehr. Nein, kein Schmerz mehr. Es ist genug.

Die einzige Beerdigung, auf der ich je gewesen bin, war die meiner Schwester. Wegen der Art und Weise, wie sie gestorben ist, wurde ihr eine traditionelle Beerdigung verwehrt. Selbstmord ist in der katholischen Kirche nämlich nicht gern gesehen. Statt eines Pfarrers hielt also eine Ordensschwester die Grabrede. Und wahrscheinlich war das sogar besser so. Ich hätte die hohle Phrasendrescherei von jemandem, der sie nicht gekannt hatte und in solchen Fällen höchstwahrscheinlich seine Standardrede für tote junge Frauen gehalten hätte, nicht ertragen. Schwester Mary Anna jedoch hatte, obwohl auch sie Grace nicht persönlich gekannt hatte, das Feingefühl und die Empathie, die es brauchte. Sie kam uns zu Hause besuchen, stellte viele Fragen und versuchte Grace so gut wie möglich kennenzulernen. Grace hatte, im Gegensatz zu meiner Mutter, mit Kirche und Glauben nie viel anfangen können. Vielleicht war sie dazu einfach noch zu jung gewesen. Aber ich glaube, sie hätte Schwester Mary Anna gemocht.

Zwölf Jahre ist das nun her und obwohl man meinen könnte, ich hätte gelernt, mit dem Tod umzugehen, muss ich gerade feststellen, dass es noch mal etwas ganz anderes ist, wenn es sich um den eigenen Tod handelt. Ich kann nicht umhin, mir mein eigenes Begräbnis vorzustellen, frage mich, welches Lied sie wohl spielen werden, wer meine Trauerrede hält und ob viele Menschen kommen werden, um Abschied zu nehmen.

Werden sie um mich weinen? Ich stelle mir Casper vor, wie er an meinem Grab steht, Blumen niederlegt. Ich stelle mir vor, wie er nach Hause geht, wenn es vorbei ist, und nichts mehr so sein wird wie zuvor. Wird er je wieder glücklich werden? Wird er vielleicht eines Tages eine andere kennenlernen? Eine, die er genauso lieben kann wie mich? Eine, die ihn so liebt, wie er es verdient? Die seine Macken akzeptiert und ihn den Menschen sein lässt, der er ist? Ich wünsche es ihm – und gleichzeitig ist allein die Vorstellung für mich unerträglich.

Vier Monate zuvor – Dezember 2017

Mein Vater sagte einmal: »Wenn man zehn Jahre zusammen ist, trennt man sich entweder, oder man heiratet.« Obwohl da durchaus was dran sein mag, hätte ich es mit Casper wohl weitere zehn Jahre ohne Ring am Finger ausgehalten. Und doch waren wir, als Casper um meine Hand anhielt, auf den Tag genau zehn Jahre zusammen.

Casper hatte seinen Boss tatsächlich dazu überreden können, ihm eine ganze Woche am Stück freizugeben. Es war kurz vor Silvester und vielleicht war der alte Scrooge – äh, sorry, der alte Sloan – ja noch in Weihnachtsstimmung und das machte ihn etwas nachsichtiger als sonst. Wir hatten jedenfalls beide dringend etwas Sonne nötig. Also flohen wir auf die Bahamas, um dem eisigen Chicagoer Winter zu entkommen. Es war ein wunderschöner Urlaub, das Wetter war bombig und wir nahmen so viel Sonne in uns auf, wie wir nur kriegen konnten. Lagen den ganzen Tag am Strand, mieteten ein Auto und fuhren die halbe Insel ab. Aßen gut, tranken noch besser und schliefen jede Nacht miteinander. Man hätte meinen können, es wären unsere Flitterwochen.

An unserem Jahrestag, es war der zehnte, wie bereits erwähnt, gönnten wir uns einen Besuch in einem besonders schicken Restaurant. Und nach einem wunderbaren Essen und einer Flasche hervorragendem Wein gingen wir am Strand spazieren. Casper war am Vortag für ein paar Stunden verschwunden und meinte nur, er habe ein wunderschönes Plätzchen entdeckt, das er mir gern zeigen möchte. Zielstrebig führte er mich zu einer verlassenen kleinen Bucht, von wo aus man einen atemberaubenden Sonnenuntergang genießen konnte. Das versprach er mir zumindest.

Als wir dort ankamen und ich als Erstes den silbernen Champagnerkühler entdeckte, in dem sich das orangerote Licht der untergehenden Sonne spiegelte, schwante mir schon etwas. »Champagner?«, fragte ich nur.

»Es ist unser Jahrestag«, erwiderte er souverän, doch bei genauem Hinsehen konnte ich das kräftige Pulsieren an seinem Hals deutlich erkennen.

Wir setzten uns auf einen Felsen. Casper reichte mir ein Glas.

»Auf uns«, sagte er, stieß mit mir an und leerte sein Glas in einem Zug.

Ich schmunzelte. Man hätte den Eindruck gewinnen können, er müsste sich Mut antrinken für das, was er als Nächstes vorhatte. Wir saßen noch ein paar Minuten beieinander, und als die glutrote Sonne den Horizont berührte, entschied Casper, dass der Moment nun gekommen war.

Wortlos half er mir auf, dann ging er vor mir auf die Knie. Mein Herz machte einen Satz und rutschte mir dann direkt in die Hose.

Oh mein Gott! Passiert das gerade wirklich?

Er nahm meine Hand, sah voller Liebe zu mir auf. Seine Augen glänzten.

»June Eleonore Blackwood«, sagte er, und reflexhaft schämte ich mich für meinen zweiten Vornamen, wie ich es immer tat, wenn mich jemand damit ansprach. Es war der Name meiner

Urgroßmutter, Dads Großmutter, die er sehr geliebt hatte. Ich hatte sie nie kennengelernt und fand den Namen einfach nur altbacken und peinlich.

»Ich weiß, dass du deinen zweiten Vornamen nicht leiden kannst«, fuhr Casper fort, und ich lief rot an, weil es so offensichtlich war. »Aber ich spreche dich ganz bewusst mit deinem vollen Namen an, denn auch er ist ein Teil von dir – und das, was ich dir nun zu sagen habe, gilt dir mit allem, was du bist.«

Er holte tief Luft. Ich hielt den Atem an.

»Ich liebe dich, June – jeden einzelnen Teil von dir. Ich liebe auch die Dinge, die du an dir selbst nicht magst.« Ein Lächeln brachte seine blauen Augen zum Funkeln. »Sogar deinen zweiten Vornamen. Ich liebe dich mit allem, was du bist, und mit allem, was ich bin. Mit jeder Faser, jeder Zelle und jedem Gedanken liebe ich dich.«

Er hielt kurz inne und zog etwas aus seiner Hosentasche. Eine samtüberzogene Schatulle kam zum Vorschein. Ich bekam Schnappatmung. Golden und feurig brach sich das Sonnenlicht auf der Wasseroberfläche wie tausend funkelnde Diamanten. Der Augenblick hätte nicht perfekter sein können. Meine Hände fingen erst an zu kribbeln, dann zitterten sie ein wenig.

»Du bist mir beste Freundin, wunderschöne Geliebte und starker Partner zugleich. Du bist meine andere Hälfte. Ohne dich kann ich nicht sein, nur mit dir bin ich ganz. Wenn ich von dir getrennt bin, denke ich an dich, in jeder Minute. Wenn ich bei dir bin, muss ich dich ansehen, dich berühren. Du bist der wundervollste, ehrlichste, aufrichtigste und mutigste Mensch, den ich kenne.«

In diesem Moment klappte er die kleine Schatulle auf und ein perfekt geschliffener ovaler Diamant funkelte mir entgegen. Er fing die letzten Sonnenstrahlen ein und ließ sie tanzen. Meine Beine wurden so weich, als bestünden meine Knie aus Pudding.

»Ich will für dich da sein, wann immer du mich brauchst, will für dich kämpfen, dich beschützen und für dich sorgen. Ich will alles tun, um dich glücklich zu machen. Du bist das größte Geschenk, das mir das Leben machen konnte, und ich kann mir nichts Schöneres vorstellen als ein ganzes Leben mit dir an meiner Seite. Nichts würde mich glücklicher machen.« Casper sah mir tief in die Augen, dann nahm er meine Hand. Mit der anderen reckte er mir den glitzernden Ring entgegen. »Und darum bitte ich dich, June Eleonore Blackwood: werde meine Frau.«

Mit aufgerissenen Augen stand ich da, konnte den Blick nicht von ihm abwenden. Ich war von seinen Worten so gefesselt, dass mehrere Sekunden vergingen, ehe mir bewusst wurde, dass Casper auf eine Antwort wartete.

»JA!«, schrie ich sie beinah hinaus. »Ja, natürlich!«

Casper atmete auf; erst als er die Schultern entspannt sinken ließ, sah ich, wie angespannt er die ganze Zeit über gewesen war. Hatte er tatsächlich gedacht, ich könnte Nein sagen? Das war vollkommen absurd.

Noch bevor er mir den Ring an den Finger stecken konnte, fiel ich ihm so stürmisch um den Hals, dass er Mühe hatte, das Gleichgewicht zu halten.

»Ja!«, sagte ich noch einmal, und dann liebten wir uns, bis die Sonne am Horizont verschwunden war.

Heute – 2018

Ich schließe die Augen und denke an die Menschen, die mich lieben und die ich liebe. Ich sehe sie vor mir. Sehe sie an. Einen nach dem anderen. Versuche, mir ihre Gesichter einzuprägen. Ich will sie bei mir tragen, wohin auch immer ich gehe. So oft habe ich sie weinen sehen, jeden von ihnen, doch in diesem Moment sind ihre Gesichter glücklich. In meiner Erinnerung lacht Mum aus vollem Halse, drückt mich fest an sich und küsst mich schmatzend auf die Wange. Ich sehe Dad, wie er mich als Kind hoch in die Luft wirft und lachend wieder auffängt. Ich sehe Emma, die mir über einen unserer unzähligen Insiderwitze verschmitzt zuzwinkert. Grandma, die mir, mit einem verschwörerischen »aber sags nicht deiner Mum«, heimlich Schokolade zusteckt. Und ich sehe Casper, wie er mich fest im Arm hält, den Duft meiner Haare einatmet, mich ansieht, als wäre nichts außer mir für ihn von Bedeutung.

Ja, das ist es. Genauso möchte ich sie alle in Erinnerung behalten. Ich halte die Bilder fest, konserviere und bewahre sie. Tief in meinem Inneren.

KAPITEL 20

Etwas *müssen* heißt nicht zwangsläufig, dass man etwas nicht will. Es heißt lediglich, dass die Situation es erfordert. Ob man will oder nicht, spielt dabei eine untergeordnete Rolle. Und so ist es auch jetzt. Ich muss sterben, ob ich will oder nicht. Jeder muss das. Jetzt oder irgendwann. Alles, was zählt, ist, wie ich mein Leben gelebt habe.

Ich kann von mir behaupten, dass ich mir immer Mühe gegeben habe, ein guter Mensch zu sein. Natürlich gibt es Dinge, die ich im Nachhinein anders machen würde. Ein paar Sachen, für die ich mich schäme – wie den Ladendiebstahl, den ich als Dreizehnjährige begangen habe, und ein, zwei dämliche Lügen, die mich eingeholt haben. Ein paar Situationen, in denen ich mutiger hätte sein sollen, wie damals, als dem kleinen Mädchen im Schulbus von drei Jungs die Haare abgeschnitten wurden und ich mich nicht traute, ihr zu helfen. Oder Momente, in denen ich einfühlsamer und nachsichtiger hätte sein müssen. Wie mit Casper, als ich ihn wegen des hässlichen Plastikpinguins, den er wieder aus der Mülltonne gefischt hat, zusammengestaucht habe, ohne zu merken, wie viel ihm das Teil bedeutet, weil es ihn an die wenigen glücklichen Tage seiner Kindheit erinnert. Niemand spaziert einfach so durchs Leben und macht von Anfang an alles richtig. Niemand ist perfekt. Jeder macht Fehler. Das Entscheidende ist, jene, denen man wehgetan hat, um Verzeihung zu bitten, sich selbst zu verzeihen und es von da an besser zu machen. Es waren nicht zuletzt meine Fehler, die mich zu dem Menschen gemacht haben, der ich heute bin. Die mich den Unterschied lehrten zwischen Richtig und Falsch, zwischen Gut und Böse. Die mich erkennen ließen, was im Leben wirklich zählt und wovon ich nur dachte, dass es wichtig sei. Also, nein – ich bereue nicht, sie gemacht zu haben.

»Jetzt liegt es an dir«, hallen die Worte der OP-Schwester in meinen Gedanken nach. Hat sie recht? Ist es noch nicht entschieden? Gibt es noch eine Chance? Ist es tatsächlich meine eigene Entscheidung, ob ich weiterlebe oder sterbe? So einfach sich das anhört – ich weiß nicht, wie. Ich habe keine Ahnung, wie ich in meinen Körper zurückkehren kann. Und selbst wenn ich es wüsste, habe ich furchtbare Angst davor. Ich habe Angst vor den Schmerzen, die ich durch diesen Körper spüren werde. Ich habe Angst, nicht mehr dieselbe zu sein, wenn ich aufwache. Was, wenn ich den Rest meines Lebens an einen Rollstuhl gefesselt bin? Was, wenn ich einen Hirnschaden davongetragen habe? Was, wenn meine Organe nicht mehr richtig funktionieren und ich durch eine Magensonde ernährt werden muss oder einen künstlichen Darmausgang bekomme? Will ich das? Ist es das überhaupt wert? Ich meine, wäre Casper mit einer toten Verlobten und der Chance auf ein normales Leben nicht besser dran als mit einem Pflegefall, der rund um die Uhr betreut werden muss? Ich weiß nicht, was mich erwartet. Weder auf der einen noch auf der anderen Seite. Ich weiß nicht, wie es ist zu sterben, und ich weiß nicht, was danach kommt. Werde ich mit Grace zusammen sein? Wird sie mir verzeihen, was ich ihr bei unserer letzten Begegnung an den Kopf geworfen habe? Oder ist sie gar für immer verschwunden? Werde ich sie überhaupt je wiedersehen? Ich wünsche es mir von ganzem Herzen. Im Leben hatte ich viel zu wenig Zeit mit ihr.

Aber was wird aus Mum? Werden Dad und Emma sie auffangen können, wenn ich nicht mehr da bin? Ist Emma überhaupt noch stark genug dazu? Und Dad? Wann ist der Punkt erreicht, an dem auch er nicht mehr kann? Wie viel kann er noch ertragen, bis er endgültig zusammenbricht?

Und Casper – wird er je darüber hinwegkommen? Auf einmal vermisse ich ihn so sehr, dass es wehtut.

Nein! Ich kann ihn nicht allein lassen. Solange ich noch hier bin, und sei es nur als Schatten meiner selbst, kann und will ich ihn nicht verlassen. Unsere Zeit ist fast abgelaufen. Ich will keine Sekunde verschwenden. Wie der Wind stürme ich zurück in mein Zimmer. Nur Casper ist da. Er hat sich zu mir ins Bett gelegt, ganz dicht neben mich, und streichelt mir liebevoll durchs Haar.

»Du bist so schön«, flüstert er mir ins Ohr. »Sogar jetzt, wo du kaum noch hier bist, bist du wunderschön.«

Lange, sehr lange sieht er mich einfach nur an. Betrachtet mein schlafendes Gesicht, als wolle er sich alles ganz genau einprägen. Jede Wimper, jede Linie, jede Kerbe und jeden Schwung. Immer wieder streicht er dabei mit den Fingerspitzen über mein Haar. Ich schließe die Augen, neige mich vor und atme ein. Erinnere mich an den Duft verschlafener Wärme auf seiner Haut, wenn wir sonntagmorgens nebeneinander aufwachen. Und dann küsst er mich. Mit warmen, weichen Lippen. Er küsst mich und lässt seinen Mund auf meinem liegen. Unser Atem vermischt sich. Ich halte die Augen geschlossen, spüre Caspers Lippen auf meinen und fühle, wie wir eins werden.

»Ich weiß, du musstest in deinem Leben so viel Scheiße durchmachen, dass es für zwei Leben reicht«, flüstert er an meinem Mund. Eine Träne rinnt über sein Gesicht, bleibt an seiner Nasenspitze hängen, tropft auf meine Wange und zerfließt auf meiner Haut. »Ich kann verstehen, wenn du das alles hinter dir lassen möchtest. Wirklich. Ich kann es verstehen. Und ich wäre dir deswegen nicht böse.« Casper unterdrückt ein Wimmern, dann schlingt er seine Arme vorsichtig um meinen geschundenen Körper. Er hält mich, als versuchte er, mich mit seiner Kraft am Leben zu halten. Als versuche er, sein Leben auf mich übergehen zu lassen. »Es ist nur so, dass ich dich liebe, weißt du? So sehr, dass mir das Herz aus der Brust gerissen wird, wenn du jetzt gehst. Vielleicht ist es egoistisch, das von dir zu verlangen, aber bitte, June, bitte, bitte, bitte bleib bei mir. Bleib bei mir und werde meine Frau. Werde die Mutter meiner Kinder und lass uns zusammen alt werden. Bitte, June. Bitte. Ich kann ohne dich nicht leben.«

Während Casper spricht, ist sein ganzer Körper angespannt. So, als würde er all seine Kraft in die Worte legen, die er mir zuflüstert. Als müsse er mich überzeugen. Als sei dies die allerletzte Chance. Und nun, da alles gesagt ist, sackt er kraftlos neben mir zusammen. Es ist kaum mehr von ihm übrig als die Kleidung, die er trägt.

Ich sehe ihn an, und plötzlich, ohne jede Vorwarnung, packt sie mich. Rasende, brennende Wut. Nein! Ich will nicht sterben! Ich bin noch nicht bereit dazu. Ich spüre mein Herz in meiner Brust pochen. Und nicht nur der Schatten meines Herzens, nein, mein echtes Herz. Die Herzstromkurve auf dem Überwachungsgerät, an das ich angeschlossen bin, schlägt aus. Verzeichnet kräftige, gleichmäßige Herzschläge. Mein Herz pocht, als wäre es erneut unter Strom gesetzt worden. Zornig, entschlossen und kraftvoll. Bäumt sich ein letztes Mal auf, krallt sich verzweifelt an das letzte bisschen Leben, das noch in ihm steckt. Mein krankes, gebrochenes Herz scheint im Angesicht des Todes stärker zu sein als je zuvor. Doch seine Schläge sind gezählt.

Mein Atem geht langsam und tief. Ich spüre, wie etwas an mir zerrt, mich zu sich holen will.

Nein! Ich bin noch nicht bereit!

Der Gedanke, wie viel Zeit ich in meinem Leben verschwendet habe, mich mit irgendwelchem unbedeutenden Mist beschäftigt habe – er macht mich fassungslos. Zeit, die einem so endlos und unerschöpflich vorkommt, dass man sich langweilt oder sogar hofft, sie möge schnell vorübergehen – eine Vorstellung, die mir jetzt, da ich um jede Stunde, jede Minute, jede Sekunde bange, völlig absurd erscheint. In der Angst, schon im nächsten könne es vorüber sein, klammere ich mich an jeden Augenblick. Jede Sekunde, die Casper hier neben mir liegt, ist unendlich wertvoll. Ich bin unfähig zu sprechen. Ich bin von seinem Anblick wie gefesselt, und ich denke, wenn es für immer so bliebe, wenn er neben mir liegt und ich ihn einfach nur ansehen kann, für alle Ewigkeit, dann würde es genügen.

Irgendwann schläft Casper ein. Unruhig murmelt er vor sich hin. Fast wirkt er wie ein Kind. Ein Junge, der sich in den Schlaf geweint hat. Und während ich seinen gleichmäßigen Atemzügen lausche, werde ich immer schwächer. Es ist, als ob mit jedem Ausatmen von Casper ein bisschen Leben aus mir schwindet. Mein Körper fühlt sich an wie ein Stein. Das Zerren wird stärker. Die andere Seite zieht mich zu sich. Ich kann kaum noch die Augen offenhalten.

»BEEP BEEP BEEP BEEP.«

Casper fährt aus dem Schlaf hoch und auch ich richte mich erschrocken auf. Die Monitore schlagen Alarm. Das schrille Piepen lässt ein Klingeln in meinen Ohren zurück. Bevor Casper und ich richtig realisiert haben, was vor sich geht, strömen Ärzte und Schwestern ins Zimmer. Sofort machen sie sich an die Arbeit.

»Gehen Sie zur Seite«, wird Casper von einer Schwester angefaucht. Er steht da, mit offenem Mund, und lässt sich einfach wegschieben. Fassungslos beobachtet er, wie sie mein Krankenhaushemdchen aufreißen und Strom durch meinen Körper jagen, um mein Herz am Schlagen zu halten.

»In den OP sofort!«, ruft einer der Ärzte.

»Die Zwei ist frei.«

»Los!«

Ich merke, wie mein Blick verschwimmt. Alles um mich herum dreht sich. Ich weiß nicht, was ich tun soll. Soll ich bei meinem Körper bleiben, der gerade durch die Tür geschoben wird? Oder bei Casper, der mich in diesem Moment wahrscheinlich mehr braucht denn je? Ich habe nicht einmal mehr die Kraft, mich zu entscheiden. Casper sinkt zu Boden. Verzweifelt fährt er sich mit den Fingern übers Gesicht und durch die Haare. Ich will zu ihm, doch ich kann mich nicht rühren. Das Neonlicht der Deckenlampe beginnt zu flirren. Die Wände des Krankenzimmers krümmen sich vor meinen Augen. Verzweifelt versuche ich meine Beine in Bewegung zu setzen. Nichts tut sich.

Nein, nein, nein, nein, nein. Ich verfalle in Panik. *Nicht jetzt! Ich kann jetzt nicht gehen!,* rufe ich mit letzter Kraft. *Ich bin noch nicht so weit!*

Meine Lider werden schwer wie Blei. Ich schaffe es kaum, die Augen offen zu halten. Ich zwinge sie auf. Es braucht meine ganze Kraft, Casper anzusehen. Ein gequälter Ausdruck liegt auf seinem Gesicht. Ich will zu ihm. Will ihn trösten. Ihn umarmen. Küssen. Wenigstens ein letztes Mal. Sie zerrt an mir, die andere Seite. Ich kämpfe dagegen an. Mit aller Kraft.

Ich bin noch nicht so weit!

Selbst meine Gedanken werden schwächer.

Hilf mir! So hilf mir doch!

Ich weiß nicht, wem mein Flehen gilt. Ich weiß nur, dass ich noch nicht bereit bin zu gehen.

Ich liebe dich, Casper, hauche ich mit letzter Kraft, *ich werde dich immer lieben.*

Dann entgleitet mir alles.

KAPITEL 21

Ich habe mich oft gefragt, wie sich Sterben anfühlt. Und jetzt, da es so weit ist, habe ich noch immer keine Antwort darauf. Ich bin allein. Umgeben von hellem Nebel. Dieser Ort ist mir mittlerweile nicht mehr fremd. Ich frage mich, wann Grace wohl auftaucht. Ob sie überhaupt auftaucht. Denn diesmal ist es anders. Diesmal werde ich nicht einfach wieder zurückkehren können. Ich weiß es. Mein Körper hat den Kampf verloren. Mein Herz hat versagt. Es gibt keinen Körper mehr, zu dem ich zurückkehren kann. Kein Leben. Und nun bin ich hier. Im Nebel.

Was passiert als Nächstes? Passiert überhaupt noch irgendwas? Ist das das ... Danach? Ist das alles? Ewige Einsamkeit in nebligem Nichts? Ich setze mich auf das, was ich für den Boden halte, schlinge meine Arme um meine Beine und lege den Kopf auf die Knie.

Ein Geräusch durchbricht die Stille. Ich blicke auf. Zuerst höre ich nur ihre Schritte, dann sehe ich Grace aus dem Nebel auf mich zukommen. Sie setzt sich zu mir, zieht die Beine an, ihre Arme ruhen auf ihren Knien. Als ich sie ansehe, schenkt sie mir ein Lächeln.

»Wirst du diesmal bleiben?«, fragt sie nur.

»Denk schon«, antworte ich leise und bette den Kopf in meine Hände. Eine Ewigkeit vergeht, ehe ich in der Lage bin weiterzusprechen. »Es tut mir so leid, Grace.«

»Das muss es nicht.«

»Doch, ich habe furchtbare Dinge zu dir gesagt. Es tut mir leid. Bitte verzeih mir.«

»Na ja«, erwidert sie traurig. »Alles, was du gesagt hast, ist wahr.«

Ich schüttle den Kopf, bin versucht, ihr zu widersprechen. Ich will nicht, dass sie sich meinetwegen schlecht fühlt. Aber genauso wenig will ich sie belügen. Und es stimmt: Alles, was ich gesagt habe, ist wahr. Wie ich es ihr gesagt habe, ist unverzeihlich, aber dennoch – jedes Wort ist wahr. Ich widerspreche ihr nicht.

»Bereust du es?«, frage ich sie stattdessen. »Bereust du, was du getan hast?«

Sie zuckt mit den Schultern. »Es ist, wie es ist. Ob ich es bereue oder nicht, ändert nichts.«

»Mum geht es sehr schlecht, seit du nicht mehr da bist«, sage ich vorsichtig. Ich will nicht, dass Grace sich schuldig fühlt, aber ich möchte, dass sie es weiß.

Sie nickt. Und schweigt.

»Du weißt es, nicht wahr?«

Wieder nickt sie.

»Und du wusstest, dass es so sein würde.«

Sie holt tief Luft, ehe sie zu einer Antwort ansetzt. »Wahrscheinlich.«

»Und trotzdem hast du es getan.« Es ist keine Frage.

Grace schließt einen Moment die Augen, dann hebt sie den Kopf und sieht mich an.

»Warum hast du es getan, Grace?«, frage ich sie geradeheraus. »Warum hast du dich umgebracht?«

Unentwegt sieht sie mich an. Sagt nichts. Vielleicht weiß sie die Antwort nicht … Vielleicht fällt es ihr aber nur unheimlich schwer, sie auszusprechen. Plötzlich atmet sie ruckartig ein und schlägt die Augen nieder. »Ich konnte meinen Körper einfach nicht mehr ertragen.«

Ihre Worte treffen mich wie ein Schlag in die Magengrube. Sie konnte ihren Körper nicht mehr ertragen … Ich nehme mir einen Augenblick Zeit, es sacken zu lassen. Was muss man einem Menschen antun, dass er seinen eigenen Körper nicht mehr ertragen kann?

Die Bilder in meinem Kopf drohen meine Vorstellungskraft zu übersteigen. Die meiste Zeit habe ich sie verdrängt. Habe sie, wann immer ich an jene Nacht zurückdachte und mir ausmalte, was Grace auf dieser Party zugestoßen war, ganz weit weggeschoben und aus meinen Gedanken verbannt. Weil ich es einfach nicht aushalten konnte. Doch manchmal, wenn ich ganz bei mir und für kurze Zeit stark genug war, ließ ich sie zu. Es ließ mir keine Ruhe. Ich musste wissen, was geschehen war. Denn auch wenn Grace in dieser Nacht noch nicht gestorben ist – so nahm doch dort alles seinen Anfang. Danach war sie nicht mehr dieselbe. Um zu verstehen, warum sie sich das Leben genommen hat, musste ich wissen, was auf dieser Party geschehen war. Also fuhr ich nach Graces Tod zu ihren Freundinnen. Sie konnten sich kaum noch an den Abend erinnern. Grace hatte sich auch keiner von ihnen anvertraut, die Tragweite der Ereignisse war ihnen nicht im Entferntesten bewusst. Im Gegenteil – sie wunderten sich über meine Fragen. So gut es ging, versuchte ich den Abend zu rekonstruieren, ging ihn in Gedanken Schritt für Schritt durch. Angefangen bei dem Moment, in dem sich Grace aus dem Haus geschlichen hatte, über das Zusammentreffen mit ihren Freundinnen, die kurze Fahrt, die Ankunft auf der Party in der Wohnung eines Schulkameraden, dessen Eltern verreist waren. Die ausgelassene Stimmung, die Musik, das Tanzen, das

Flirten, der Alkohol. Das »Wir gehen jetzt. Kommst du?« von Graces Freundinnen und ihr »Geht ohne mich, ich bleib noch ein bisschen« … bis zu dem Punkt, an dem Grace bemerkte, dass alle anderen Mädchen gegangen waren. Dass sie … das einzige Mädchen auf der Party war. Ich stellte mir den Moment vor, in dem Grace verstand. Den Moment, in dem sie wusste, was geschehen würde. Die erste Hand an ihrer Hüfte, die erste Stimme an ihrem Ohr, die Angst, das fieberhafte Suchen nach einem Ausweg. Die …

Hm – seht ihr, nicht einmal jetzt schaffe ich es, den Gedanken zu Ende zu denken. Die Bilder zuzulassen. Es zerreißt mich innerlich. Noch immer. Ich weiß, es ist leicht gesagt, aber das, was meiner Schwester passiert ist, fühlt sich für mich beinahe so an, als wäre es mir selbst passiert. Und dennoch: So schrecklich die Bilder waren, die Ungewissheit war schlimmer. Es zehrte mich auf, nicht zu wissen, was sie zum Äußersten getrieben hatte, warum sie sich niemandem anvertrauen wollte. Warum sie sich weigerte, Hilfe anzunehmen. Von mir, von Mum, von wem auch immer. Und warum in Gottes Namen sie nicht dafür sorgen wollte, dass diese verdammten Dreckschweine die Strafe bekamen, die sie verdienten.

Es zehrte mich auf, es nicht zu verstehen. *Sie* nicht zu verstehen. Also versuchte ich, mich an Details zu erinnern. Einzelheiten aus jenen frühen Morgenstunden, als ich sie unter der Dusche fand, nachdem sie es nach Hause geschafft hatte. Kratzer, Prellungen – Dinge eben, die auf einen Kampf hinweisen. Aber da war nichts. Keine Blutspuren unter Graces Nägeln, keine ausgerissenen Haare, kein … nichts. Und je mehr ich darüber nachdachte, desto mehr kam ich zu dem Schluss: Grace hat sich nicht gewehrt – zumindest hat sie nicht gekämpft. Ich weiß, das klingt zunächst wenig überzeugend. Aber lasst mich erklären: Man sagt, Adrenalin bewirkt entweder Kampf oder

Flucht. Aber das stimmt nicht. Es gibt nämlich noch eine dritte Möglichkeit: Freeze.

Der Selbsterhaltungstrieb mancher Menschen äußert sich nicht in den natürlichen Selbstverteidigungsreflexen Kampf oder Flucht, sondern lässt sie in eine Art Schockstarre verfallen. Es müssen in dieser Nacht also so viele Gegner gewesen sein, dass weder der Versuch zu fliehen noch der Versuch zu kämpfen Erfolg versprachen. Graces Gehirn muss ihre Überlebenschancen in jener Situation als so gering eingeschätzt haben, dass sich ihr vegetatives Nervensystem für eine Art reflexhafte Schockstarre als Verteidigungsmechanismus entschieden hat. Ihr Überlebensinstinkt hatte sie dazu gezwungen, alles ohne Gegenwehr über sich ergehen zu lassen. Im Stich gelassen und verraten vom eigenen Körper, unfähig, sich zu verteidigen. Und wahrscheinlich war es am Ende genau das, was sie das Leben gekostet hat.

»Ich konnte meinen Körper einfach nicht mehr ertragen«, wiederholt Grace flüsternd, und ich weiß, dass es stimmt.

Kapitel 22

Ich bin der festen Überzeugung, dass man für seine Taten zur Rechenschaft gezogen wird. In diesem Leben oder im nächsten. Ich glaube, dass man für seine guten Taten belohnt wird, sofern man sie nicht um der Belohnung willen begangen hat. Und ich glaube, dass man für seine Missetaten büßen muss. Anders lassen sich das ganze Unrecht, alles Widerwärtige und all die Grausamkeiten, die die Menschen einander antun, gar nicht ertragen. Ich habe immer versucht, ein guter Mensch zu sein. Und doch bin ich nun hier. Wie lange ich nun schon hier bin, weiß ich nicht. Warum ich hier bin, ebenso wenig. Und wo oder was dieses Hier ist – auch darauf habe ich keine Antwort.

Grace kommt und geht. Wohin sie geht, weiß ich nicht. Ich jedenfalls kann hier nicht weg. Ich sitze fest. Kein Vor und kein Zurück. Nur weißes, nebliges Nichts. Rings um mich herum. So weit das Auge reicht.

Ist das der Himmel? Oder doch die Hölle? Eine Zwischenwelt? Ich gehe im Kreis und denke über mein Leben nach. Das Leben, das ich hatte, und das, das mir verwehrt bleibt. Chancen, die ich ergriffen habe, und andere, die ich ungenutzt ließ. Wahrheiten, die ich offenbart habe, und andere, die ich unausgesprochen ließ. Menschen, die mich begleitet und sich wieder von mir entfernt haben. Liebe, die ich empfunden und anderen geschenkt habe. Mum, Dad, Grace, Emma, Casper. Casper. Oh, Casper, es tut mir so leid. Jetzt, wo wir uns ganz und gar füreinander entschieden haben, muss ich dich verlassen. Es tut mir so unendlich leid. Bitte verzeih mir, dass ich dir nicht das Leben schenken kann, das du verdient hast. Bitte verzeih mir, dass ich nicht da sein werde, um dich zu trösten.

Als Grace sich zeigt, schwebe ich irgendwo zwischen Taubheit und Zorn. Ich bin versucht, mich dem Nichts hinzugeben und mit dem Nebel zu verschmelzen. Nichts hören, nichts sehen, nichts fühlen. Nichts … *sein*. Es wäre so einfach. Doch die Wut hält mich fest. Soll das das Ende sein? Hier? Für immer? Was hätte das Leben für einen Sinn, wenn es so endet? Im Nebel der Vergessenheit. Ich merke, wie ich mit jedem Schritt, den Grace auf mich zukommt, wütender werde.

»Warum sind wir hier?«, will ich von ihr wissen. Ich frage sie das nicht nur um meinetwillen. Ich frage es für uns beide. Auch wenn Zeit keine Bedeutung mehr für sie hat – zwölf Jahre ist sie nun schon an diesem Ort gefangen. Eine unerträglich lange Zeit.

Sie scheint über meinen Ton nicht einmal erstaunt zu sein und zuckt nur mit den Schultern.

»Hast du dich das denn nie gefragt?«

Grace sieht mich einfach nur an.

»Was ist das hier?« Unwillkürlich werde ich lauter. Graces Schicksal, ihr Kummer, das Leid und der Schmerz, den sie im Leben ertragen musste und den sie selbst jetzt, nach ihrem Tod, noch mit sich trägt, macht mich unfassbar wütend. Das Leben ist ungerecht, ja! Aber kann sie nicht wenigstens im Tod Erlösung finden. Kann sie nicht in Frieden gehen?

»Ist das Frieden?«, schreie ich. »Eine Ewigkeit in einer Wartehalle zu verbringen? Ist das Frieden für dich?!«

»Nein«, sagt sie leise und all ihre Verletzlichkeit liegt in diesem einfachen kleinen Wort.

»Warum tust du dann nichts? Warum gehst du nicht einfach weg von hier?«

»Ich kann nicht«, sagt sie nur und die Endgültigkeit im Klang ihrer Stimme fährt mir durch Mark und Bein. Meine Wut schlägt in Verzweiflung um. In Hilflosigkeit.

»Ich liebe dich, Grace. Ich kann es nicht ertragen, dich so leiden zu sehen.«

Sie versucht zu lächeln. »Ich leide nicht. Nicht mehr.«

»Aber was soll das hier?« Ich breite meine Arme aus und deute auf das Nichts, das uns umgibt. Ich verstehe diesen Ort einfach nicht.

»Ich denke, das ist der Ort, an dem meine Reise endet«, antwortet Grace nachdenklich.

»Wie bitte?« Es ist nicht auszuhalten! Das alles ist so ungerecht. »Wie könnte das hier«, wieder breite ich die Arme aus, »das Ende sein?!«

Sie lächelt freudlos und zuckt dann mit den Schultern. Und in diesem Moment dämmert es mir. Grace ist nicht hier, um *mir* zu helfen – ich bin hier, um *ihr* zu helfen. Das ist überhaupt erst der Grund, warum ich hier bin! Sie hängt hier fest! Ohne Hilfe kann Grace hier nie wieder weg.

Du kannst ihr helfen, flüstert mir meine innere Stimme zu. *Frag sie. Stell ihr die eine, die alles entscheidende Frage.* Und ich tue es.

»Warum bist du hier, Grace?«

»Ich weiß es nicht«, antwortet sie und zuckt erneut mit den Schultern.

»Warum bist du hier?«, frage ich noch mal. Diesmal eindringlicher.

»Ich weiß es nicht«, gibt sie zurück. Sie scheint völlig desinteressiert. Die Bedeutung dieser alles entscheidenden Frage ist ihr offenbar nicht im Entferntesten bewusst.

»Warum bist du hier?« Unwillkürlich werde ich lauter. Als Grace sieht, wie wütend ich plötzlich bin, runzelt sie die Stirn. Sie ist gerade im Begriff, sich umzudrehen und davonzugehen, als ich sie grob an den Schultern packe, sie zwinge, sich umzudrehen und mich anzusehen.

»Warum bist du hier, Grace?«

Sie seufzt, klingt müde. »Das weiß ich nicht. Es ist eben, wie es …« Sie unterbricht sich, weil ich drauf und dran bin, sie zu schütteln, dann setzt sie rasch hinzu: »Bitte. Hör auf damit.«

»Nein.« Ich schüttle energisch den Kopf. »Es gibt einen Grund, warum du hier bist. Du kennst ihn.« Ich sehe ihr direkt in die Augen und stelle ihr diese eine, alles entscheidende Frage ein weiteres Mal: »Warum bist du hier?«

»Ich weiß es nicht.«

Ich packe sie am Arm. Ich bin fest entschlossen. Sie wird nirgendwo hingehen, ehe sie mir nicht diese Frage beantwortet hat.

»WARUM BIST DU HIER?«

»Lass mich!« Grace reißt sich von mir los und wendet sich ab. »Geh weg!«

»Nein! Sag es mir! Du weißt es. Warum bist du hier, Grace?«

Sie dreht sich zu mir zurück, sieht mich eine Sekunde lang direkt an, dann schlägt sie die Augen nieder. Sie flüstert etwas. Ich kann die Worte nicht verstehen.

»Was?«, fordere ich sie auf, es zu wiederholen.

»Du verstehst das nicht«, sagt sie. So leise, dass ich es gerade noch hören kann.

»Was verstehe ich nicht?«

Grace öffnet kurz den Mund, doch dann schließt sie ihn wieder. Anstatt mir zu antworten, senkt sie den Blick Richtung Boden.

»Warum bist du hier, Grace? Sag es mir. Du kennst die Antwort.« Mit jeder Sekunde, die sie sich wehrt, werde ich wütender. Mein Griff wird fester. »Na los! Sag es endlich!«, brülle ich ihr ins Gesicht.

Grace schüttelt den Kopf. »Du verstehst das nicht, June.« Ihre Stimme hat einen so aufrichtig drängenden Unterton, dass ich sie aufmerksam ansehe.

»Was verstehe ich nicht?« Mein Ton ist jetzt ruhiger. Gespannt warte ich die Antwort ab.

Doch sie kommt nicht. Grace bleibt stumm, schüttelt nur immer wieder den Kopf und murmelt leise vor sich hin: »Hör auf damit, bitte, hör auf damit.«

Und dann treffe ich eine Entscheidung. Wenn Grace nicht in der Lage ist, es auszusprechen, muss ich es tun. »Du fühlst dich schuldig, nicht wahr?«

Sie kneift die Augen zusammen, schüttelt den Kopf, hält sich die Ohren zu. Sie wehrt sich, will es nicht hören. Will es nicht wahrhaben. Und da weiß ich, dass ich recht habe.

Durch ihren Selbstmord hat Grace sich an diesen Ort gebracht. Tief in ihrem Inneren weiß sie – nein, sie spürt es –, was sie uns, den Menschen, die sie über alles geliebt haben und immer noch lieben, angetan hat. Und sie muss sich deswegen unheimlich schuldig fühlen. Dies ist ihre selbst auferlegte Strafe – ein nie endendes Dasein im allumfassenden Nichts. Niemals das Licht zu sehen, nur den Nebel. Keine Erlösung, kein Frieden.

Ich nehme ihre Hände, nicht grob, wie eben noch, nein. Meine Berührung ist zärtlich und voll der Liebe, die ich für meine Schwester empfinde. Ich fange ihren Blick mit meinen Augen ein und halte ihn fest.

»Was immer dich hier festhält«, sage ich ruhig und eindringlich, »lass es los.«

»Loslassen?« Widerstrebend schüttelt sie den Kopf. Tut so, als wüsste sie nicht, wovon ich rede.

209

Ohne Zweifel – sie bestraft sich selbst dafür, uns verlassen zu haben. Ich kenne meine Schwester und weiß, dass ich recht habe, doch ich spüre auch, dass das noch nicht alles ist, was sie hier gefangen hält. Da ist noch mehr.

»Du musst loslassen, Grace. Es ist der einzige Weg.« Ich sehe ihr direkt in die Augen und weiß, dass sie verstanden hat.

Sofort zieht sie ihre Hand weg. »Was willst du damit sagen?« Fassungslos, fast schon entsetzt, starrt sie mich an. »Dass ich *ihnen* vergeben soll?! Dass ich diesen Monstern verzeihen soll, was sie mir angetan haben? Dass ich nach der rechten auch noch die linke Wange hinhalten soll? Willst du das damit sagen?!«

Und da haben wir ihn. Den anderen Grund, warum Grace diesen Ort nicht verlassen kann. Noch immer ist sie voller Hass. Hass gegenüber jenen, die ihr Fürchterliches angetan haben, aber auch Hass gegenüber sich selbst. Und das ist der springende Punkt. Sie hasst sich selbst dafür, was ihr geschehen ist. Vielleicht wirft sie sich selbst vor, nicht auf Mum und Dad gehört zu haben. Vielleicht hasst sie sich dafür, sich selbst in die verhängnisvolle Situation gebracht zu haben. Vielleicht hasst sie sich dafür, dass sie nie über die Ereignisse dieser Nacht hinwegkam, sich selbst nie die Chance auf ein normales Leben geben konnte. Vielleicht trifft eine meiner Vermutungen zu, vielleicht alle. Sicher ist jedoch, dass sie sich selbst dafür bestraft, sich das Leben genommen zu haben – mit einer Ewigkeit im Nichts.

Grace ist außer sich. Kämpft voll Widerwillen gegen die Tränen an, die ihr in die Augen schießen.

»Dass es meine eigene Schuld ist, dass ich hier festsitze, weil ich nicht in der Lage bin, zu vergeben?!« Sie atmet so krampfhaft ein, dass ihre Lunge ein pfeifendes Geräusch von sich gibt. »Willst du das damit sagen?«

Grace sieht mich aus einem Tränenschleier heraus an, ich bezweifle, dass sie überhaupt noch etwas erkennen kann.

Die Erkenntnis trifft mich wie ein Blitz. Klar und deutlich sehe ich es vor meinen Augen. Als hätte ich einen kleinen Schubs bekommen. Als wäre jemand bei mir, der mir die richtigen Worte ins Ohr flüstert. Mich an der Hand nimmt und mir den Weg weist.

Langsam schüttle ich den Kopf. »Es geht nicht um Vergebung«, sage ich sanft und greife nach ihrer zitternden Hand. »Darum ging es nie. Denn dann ginge es um sie. Um die, die dir dieses fürchterliche, unvorstellbare Verbrechen angetan haben.« Ich atme tief und sehe ihr in die Augen. »Nein, es geht nicht um Vergebung. Es geht allein um dich. Darum, dass du deinen Frieden findest – deinen Frieden mit dir selbst.«

Grace sieht mich an, erstarrt für einen endlosen Augenblick.

»Es war nicht deine Schuld.« Ich kann nun selbst kaum die Tränen zurückhalten. »Vergib dir selbst. Du hast nichts Unrechtes getan. Es ist nicht deine Schuld.«

Tausend Emotionen spiegeln sich auf Graces jugendlichem Gesicht.

Zärtlich lege ich meine Arme um sie. »Lass los.«

Graces ganzer Körper ist bis zum Bersten gespannt, sie zittert und bebt, als sei sie kurz davor zu erfrieren.

»Lass los«, flüstere ich ihr ins Ohr und spüre, wie die Anspannung nachlässt.

»Vergib dir selbst. Lass los. Lass endlich los«, sage ich, und dann weint sie, wie sie noch nie geweint hat. Und ich halte sie. Bis es vorüber ist.

Grace sitzt neben mir, ich habe den Arm um sie gelegt, ihr Kopf ruht auf meiner Schulter. Sie wirkt erschöpft, aber auch erleichtert. Als hätte sie etwas zurückgegeben, das nicht ihr gehört. Als ob sie endlich wieder atmen kann.

Ich halte meine Schwester im Arm und werde mir bewusst, dass dies der wohl friedlichste Augenblick meines ganzen Lebens ist. Plötzlich kitzelt mich etwas an der Hand. Ich neige den Kopf und erkenne einen winzig kleinen Grashalm, der aus dem Boden herausspitzt, um sich durch den Nebel seinen Weg nach oben zu bahnen. Zwei weitere Hälmchen folgen.

»Es tut mir leid«, sagt Grace auf einmal. »Es tut mir leid, was ich euch angetan habe.«

Immer mehr Grashalme sprießen aus dem Boden und schon bald sitzen Grace und ich auf einem Fleckchen frischen, weichen Grases.

»Du fehlst uns.« Ich atme tief ein. »Du fehlst uns so sehr.«

»Es tut mir leid«, flüstert sie kaum hörbar.

»Wenn Mum wüsste, dass es dir gut geht, wo du jetzt bist ... ich glaube, dann wäre es leichter für sie.«

Grace schließt die Augen und atmet tief ein. Im selben Moment scheint sich ganz langsam der Nebel über uns zu lichten. Ein zaghaftes, doch warmes Leuchten erreicht uns in dünnen Strahlen. Fast kann ich die Wärme auf meiner Haut spüren. Ich atme auf, so gut tut es.

Über uns beginnt das Licht zu tanzen. Seine Wärme ist verlockend. Der Frieden, den es ausstrahlt. Aber es tanzt nicht für mich. Denn ich bin nur ein Beobachter. Es fällt mir nicht leicht zu widerstehen. *Noch nicht*, sage ich zu mir selbst. Eines Tages werde ich eins werden mit diesem göttlichen Licht, aber dieser Tag ist noch fern.

Grace hat es auch bemerkt. Ein erleichtertes Seufzen entweicht ihren Lippen und über ihre Wangen rinnen Tränen der Freude. Der Nebel lichtet sich immer mehr. Sie steht auf, streckt einen Arm in Richtung des Lichts aus, lässt meine Hand aber nicht los. Ich gehe mit ihr. Begleite sie das letzte Stück ihres Weges. Sie greift hinein. Lässt das Licht ihre Finger umspielen. Und atmet. Atmet den Schmerz aus und den Frieden ein. Ein Stückchen blauer Himmel tut sich über uns auf. Die Luft ist frisch und klar. Belebend. Es riecht nach Sommermorgen und frisch gemähtem Gras. Ich spüre es unter meinen Füßen.

Neugierig neige ich mich vor und erhasche einen Blick auf das, was hinter dem Nebel liegt. Ich schnappe nach Luft. Tränen treten in meine Augen. Nie zuvor habe ich etwas so Wunderschönes gesehen. Wir stehen auf einem Hügel, der uns einen atemberaubenden Ausblick bereitet. Wiesen, Blumen, Bäume, irgendwo ganz in der Nähe höre ich einen Bach plätschern. Himmel, Farben – in unendlich vielen Nuancen. Manche kenne ich, doch für die meisten habe ich keinen Namen. Düfte, die verzaubern. Wärme auf der Haut. Das Prickeln einer sanften Brise.

Was für ein wunderbarer Ort, denke ich und in jenem Moment durchströmt mich die erlösende Gewissheit. Der Tod ist nicht das Ende. Vielmehr ist das Leben eine Reise, an deren Ziel wir nach Hause zurückkehren. Und wieder eins werden mit jenem göttlichen Licht, aus dem wir entsprungen sind.

Ich kann die Augen kaum abwenden. Erst als meine Schwester mich sanft an der Schulter berührt, schaffe ich es zu blinzeln.

»Sieh mal«, fordert sie mich auf und geht in die Hocke.

Ich komme näher. »Ein Gänseblümchen?«, frage ich.

Grace nickt, ohne den Blick von der schlichten Blume abzuwenden. »Ist es nicht wunderschön?«

Von all den zauberhaften, wundervollen Dingen, die es hier zu entdecken gibt, hat sie sich für ein gewöhnliches Gänseblümchen entschieden. Einen kurzen Augenblick lang bin ich verwundert, dann beuge ich mich zu ihr hinunter und sehe mir die kleine Pflanze genauer an – die Blattrosette und den samtig grünen Stiel, das leicht geneigte Köpfchen mit seiner sonnengelben Mitte und den schlanken, zungenförmigen Blütenblättern, deren seidiges Weiß an den Spitzen in ein pudriges Rosa übergeht – dieses Geschöpf Gottes ist so zart und wunderschön, dass mir bei seinem Anblick Tränen der Rührung in die Augen treten.

»Ja«, stimme ich meiner Schwester zu, »es ist wirklich wunderschön.«

Und plötzlich erinnere ich mich. Als wir noch Kinder waren, ich muss damals noch sehr klein gewesen sein, gab es einen Sommer, in dem Grace nichts lieber tat, als Gänseblümchen zu pflücken und daraus Ketten und Kränze zu basteln, die man um den Hals, das Handgelenk oder im Haar tragen konnte.

»Das geht ganz einfach«, erklärte sie und reichte mir ein paar der kleinen Blümchen. »Du drückst mit dem Fingernagel einen kleinen Spalt in den Stiel und dann steckst du das Nächste mit dem Stiel voran da durch. Und dann immer so weiter, bis deine Kette lang genug ist.«

Hochkonzentriert, mit der Zungenspitze zwischen den Lippen, machte ich mich ans Werk. Doch wie ich schon bald feststellen musste, war es mit meinen knubbligen Kleinkindfingern eine schier unlösbare Aufgabe. Ich begann zu weinen.

»Du musst nicht weinen«, sagte Grace und tätschelte mir den Rücken. »Dann kriegst du einfach eines von mir. Schau.« Sie stellte das kleine Kränzchen fertig, an dem sie gerade arbeitete, und setzte es mir auf den Kopf. Meine Tränen waren noch nicht getrocknet, da war die Welt schon wieder in Ordnung.

Ein warmes Gefühl durchströmt mich. Grace war eine wundervolle große Schwester. Besonders, als wir noch klein waren. Sie liebte mich innig, küsste und liebkoste mich bei jeder Gelegenheit.

»Ich liebe meine Junie«, verkündete sie der Erzieherin, wenn Mum und ich Grace morgens in den Kindergarten brachten, und zog mich stolz mit zu den anderen Kindern.

Sie beschützte und verteidigte mich, wie damals in der ersten Klasse, als Ben Johnson mich auf dem Pausenhof in den Dreck stieß, weil er sich vor seinen Kumpels aufspielen wollte. Da kam sie angerannt, holte aus und schlug ihm vor versammelter Mannschaft auf die Nase. »Wenn er dich noch einmal ärgert, kommst du zu mir, verstanden?«, sagte sie, als sie mir aufhalf. Grace hatte immer ein Auge auf mich. Sie liebte mich wirklich. Und für mich war Grace die Allergrößte. Sie ist es noch heute.

Voller Liebe und Bewunderung beobachte ich, wie sie behutsam über die zarte Blüte streicht, als wäre dieses Gänseblümchen das Kostbarste auf der Welt.

»Die Schönheit im Alltäglichen«, sagt Grace, »die bleibt uns meist verborgen.«

Wie recht sie damit hat. So vieles im Leben nehmen wir als selbstverständlich hin und verlieren den Blick dafür, wie wertvoll es ist. Selbst ein Gänseblümchen, so winzig und unbedeutend es auf den ersten Blick erscheinen mag, verkörpert die Schönheit und Perfektion des Lebens selbst, wenn man es nur genau ansieht.

Ich sehe Grace an. Sie ist jetzt bereit loszulassen, ich spüre es. Das Licht um sie beginnt zu tanzen. Sie ist schon fast dort, als sie sich noch einmal zu mir umdreht. Zärtlich nimmt sie mein Gesicht in ihre Hände und küsst mich auf die Stirn.

»Ich liebe dich, June.« Sie legt ihre Stirn auf meine und sieht mich an. »Bitte verzeih mir, dass ich dich verlassen habe.«

»Es gibt nichts zu verzeihen.«

Sie lächelt. »Sag Mum, dass es mir gut geht. Dass es okay ist.«

Ich nicke. Meine Augen füllen sich mit Tränen. Meine Lippen zittern. Ich fühle etwas, das ich noch nie zuvor gefühlt habe. Stechenden Schmerz, Grace endgültig gehen lassen zu müssen. Unendliche Freude darüber, dass sie ihren Frieden gefunden hat. Tiefe Sehnsucht danach, sie wiederzusehen. Eines Tages.

»Vergesst mich nicht«, sagt sie, und das Leuchten, das nun ihren ganzen Körper einhüllt, wird heller.

»Niemals«, verspreche ich meiner geliebten Schwester und dann … lasse ich sie los.

KAPITEL 23

Stille. Leere. Nichts. Und ich stehe mittendrin. Kein Anfang. Kein Ende.

Ich schließe die Augen. Was hab ich nur getan? Warum bin ich nicht mit Grace gegangen? Ich möchte weinen, doch ich fühle mich wie betäubt. Wenn das der Preis ist, denke ich. Wenn das der Preis ist, dass Grace Erlösung findet, dann bin ich bereit, ihn zu bezahlen. Wenn ich ihren Platz einnehmen muss, damit sie gehen kann, dann werde ich das tun.

Ich schließe meine Augen – und plötzlich passiert es. Ich sehe mich selbst. Ich bin noch ein Baby. Ich spüre die Wärme von Mums Körper, tausend Küsse auf meinem Gesicht. Dads Schulter unter meiner Wange, seine Arme, die meinen schlafenden kleinen Körper fest umschließen.

Was ...?

Ich keuche, fast ist es zu viel. Als ob ich jede Sinneserfahrung, jedes Gefühl, jede Sehnsucht, jedes Leid und jede Freude meines Lebens neu entdecke. Alles ist so real, dass ich glaube, es noch einmal zu durchleben. Nur deutlicher, bewusster. Meine Wahrnehmung ist geschärft. Als würde ich mir einen Film ansehen, den ich beliebig anhalten, zurück- oder vorspulen kann. Sogar den Blickwinkel kann ich ändern. Ich sehe mit meinen

Augen und gleichzeitig beobachte ich mich selbst. Stehe neben mir und bin Zeuge meines Handelns, meiner Entscheidungen. Ich urteile nicht. Ich erfahre. Umfassend. Ganzheitlich. Sehe, höre, schmecke, rieche. Die Erinnerungen an mein Leben wirken lebendiger als das Leben selbst. Erlebnis, Erfahrung – längst vergangen und doch passiert alles in genau diesem Moment.

Ein Bild löst das andere ab. Ich bin immer noch klein, höchstens eineinhalb, strecke meine winzige Hand nach einem Apfel aus, den ich nicht erreichen kann. Dann sehe ich Graces sommersprossiges Lächeln, sie reckt sich, so hoch sie kann, greift sich den Apfel und gibt ihn mir. Ich bin vier. Ich stelle mich auf die Zehenspitzen und lache das Baby an, das dort in der Wiege liegt. Es lächelt zurück. Ich sitze am Frühstückstisch, sehe zu, wie Dad Mum einen Abschiedskuss gibt und ihr ein »Ich liebe dich« ins Ohr haucht, bevor er auch uns dreien nacheinander einen Kuss gibt und mit einem »Euch liebe ich auch; ich bin spät dran« zur Tür hinauseilt. Ich höre Mum, die uns eine Gutenachtgeschichte vorliest. Ich höre sie singen. Ich sehe mich im Sonnenlicht mit meinen Schwestern Fangen spielen. Ich sehe mich an meinem ersten Schultag, am ersten Tag in der neuen Schule. Ich sehe, wie Tammy mich beim Mittagessen schüchtern anspricht, als ich ganz alleine am Tisch sitze. Ich sehe, wie wir Freundinnen werden. Dann Becca. Sehe uns lachen. Sehe, wie viel Spaß wir zusammen hatten.

Eine Vielfalt an Erfahrungen, so unterschiedlich, wie sie nur sein können, und doch ist ihnen eines gemein: Liebe. Sie zieht sich durch mein Leben wie ein roter Faden. Sie ist der Grundstein, aus dem alles erwächst: Freude, Glück, Sehnsucht, Trauer, Schmerz. Sie ist der Anfang und das Ende. Sie ist es, woraus alles besteht.

Ich sehe Grace. Ihr Lachen. Ihre Unbeschwertheit. Ich sehe sie in der Duschwanne sitzen … ich sehe, was jene Nacht aus ihr gemacht hat. Ich sehe sie sterben. Noch einmal. Ich sehe, wie Mum daran zerbricht, wie Emma immer dünner wird und vor unseren Augen einfach zu verschwinden droht. Ich sehe Dad und die Last, die er auf seinen Schultern trägt. Und dann sehe ich Casper, der meine Nacht erhellt. Highschool, College, Job. Unsere erste Wohnung. Ich sehe unser gemeinsames Leben. Der Film vor meinem geistigen Auge stoppt, einen winzigen Augenblick lang, dann läuft er weiter und ich erhasche einen flüchtigen Blick auf unsere Zukunft. Ich sehe mich im weißen Kleid, ein Kuss, sehe mich in seinen Armen liegen. Visionen von dem, was sein könnte. Eine Hand auf meinem Bauch. Ein winzig kleiner Herzschlag. Caspers Hand auf meiner. Sein Lächeln, seine Liebe – und dann … stopp. Dann hört es auf. Einfach so. Es ist vorbei. Denn diese Zukunft wird es für uns nicht geben. Es ist ein ganzes Leben, das ich ungelebt zurücklasse.

»Wieso lässt du mich das sehen?«, frage ich in den Nebel hinein. »Wieso zeigst du mir, was ich nicht haben kann?« Und plötzlich werde ich wütend, beinahe trotzig. Wieso soll es das für mich nicht geben? Wieso nicht? Ich will das alles! Ich will es so sehr! Ich will nicht gehen! Noch nicht! Der Verlust all dessen, was dieses Leben noch für mich bereithält, versetzt mich in eine solche Wut, dass ich losschreien möchte.

»Nein!«, brülle ich aus vollem Halse. »Nein!«

Und dann … *was ist das?*

Dort drüben. Im Nebel. Auf einmal regt sich etwas. Etwas Funkelndes, das tief aus seinem Inneren kommt, bewegt sich schwebend auf mich zu. Neugierig beuge ich mich vor. Ein winziges Lichtpünktchen, das ich zuerst für ein Glühwürmchen halte, tanzt jetzt direkt vor meinen Augen munter auf und ab. Ein zweites kommt hinzu, dann ein drittes. Glitzernd und schimmernd schweben sie um mich herum, sanft wie fallende Schneeflocken.

Ich schlucke. Mehrmals muss ich blinzeln.

Was ist das?

Zu Hunderten, nein, zu Tausenden durchbrechen sie den Nebel. Schwerelos und wunderschön. Wie gebannt beobachte ich das Spektakel mit offenem Mund. Unwillkürlich bewege ich mich darauf zu. Je näher ich komme, desto heller und leuchtender wird es.

Dieses ... Glitzern. Was ist das?

Ich habe es fast erreicht, strecke meine Hände aus. Trete näher. Glitzern, Schimmern, Leuchten. Ein Strahlen. Wie die Frühlingssonne, die durch die Wolkendecke bricht. Ich halte die Luft an, habe Angst, es zu verscheuchen. Doch es lässt sich nicht vertreiben. Ich spüre seine Wärme auf meiner Haut. Seufze. Leise und wohlig.

June ...

Das Licht ruft mich.

June ...

Es ruft meinen Namen.

Komm zu mir, June ...

Es ist anders als das Licht, in das Grace gegangen ist. Aber nicht weniger anziehend. Nicht so warm und schwebend, so ... allumfassend. Nein, es ist ... irgendwie konzentrierter. Als würde es von einem bestimmten Punkt ausgehen. Neugierde treibt mich an. Ich gehe noch näher. Strecke die Finger danach aus.

Komm zu mir zurück ...

Ich kann es spüren, kann das Licht beinahe greifen. Trete hinein in sein Strahlen, lasse mich von seiner Wärme umhüllen, schließe die Augen. Ich werde eins mit dem Licht, lasse mich fallen und gehe darin auf.

Kapitel 24

Der Schmerz fährt durch mich hindurch, dass ich mich krümmen möchte. Doch ich kann mich nicht rühren. Ich versuche zu schlucken, aber ich habe vergessen, wie es geht. Meine Sinne sind wie benebelt. Als wären sie lange nicht benutzt worden und müssten ihre Aufgabe nun erst wieder neu erlernen. Alles, was ich fühle, ist dieser grausame, allumfassende Schmerz. Ich kann nicht sagen, wo er herkommt. Alles tut mir weh. Mein ganzer Körper, ja sogar meine Gedanken.

Ich höre ein seltsam knackendes Geräusch. *Klick-klack, klick-klack* macht es immer wieder. Ich höre genauer hin, versuche es zu lokalisieren. *Klick-klack.* Da! In meinem Kopf, an meinen Beinen, in den Ellenbeugen und Schultern. Mit jedem *Klick-klack* lässt der Schmerz ein kleines bisschen nach.

Klick-klack macht es in meinem Nacken, hinter meinen Augen, in meinem Mund – und schlagartig verstehe ich: Mein Körper und meine Seele vereinen sich wieder. Genau jetzt, in diesem Moment.

Klick-klack macht es hinter meiner Stirn, wie um meinen Gedanken zu bestätigen. Bei dem Unfall wurde meine Seele von meinem Körper getrennt. Die Verbindung meines Geistes mit meinem physischen Körper wurde, wenn auch nicht ganz, gekappt. Und jetzt setzt sich alles wieder zusammen.

Klick-klack. Der Schmerz ist kaum mehr zu spüren. Nur die Erinnerung daran lässt mich verkrampfen.

Klick-klack macht es ein letztes Mal – und dann ist er weg. Ich atme auf. Erleichterung durchströmt mich. Es gibt kaum ein schöneres Gefühl als die Abwesenheit von Schmerz, wenn man ihn wenige Momente zuvor noch in all seiner Heftigkeit gespürt hat.

Ich konzentriere mich auf das Atmen, denn es ist das Einzige, das ich bewusst wahrnehme. Das Einzige, das ich steuern kann. Ein-aus, ein-aus, ein-aus. Ich atme nur und genieße das Gefühl, wieder eins zu sein. Eins mit meinem Körper, der – wenngleich noch immer schwer verletzt – sich einfach wunderbar anfühlt. Vertraut. Nie war ich mit meinem Körper so zufrieden wie in diesem Moment. Ich liebe ihn. Er wird mir fehlen, wenn ich eines Tages gehen muss. Aber heute ist nicht dieser Tag. Es wird noch viele Tage geben. Viele Male werde ich die Sonne noch aufgehen sehen. Und dann, wenn meine Zeit gekommen ist, werde ich gehen, ohne zu hadern, denn ich weiß, wohin ich gehen werde. Ich weiß, wie wunderbar dieser Ort ist, und ich weiß, dass ich Grace dort wiedersehen werde. Dieser Gedanke verleiht mir, ganz tief in meinem Inneren, ein so heilsames Gefühl des Friedens, dass ich mir selbst verspreche, es zu bewahren. Und auch, wenn mein Leben mal wieder eine schwierige Wendung nehmen sollte – und das wird es, denn so ist das Leben nun mal –, werde ich mich an diesen tiefen inneren Frieden erinnern. Denn er sagt mir, dass, was auch immer geschieht, am Ende alles gut werden wird.

Das Leben ist eine Reise, und ich will so viel davon mitnehmen, wie ich nur kann. Am Ende wird alles gut.

Ich versuche, meinen Körper zu erspüren. Das Atmen gelingt mir schon sehr gut. Mal sehen, was ich sonst noch kann.

Ich versuche, den Kopf zu drehen, und stelle fest, dass ich zu schwach dazu bin. Nein, nicht zu schwach. Mir ist vielmehr so, als ob mein Gehirn vergessen hat, wohin es den Befehl schicken soll.

Beweg dich. Ich versuche, es ganz bewusst zu steuern, aber meine Anstrengungen laufen ins Leere. Okay, dann warte ich mit dem Kopfdrehen noch ein bisschen.

Was ist mit meinen Fingern? Das müsste doch gehen, oder?

Finger – wo seid ihr? Ich versuche, mich daran zu erinnern, wie sich Finger anfühlen.

Bin ich gelähmt?, frage ich mich einen unerträglichen Moment lang. Nein! Ich weigere mich, diesen Gedanken zu akzeptieren, und versuche es noch mal.

Finger, wo seid ihr?

Und dann – spüre ich Caspers Hand. Nicht nur das Echo seiner Berührung, ich spüre seine Hand in meiner. Wirklich und wahrhaftig. Er hält mich. Das unbändige Bedürfnis, seine Berührung zu erwidern, überrollt mich beinah. Mein Körper versucht sich daran zu erinnern, wie man die Finger bewegt.

Wille – Gehirn – Muskel – Bewegung. Es ist, als müssten alle Verbindungen neu geknüpft werden. Als hätte jemand den Reset-Knopf gedrückt, und nun muss alles neu installiert werden.

Bewegt euch, befehle ich ihnen. Doch es ist unglaublich schwer. Ich glaube schon, ich habe es, doch im nächsten Moment entgleitet es mir wieder.

Na los!

Ich sammle mich und versuche es noch einmal. Mit all meiner Kraft. All meiner Liebe. Mit allem, was ich bin. Ich konzentriere und fokussiere meine gesamte Energie auf die Finger meiner rechten Hand. Alles, was ich je gewünscht, je erträumt, je herbeigesehnt habe, ist: Caspers Hand zu halten. In diesem

Moment. Ich lasse die Energie fließen – und dann schließen sich meine Finger um seine.

»June? June! June! Sie ... sie hat meine Hand gedrückt. Schwester! Schwester! Kommen Sie, schnell!«

Ich muss gestehen, dass es einen Moment gab, da ich nicht zurückkehren wollte. Der Gedanke, mit Grace auf die andere Seite zu gehen, an diesen wundervollen friedlichen Ort – es war schwer zu widerstehen. Wirklich sehr schwer. Ich war so lange von meinem Körper getrennt, dass ich beinah so etwas wie Abneigung gegen ihn empfand. Denn ganz abgesehen von Freud und Leid, die wir im Leben durch unsere Seele erfahren, eröffnet uns, einen fleischlichen, physischen Körper zu haben, ein unendliches Spektrum an Empfindungen. Wunderbare, zweifellos – gleichermaßen bedeutet es aber auch Schmerz. Wirkliche, echte, reale Schmerzen. Schmerzen und Narben und Blut. Zwei Seiten einer Medaille. Denn das eine kann ohne das andere nicht sein. Dass mir allein schon die Vorstellung eine Heidenangst machte – vor allem in Anbetracht der Schwere der Verletzungen, die ich davongetragen habe –, ich meine, wer würde davor nicht zurückschrecken. Und sei es auch nur für einen Augenblick. Einen kurzen Moment des Zweifels, ja, den gab es. Ich will es nicht bestreiten. Und er war berechtigt, denn es tut weh. Es tut verdammt weh. Es tut so weh, dass ich einen Moment glaube, den Verstand zu verlieren.

Mein Körper reagiert. Jetzt, da ich den Schmerz empfinde, schickt mein Gehirn Botenstoffe aus. Die Endorphine kommen. Sie hemmen den Schmerz. Machen ihn erträglich. Und ich bin in der Lage, ihn zu lokalisieren.

Bestandsaufnahme. Vor allem Brustkorb und Bauch sind betroffen. Ich weiß, dass mir die Milz entfernt wurde, und ich spüre den dazugehörigen Schmerz unter meinem Rippenbogen, ganz in der Nähe meines Magens. Meine linke Niere war fast zerquetscht, hatte der Arzt gesagt, und ich spüre auch dort, in der Mitte meines Rückens, links direkt neben der Wirbelsäule, die Schwere der Verletzung. Mehrere Rippen und mein linker Oberschenkel sind gebrochen, meine linke Schulter hat auch ganz schön was abbekommen. Generell ist meine linke Seite schlimmer betroffen ist als die rechte, hier muss der Aufprall am stärksten gewesen sein. Ich habe einen Katheter in der Blase, mein Nacken ist vom Liegen völlig verspannt, was mir mörderische Kopfschmerzen beschert, und ich habe das Gefühl, ich müsste mir dringend mal die Haare waschen.

Alles in allem keine besonders prickelnde Erfahrung.

Ist es das wert? Ich kann nicht anders, als meine Entscheidung, zurückzukehren, einen Augenblick lang zu hinterfragen. Doch schon im nächsten fällt mir wieder ein, warum ich mich so entschieden habe.

CASPER…

Meine Liebe zu ihm ist stärker als die Angst. Stärker als der Schmerz.

Casper.

Allein der Gedanke an ihn reicht aus, um meine Zweifel vollends zu beseitigen. Ich bin zurückgekehrt. Zurück zu ihm. Um das Leben zu leben, für das ich bestimmt bin. Mit ihm an meiner Seite.

Ich atme, ganz ohne mich darauf konzentrieren zu müssen. Und meine Finger kann ich auch bewegen. Daumen, Zeigefinger, Mittelfinger, Ringfinger, kleiner Finger – ja, ich kann jeden von ihnen bewegen. Nun die andere Hand. Daumen, Zeigefinger, Mittelfinger, Ringfinger … Ringfinger, na los, komm schon – jetzt, okay, er war nur etwas eingerostet –, und der kleine Finger. Sehr gut. Alle Finger funktionieren. Jetzt die Hände.

Mach eine Faust.

Es fühlt sich an, als würden meine Hände in dickem, zähem Lehm feststecken.

Na los, eine Faust. Mein Gehirn schickt den Befehl zu meinen Händen, und dann, ganz, ganz langsam, schließen sich meine beiden Hände zu einer Faust.

Yes! Sehr gut gemacht!

Weiter.

Mach die Augen auf.

Ich brauche einen Moment, um mich daran zu erinnern, wo meine Augen sind.

In deinem Kopf, vorne, über der Nase, es sind zwei.

Alles klar, ich hab sie.

Und jetzt – aufmachen!

Ich versuche meine Lider zu erspüren. Ich spüre die schmalen Klebestreifen, doch sie sitzen locker. Mühsam hebe ich die Lider an und öffne meine Augen. Nur einen winzigen Spaltbreit. Das Neonlicht der Deckenlampe blendet mich. Reflexhaft kneife ich sie wieder zusammen. Jemand zieht die Streifen ab. Es zwickt ein wenig. Meine Augen brennen, sie fühlen sich an, als würde ich sie zum ersten Mal benutzen. Als müssten sie das Sehen erst noch lernen. Ich versuche es noch mal, öffne sie wieder. Ich muss diesen Vorgang ein paarmal wiederholen, dann haben sich meine Augen an das Licht gewöhnt. Ich sehe mich um, und das Erste, was ich fühle, ist Enttäuschung. Die satten und lebendigen Farben des Ortes, dort, auf der anderen Seite, sind mir noch so stark im Gedächtnis, dass mir die Welt plötzlich trüb vorkommt. Trostlos. Für einen Moment überkommt mich so etwas wie Trauer, nein, nicht wirklich Trauer – vielleicht ist Wehmut das richtige Wort. Doch je länger ich die Augen offen halte und mich umsehe, desto mehr verblasst die Erinnerung, und was ich sehe, kommt mir allmählich wieder normal vor. Ich seufze leise. Es wird mir fehlen.

Kaum eine Sekunde ist vergangen, seit ich die Augen aufgeschlagen habe, da spüre ich ein aufgeregtes Drücken in meiner Hand.

»June?«, höre ich Casper sagen.

Wo bist du?, denke ich und versuche erneut den Kopf zu drehen, in die Richtung, aus der ich seine Stimme vernommen habe. Es gelingt mir nicht, doch schon im nächsten Moment beugt er sich über mein Gesicht. Und dann sehe ich ihn an. Zum ersten Mal seit einer Ewigkeit wieder mit meinen eigenen Augen. Liebe durchströmt mich.

»Cas…« Ich will seinen Namen sagen, doch meine Stimme ist nur ein heiseres Krächzen. Sie klingt so fremd, dass ich erschrecke. Mein Hals fühlt sich so trocken an, als hätte ich Sand geschluckt.

»Oh, June«, sagt Casper stattdessen. Er weint, wie ich ihn noch nie zuvor habe weinen sehen. Tränen der Erleichterung, Tränen des Glücks. Er schämt sich nicht für sie. »Oh, June, mein Schatz, mein Liebling«, sagt er immer wieder. Zärtlich küsst er jeden Zentimeter meines Gesichts, reibt seines an meinem, berührt mich, als würde er nie wieder damit aufhören. »Oh, June, mein Schatz, ich liebe dich. Ich liebe dich so sehr.«

Ich liebe dich auch, will ich ihm sagen, bringe aber keinen Ton heraus.

Casper lässt erst von mir ab, als die Schwester ihn zurechtweist.

»Guten Morgen, meine Liebe. Einen Schluck Wasser?«, fragt sie mich mit einem Lächeln. Es ist *meine* Schwester. Die, die im OP bei mir war. Die, die mir sagte, ich solle nicht aufgeben. Die meiner Mutter sagte, dass ich sie höre. Und mir damit vielleicht das Leben gerettet hat. Hätte Mum nicht für mich gesungen, hätte der Nebel mich verschlungen und ich wäre immer noch dort.

Zur Antwort schlucke ich trocken.

Sie steckt mir einen Strohhalm in den Mund. »Trink«, sagt sie freundlich und versucht mit der anderen Hand, Casper in Schach zu halten, der sich wohl am liebsten gleich auf mich werfen und mich von oben bis unten abknutschen würde.

Ich nehme den Strohhalm zwischen die Lippen und versuche, daran zu saugen. Seltsam, wie einem etwas so Banales wie eine kaum zu bewältigende Aufgabe vorkommen kann. Lippen spitzen, Zunge zurückziehen, Unterkiefer nach unten bewegen, Vakuum bilden, ziehen, Wasser im Mund sammeln, Zunge an den Gaumen, und runter damit.

Beim dritten Anlauf klappt es endlich. Beinah stöhne ich laut auf, so gut fühlt es sich an, als das kühle, frische Wasser meine Kehle hinabrinnt. Ich nehme noch einen Schluck. Und noch einen.

»So ist es gut«, lobt mich die Schwester.

Ich muss sie unbedingt nach ihrem Namen fragen, denke ich noch.

»Sehr gut. Weiter so«, ermutigt sie mich, und ich trinke fast den ganzen Becher aus, ehe ich den Strohhalm loslasse und ihr so zu verstehen gebe, dass ich genug habe.

»Dan-k-e« Ich krächze noch immer, aber meine Stimme hört sich schon wieder etwas mehr an wie meine Stimme.

»Gern«, erwidert sie strahlend. »Ich gehe jetzt und hole Dr. Franklin, in Ordnung?«

Ich versuche zu nicken.

Dann wendet sie sich Casper zu. »Und Sie versuchen, June in der Zwischenzeit nicht zu besteigen, in Ordnung?«

»In Ordnung«, erwidert er und muss lachen.

Ich bin ganz. Geist, Seele, Körper sind wieder eins. Ich bin ganz und ich bin hier – doch erst mit Casper an meiner Seite bin ich vollständig.

Er redet auf mich ein, küsst mich unentwegt, schwört mir seine Liebe. Ich höre nicht die Worte, lausche nur dem Klang seiner Stimme. Sie hat mich aus dem Nebel geführt, wie Mums Gesang zuvor, doch erst Caspers Stimme hat mich wieder zu mir selbst gebracht und mich mit meinem Körper vereint.

»Ich hatte Angst, solche Angst«, sagt er und seine Augen schwimmen in Tränen. Sie tropfen auf mein Gesicht. »Ich dachte, ich hätte dich verloren.«

»Das hättest du auch fast«, sage ich und meine Stimme klingt schon viel klarer.

Er schluchzt herzzerreißend. »Oh Gott.«

»Nein.« Ich hebe meine Hand und lege sie an seine Wange. Eine kleine Bewegung, aber sie erfordert fast meine ganze Kraft. »Du musst nicht traurig sein. Es ist gut. Jetzt ist alles gut.«

»Kannst du dich an irgendwas erinnern? Weißt du, was passiert ist?«, fragt er.

»Ja, ich erinnere mich an alles.«

Er stutzt. »Kannst du dich an den Unfall erinnern?«

Mit einem Nicken bejahe ich auch diese Frage

»Und danach? Weißt du, was danach geschehen ist?«

Ich nehme seine Hand, sehe ihm tief in die Augen. »Ich war nie ganz weg.«

Ich sehe ihm an, dass er verzweifelt versucht zu verstehen, was meine Worte zu bedeuten haben.

»Ich war hier«, versuche ich ihm zu erklären. »Ich war hier und dann war ich bei Grace.«

Casper schluckt hart. »Bei Grace?«, fragt er vorsichtig.

»Sie brauchte meine Hilfe.«

Ich sehe, dass jetzt nicht der richtige Zeitpunkt ist, es zu erklären. Es ist zu viel für ihn. Eines Tages, wenn die Zeit gekommen ist, werde ich ihm alles erzählen. Im Moment ist nur eines wichtig: dass wir wieder zusammen sind. Dass er es war, der mich zurück ins Leben geholt hat.

»Da war ein Licht«, sage ich.

Casper lacht erleichtert. »Ich bin so froh, dass du nicht ins Licht gegangen bist.«

»Oh doch«, antworte ich. »Das bin ich.«

Verwundert sieht er mich an. Ich versuche mich aufzusetzen, er stützt mich, schiebt ein Kissen unter meinen Rücken. Ich sehe ihm direkt in die Augen.

»Dieses Licht warst du.« Ich nehme sein Gesicht in meine Hände. »Du bist mein Licht. Das Licht meines Lebens.«

Sterben erfordert keine Tapferkeit. Nicht, wenn man eine Vorstellung davon bekommen hat, was danach kommt. Wahre Tapferkeit erfordert es zurückzukehren. Sei es wie ich, zurück in das Leben, das ich gelebt habe. Oder um ein anderes, ein neues Leben auf der Erde zu beginnen, die Seele auf eine neue, abenteuerliche Reise zu schicken auf ihrem Weg zur Vollkommenheit. Das ist es, was Mut erfordert. Schmerz wird nicht durch den Tod, sondern durch das Leben verursacht. Doch mag der Weg auch noch so dunkel sein, er führt unweigerlich ins Licht. Und eines Tages werden wir alle zusammen sein. Wiedervereint. Verbunden. Auf der anderen Seite. An jenem wunderbaren, friedlichen Ort. Und alles, was sein wird, ist Liebe.

EPILOG

»Ja, ich will!«

Tränen des Glücks schwimmen in Caspers Augen, als er mir den Ring an den Finger steckt. Ich kann es noch immer nicht glauben.

»Wir sind wirklich verheiratet«, flüstere ich ihm beim Auszug aus der Kirche zu.

»Ja, ist das nicht irre?«, flüstert er zurück. Das Lächeln bekommt er den ganzen Tag nicht mehr aus dem Gesicht.

Mir geht es ganz ähnlich.

Unseren ursprünglichen Termin konnten wir nicht halten. Meine Genesung nahm, obwohl sie besser voranschritt, als die Ärzte erwartet hatten, sehr viel Zeit in Anspruch. Reha, Krankengymnastik, Therapie – den kompletten Frühling und fast den ganzen Sommer verwendete ich darauf, wieder gesund zu werden. Und heute, an diesem sonnigen Septembertag, bin ich vollständig genesen. Auch wenn der Unfall und die Operationen nicht spurlos an mir vorübergegangen sind. Die Narben sind nun ein Teil von mir, und ich trage sie mit einer Selbstverständlichkeit, als hätten sie schon immer zu mir gehört. Vor allem die größte, die senkrecht über meine Brust verläuft.

Sie erinnert mich jeden Tag daran, wie stark mein Herz ist und dass es trotz allem, was es durchstehen musste, noch immer schlägt. Kräftig und gleichmäßig. Ich hebe den Blick und sehe ihn an. Nur seinetwegen schlägt es noch. Seinetwegen bin ich zurückgekommen. Casper, mein ... *Mann* – daran muss ich mich erst noch gewöhnen.

»Herzlichen Glückwunsch euch beiden!« Tammy ist die Erste, die mich in ihre Arme schließt. Wir stehen vor der Kirche im Sonnenschein, und unsere Gäste strömen herbei, um zu gratulieren. Jeder von ihnen hat liebe Worte für uns. Wünsche für eine glückliche gemeinsame Zukunft, viele Kinder und ein langes Leben. Die Älteren haben auch ein paar Ratschläge parat, die ich mir allesamt zu Herzen nehme. Na ja, fast. Großtante Lydias Tipp, mir jeden Morgen nach dem Aufstehen ein Gläschen Scotch zu genehmigen, will ich mir erst mal nur als Option offenhalten.

»Was glaubst du, wie ich es sechsundvierzig Jahre mit dem hier ausgehalten habe?«, sagt sie und deutet auf Großonkel Joseph, der hinter ihr herdackelt.

»Danke, ich werds mir merken«, erwidere ich zwinkernd und beobachte amüsiert, wie sie Casper mit einem scharfen »Sei ja immer gut zu dem Mädchen!« den Zeigefinger entgegenstreckt.

Plötzlich steht Becca vor mir und ich spüre sofort einen Kloß im Hals. Seit ihrem Besuch im Krankenhaus habe ich sie nicht mehr gesehen. Und auch heute nicht mit ihr gerechnet. Casper hat darauf bestanden, sie nicht einzuladen.

»June, du siehst wunderschön aus«, sagt sie und Tränen glitzern in ihren Augen.

»Ist ja auch das Kleid, das wir zusammen ausgesucht haben«, gebe ich zurück.

Sie nickt traurig, und in diesem Moment merke ich, wie sehr ich meine beste Freundin vermisse. Egal, was vorgefallen ist. Sie schluckt angestrengt, man merkt ihr an, wie sehr sie mit den Tränen kämpft.

»Ich bin nur gekommen, weil ich euch sagen wollte …«, ihr Blick huscht kurz hinüber zu Casper, der uns gespannt beobachtet, »dass ich euch alles Glück der Welt wünsche. Von ganzem Herzen. Ihr habt es verdient.« Beccas Worte sind ehrlich. Aufrichtig. Sie will sich schon umdrehen und davongehen, als ich sie intuitiv aufhalte. Ich greife nach Caspers Hand und drücke sie. Als er zurückdrückt, weiß ich, er ist einverstanden.

»Wir würden uns sehr freuen, wenn du bleibst«, sage ich, »und diesen Tag mit uns feierst.«

Beccas Blick wechselt von meinem Gesicht zu Caspers und wieder zurück. »Das würde ich sehr gern«, sagt sie schließlich. Und lächelt.

Das Essen ist großartig, die Reden sind ergreifend und die Musik ist phänomenal. Wir haben eine richtige Traumhochzeit. Alle tanzen, lachen und feiern. Sogar meine Mutter ist bester Laune. Ausgelassen tanzt sie mit meinem Vater.

»Ich brauch eine Pause.« Ganz außer Atem lässt sie sich auf einen Stuhl fallen.

»Ich hol uns was zu trinken«, bietet Dad an und verschwindet lachend in Richtung Bar.

Ich gebe Casper einen Kuss. »Bin gleich wieder da«, verspreche ich.

Auf meinem Weg zu Mum komme ich an Emma vorbei, die mich über ein riesiges Stück Hochzeitstorte hinweg mit vollem Mund angrinst. Ich zwinkere ihr zu, und sie zwinkert zurück, wie früher bei unseren kleinen Insiderwitzen.

»Amüsierst du dich?«, frage ich Mum, als ich mich neben sie setze.

»Sieht man das nicht?«, erwidert sie lächelnd und küsst mich auf die Wange. »So viel Spaß hatte ich seit Jahren nicht!«

Ich nicke. »Das letzte Mal hab ich dich in unserem Frankreichurlaub so gesehen. Weißt du noch? Das Straßenfest in Marseille?«

»Oh, ja!«, erinnert sie sich. »Natürlich!«

»Sogar Grace hatte richtig viel Spaß an dem Abend. Und dabei wollte sie zuerst gar nicht mitfliegen«, füge ich hinzu.

Für einen Augenblick sieht Mum mich an, als wollte sie fragen, warum ich Grace gerade jetzt erwähne, wo sie so viel Spaß hat, schließlich müsse ich doch wissen, was das mit ihr macht. Aber ich tue es ganz bewusst.

»Es gibt etwas, das ich dir erzählen möchte«, beginne ich und sehe ihr tief in die Augen. Wird sie es verkraften? Ist das tatsächlich der richtige Moment? Für einen winzigen Augenblick kommen mir Zweifel, doch dann höre ich meine innere Stimme, die flüstert: *Ja. Es ist genau der richtige Moment.* Ich hole tief Luft, ohne Mum dabei aus den Augen zu lassen. »Ich habe Grace gesehen«, sage ich.

Mum horcht sofort auf. »Gesehen? Wie? Im Traum?«

Ich schüttle den Kopf. »Ich habe sie getroffen.« Ich mache eine Pause und versuche in Mums Gesicht zu lesen, wie sie meine Worte aufnimmt, ehe ich hinzufüge: »Auf der anderen Seite.«

Ungläubig starrt sie mich an. Legt die Stirn in Falten. Dann, als ihr klar wird, dass dies weder ein Scherz noch eine Metapher ist, schlägt sie die Hände vor den Mund. Ihre Augen füllen sich mit Tränen. Sie öffnet den Mund und schließt ihn wieder, ohne dass ein Wort ihre Lippen verlässt.

»Es geht ihr gut. Dort, wo sie jetzt ist.« Ich rede einfach weiter, sage, was ich zu sagen habe. »Sie hat lange gebraucht, um loszulassen, aber sie hat es geschafft.«

Tränen strömen über Mums Gesicht.

»Sie wartet auf uns.« Ich nehme ihre Hand. »Eines Tages, wenn es so weit ist, werden wir sie wiedersehen.«

Mums Hände zittern. Ich nehme sie nun beide, umschließe sie mit meinen.

»Grace hat ihren Frieden gefunden.«

Mum und ich halten einander eine halbe Ewigkeit. Und als ihre Tränen versiegt sind und sie und Dad eng umschlungen zu Elvis Presleys *Always on my mind* tanzen, gehe ich nach draußen in die Nacht. Ich blicke auf zu den Sternen.

Vergesst mich nicht, hallen Graces Worte in meinen Gedanken nach.

»Niemals«, flüstere ich in den Himmel.

Schlusswort

Allein in Deutschland wurden fast sechzigtausend* Frauen und Kinder Opfer sexueller Gewalt – und das nur im Jahr 2017. Und diese Zahl bezieht sich lediglich auf die Fälle, die aufgeklärt werden konnten. Die Dunkelziffer dürfte um ein Vielfaches darüber liegen.

Wagt das Opfer den Schritt, die Gräueltat zur Anzeige zu bringen, wird ihm im Prozess ein Martyrium zugemutet, das der Demütigung der eigentlichen Tat nahekommt. Und selbst dann kommt der Täter in den meisten Fällen mit einer kurzen Haftstrafe oder gar nur einer Bewährungsstrafe davon. Wird die Tat nicht zur Anzeige gebracht, bleibt er sogar gänzlich unbehelligt. Das Leid der betroffenen Frauen und Kinder hingegen ist unerträglich. Nur wenige schaffen den Weg zurück in ein »normales« Leben. Die meisten sind nie wieder dieselben. Ganze Familien zerbrechen an der Tat eines Einzelnen. Mütter und Väter, die ihre Kinder behütet heranziehen, deren Lebensaufgabe es ist, Leid von ihnen abzuwenden, und die nun in hilfloser Unfähigkeit der Tatsache gegenüberstehen, dass sie ihre Kinder nicht schützen konnten.

Noch lange, nachdem die körperlichen Verletzungen verheilt sind, leiden die Opfer unter unvorstellbarem Schmerz.

Zurück bleibt eine geschundene Seele. Gedemütigt und zerrissen auf unsägliche Art. Monate, Jahre oder gar noch Jahrzehnte später wählen viele von ihnen den Freitod – als einzigen Weg, um ihrem Schmerz zu entkommen.

Der ein oder andere mag Graces Verhalten kritisch beobachtet und sich vielleicht sogar gedacht haben: »Ja, wenn man sich so verhält, ist es ja klar, dass früher oder später was passiert« oder etwas anderes in der Richtung. Darum möchte ich an dieser Stelle eines klarstellen: Einen Minirock zu tragen oder ein bisschen zu flirten, hebelt weder das Recht auf sexuelle Selbstbestimmung noch das Recht auf körperliche Unversehrtheit aus. Es ist ein Armutszeugnis für eine Gesellschaft und die Menschen, die in ihr leben, dass eine junge Frau nicht unbeschwert feiern, nachts alleine eine Straße entlanggehen oder die letzte U-Bahn nehmen kann, ohne um ihre Gesundheit oder gar ihr Leben fürchten zu müssen.

Wir werden nie erfahren, was genau in dieser Nacht passiert ist, aber selbst wenn Grace splitternackt auf dem Tisch getanzt haben sollte, niemand – NIEMAND – hatte das Recht sie gegen ihren Willen anzufassen! Niemand. Niemals. Unter keinen Umständen.

Es war nicht ihre Schuld.
Es ist nicht deine Schuld.

---

* Im Jahr 2017 wurden 56 047 Straftaten gegen die sexuelle Selbstbestimmung polizeilich erfasst (Quelle: https://de.statista.com/statistik/daten/studie/550357/umfrage/anzahl-der-straftaten-gegen-die-sexuelle-selbstbestimmung-in-deutschland/).

DANKSAGUNG

Danke, Mama, dass du über deinen Schatten gesprungen bist. Das bedeutet mir sehr viel. Um nichts ist es so schade wie um verlorene Zeit.

Danke, Dad, dass du stehst wie der Fels in der Brandung, dich von einem Kinderlachen aber jederzeit erweichen lässt.

Danke, Jessi, dass ich mich auf dein Urteil immer verlassen kann. Früher habe ich dich an die Hand genommen, heute nimmst du meine von Zeit zu Zeit.

Danke, Holger, dass du mich erdest, wenn es sein muss – und dich von mir mitreißen lässt, wenn ich für etwas brenne.

Danke, Anna-Maria und Eva, dass ihr seid, wie ihr seid. Lasst euch niemals verbiegen. Niemals!

Danke, Lena und dem gesamten Team von Montlake Romance. Eine Geschichte zu schreiben ist das eine, sie in ein Buch zu verwandeln ist nochmal etwas anderes.

Danke, Nina, dass du mir Türen geöffnet hast, für die ich keinen Schlüssel hatte.

Und danke an meine großartigen Leser, die meine Gefühle, Ängste und Sehnsüchte durch meine Geschichten mit mir teilen. Ohne euch würde es sie niemals geben.

Playlist

Johnny Cash – Hurt
Oasis – Don't look back in anger
Creedence Clearwater Revival – Have you ever seen the rain
Barry McGuire – Eve of destruction
Damien Rice – The blowers daughter
Max Richter – She remembers
Roy Orbison – You got it
Pink – Whatever you want
Nick Cave – Oh children
Dietrich Bonhoeffer – Von guten Mächten treu und still umgeben
Andreas Gabalier – Amoi seg ma uns wieder
Max Richter – When she came back
Elvis Presley – Always on my mind

MIX

Papier | Fördert
gute Waldnutzung

FSC® C083411

Zeitfracht Medien GmbH
Ferdinand-Jühlke-Straße 7
99095 Erfurt, Deutschland
produktsicherheit@kolibri360.de

Druck:
CPI Druckdienstleistungen GmbH
im Auftrag der
Zeitfracht Medien GmbH
Ein Unternehmen der Zeitfracht - Gruppe
Ferdinand-Jühlke-Str. 7
99095 Erfurt